Alexandra Guggenheim
Die Malerin von Delft

W0417533

PIPER

Zu diesem Buch

Der Tag der Apokalypse schien gekommen. Eine Druckwelle von ungeheurer Wucht breitete sich 1654 über Delft aus – fast die Hälfte der Stadt wurde von der tragischen Explosion des Munitionslagers zerstört. Zehn Jahre später wollen die Stadtväter an den großen Feuersturm erinnern: Die Malerin Sarah Meulemeester soll ein Bild der Katastrophe anfertigen. Aber sie zögert. Sie hat das Unglück aus nächster Nähe erlebt und wird immer noch von Albträumen gequält. Ihr Freund und Malerkollege Johannes Vermeer überredet sie dazu, den Auftrag dennoch anzunehmen. Doch am Morgen der Gedenkfeier ist das Gemälde plötzlich verschwunden. Sarah erhält einen anonymen Brief, in ihrem Atelier wird eingebrochen. Mutig macht sie sich auf die Suche nach demjenigen, der sie bedroht. Und irgendwann kommen ihr Zweifel, dass es sich bei dem »Donnerschlag von Delft« nur um einen Unglücksfall handelte.

Alexandra Guggenheim ist promovierte Kunsthistorikerin und wuchs im Rheinland auf. Seit ihrem Studium befasst sie sich mit dem Goldenen Zeitalter der niederländischen Malerei. Sie war wissenschaftliche Mitarbeiterin an der Universität zu Köln und lebt heute als freie Autorin in der Nähe von Hamburg.

Alexandra Guggenheim

Die Malerin von Delft

Historischer Roman

Piper München Zürich

Mehr über unsere Autoren und Bücher:
www.piper.de

Mix
Produktgruppe aus vorbildlich bewirtschafteten Wäldern und anderen kontrollierten Herkünften
www.fsc.org Zert.-Nr. GFA-COC-001223
© 1996 Forest Stewardship Council
FSC

Ungekürzte Taschenbuchausgabe
Dezember 2009
© 2008 Piper Verlag GmbH, München
unter dem Titel: »Die Malerin des Feuersturms«
Umschlaggestaltung: semper smile, München
Umschlagabbildung: AKG Images
Autorenfoto: Uschi Tisson
Satz: psb, Berlin
Papier: Munken Print von Arctic Paper Munkedals AB, Schweden
Druck und Bindung: CPI – Clausen & Bosse, Leck
Printed in Germany ISBN 978-3-492-25727-5

Für Andreas und Pauline

Prolog

Cornelis Soetens schloss die Knöpfe an seinem Wams und ließ den Blick über den Körper der schlafenden Frau in seinem Bett gleiten. Sanft zeichneten sich ihre Konturen unter dem zerwühlten Laken ab. Das flammend rote Haar breitete sich über das Kopfkissen aus, bildete einen leuchtenden Rahmen für ihr helles Gesicht mit den unzähligen Sommersprossen, die er noch vor wenigen Stunden mit den Lippen erkundet hatte. Er seufzte leise in Erinnerung an die nächtlichen Umarmungen, verspürte noch immer die Wärme und Zartheit ihrer Haut unter seinen Fingerkuppen und die Glut in seinem Herzen, das kraftvoll und stürmisch schlug. Für sie, seine strahlende Sonne, sein Leben.

Soetens legte Hut und Mantel an, griff nach den kniehohen Lederstiefeln mit dem breiten Aufschlag und schlich auf Zehenspitzen durch das Zimmer, um die Geliebte nicht zu wecken. Nur mit Mühe konnte er sich losreißen von diesem Anblick, sog mit ein paar tiefen Atemzügen den Geruch ihres Parfums ein. Geräuschlos verließ er den Raum, zog in der Diele seine Stiefel an und trat hinaus auf die Straße.

Milde Herbstluft umfing ihn, am Himmel zogen ein paar Wolken vorbei. Einen kurzen Augenblick noch verharrte Soetens versonnen am Oude-Delft-Kanal, in dessen glattem Wasser sich die drei- und viergeschossigen roten Backstein-

Häuser der wohlhabenden Bürger dieser Stadt spiegelten. Dann eilte er an der Oude Kerk vorbei Richtung Westen, zur Stadtmauer von Delft. Beim School-Tor wollte er eine Kutsche nehmen und nach Den Haag fahren. Samuel van Eckhout, der Adjutant des Prinzen Frederik Hendrick, hatte ihn zu sich bestellt. Die beiden Männer würden zu Mittag speisen und dabei den Ablauf der Gedenkfeier für Willem I. von Oranien besprechen. Dieser unvergessene, von den Landsleuten hoch verehrte Herrscher war genau siebzig Jahre zuvor in Delft einem Attentat zum Opfer gefallen.

Körbe, Säcke und Fässer türmten sich in den Lagerschuppen am Ufer des großen Kanals, der die Stadt ringförmig umgab. Kurz bevor Soetens das Stadttor erreicht hatte, trat aus dem Schatten eines Hauseingangs ein Laufbursche auf ihn zu und händigte ihm einen versiegelten Brief mit den Anweisungen des prinzlichen Adjutanten aus: Er, Cornelis Soetens, solle sich noch vor seiner Abreise in das Hauptquartier der Delfter Bürgerwehren begeben und eine angemessene Menge Schießpulver aus dem Munitionslager entnehmen. Das Pulver werde von den Truppen benötigt, damit diese ihre Parade für die bevorstehende Feier proben könnten. Soetens selbst wurde, wie vereinbart, vom Unterzeichner pünktlich zu Mittag in Den Haag erwartet.

Soetens wunderte sich über die Eile des Auftrags. Man schrieb den zwölften Oktober 1654, bis zur Jahresfeier blieb noch ein ganzer Monat Zeit. Kopfschüttelnd winkte er eine Kutsche heran und ließ den Fuhrmann in Richtung Nordosten fahren. Auf kürzestem Weg durchquerten sie die Stadt, die allenthalben Betriebsamkeit zeigte. Handwerker arbeiteten vor den Türen ihrer Häuser und ließen ihre Hämmer, Sägen und Meißel erklingen. Pferdekutschen und Karren ächzten über die gepflasterten Wege, Menschen eilten geschäftig durch die Straßen. Vor dem Haus des Vorstehers der Bürgerwehren ließ Soetens anhalten und den gleichermaßen überraschten Kommandanten in den Wagen einsteigen.

Am Ende des langen, schnurgeraden Geerwegs tauchten die Mauern des ehemaligen Klarissenklosters mit dem Pulverturm auf. Die Delfter nannten das Lagerhaus, in dem Dutzende Fässer mit Munition aus dem Krieg gegen die Spanier aufbewahrt wurden, »t'Secret van Holland«, das Geheimnis von Holland. Kurz vor halb elf stiegen die beiden Männer aus der Kutsche. Der Kommandant öffnete die schwere Eichentür mit dem goldverzierten Stadtwappen und schloss sie hinter sich sorgfältig zu.

Im Inneren des Turms war es dunkel und kühl, der Geruch von modriger Erde umfing sie. Soetens meinte, wenn auch sehr schwach, noch einen anderen Geruch wahrzunehmen, den er jedoch nicht zuordnen konnte. Durch vier schmale, knapp handbreite Fenster fiel mattes Tageslicht in das hohe steinerne Gewölbe. Die Männer zündeten zwei Laternen an. Ihr flackerndes Licht erhellte ein Eisengatter, hinter dem eine schmale gewundene Treppe in die Tiefe führte. Cornelis Soetens ließ sich die Schlüssel reichen, für deren rechtmäßigen Einsatz er, als Sekretär beim Rat der Vereinigten Niederlande, verantwortlich war, und sperrte der Reihe nach fünf Schlösser auf. Für das letzte brauchte er am längsten, weil sich der Fallriegel erst beim dritten Versuch anheben ließ.

Soetens musste auf einmal an die zurückgebliebene Geliebte denken, stellte sich vor, wie sie vielleicht in genau diesem Augenblick ihre meergrünen Augen aufschlug und sich schlaftrunken räkelte. Die Erinnerung an die vergangene

Nacht ließ ihn zuerst erschaudern, dann lächeln. Würde das Gespräch mit dem Adjutanten zufriedenstellend verlaufen, könnte er vor Einbruch der Dunkelheit wieder zurück in Delft sein und Hendrickje in die Arme schließen. Noch eine ganze lange Nacht hatten sie für sich, denn ihr Ehemann war geschäftlich in Rotterdam unterwegs.

Cornelis Soetens bat den Kommandanten, auf ihn zu warten, und bückte sich nach der Laterne. Als er den Fuß auf die oberste Stufe der steinernen Treppe setzte, flammte ein gleißend helles Licht auf. Geblendet zuckte Soetens zurück, fühlte, wie ein Sog ihn wegriss und gegen die mächtigen Verstrebungen des Gatters presste. Ein beißender Geruch stieg ihm in die Nase. Tränen schossen in seine Augen, die Kehle wurde eng. Seine Mundhöhle füllte sich mit etwas Süßlichem, Klumpigem. Gleichzeitig vernahm er einen Knall, der ihm das Trommelfell zerplatzen ließ. Dann wurde es schwarz um ihn.

Erstes Buch

I

Fröstelnd zog sie das dicke Federbett bis über die Nase. Sie würde noch ein paar Säcke Torfziegel zusätzlich kaufen müssen, stellte sie schlaftrunken fest. Fast den gesamten Wintervorrat hatte sie inzwischen aufgebraucht, um den engen, nur mit wenigen Möbelstücken eingerichteten Raum zu erwärmen, der ihr zum Leben und Arbeiten diente. Der erste Frost war diesmal früher gekommen als gewöhnlich, bereits Anfang November. Über Nacht hatte er die Grachten von Delft in starre, silbrig glänzende Straßen verwandelt. Auch jetzt, vier Monate später, trugen Häuser und Bäume immer noch weiße Kappen, konnte man nur dick vermummte Gestalten durch die engen Gassen eilen sehen. Dicht gedrängt an Hauswände, die ein wenig Schutz vor dem schneidenden Wind boten.

Während der Stunden, in denen Tageslicht durch die milchigen Fensterscheiben fiel, musste der Kamin in ihrer Werkstatt unablässig brennen. Pinsel und Malstock würden den klammen Fingern entgleiten, mit zittrigen Händen ließen sich keine Farben anrühren oder auf der Palette mischen. Für die kalten Nächte spendete ihr eine kupferne Bettflasche die notwendige Wärme.

Sarah Meulemeester schwang sich bibbernd auf die Bettkante und wusch Gesicht und Hände in einer Schüssel mit

Wasser, die sie am Abend zuvor bereitgestellt hatte. Mit hastigen Bewegungen zog sie ein grob gewirktes Mieder und drei Röcke über ihr Hemd. Die wollenen Strümpfe mit den vielen Flickstellen, die längst schon durch neue hätten ersetzt werden sollen, hatte sie am Vorabend gar nicht erst ausgezogen. In Gedanken überschlug sie, wie viele Gulden ihr blieben, wenn sie von dem Verkauf ihres letzten Bildes die Miete für die vergangenen beiden Monate abzog und dazu noch die Außenstände beim Bäcker und beim Bierbrauer. Die Summe würde keinesfalls ausreichen, um die Torfziegel sofort bezahlen zu können, stellte sie bedrückt fest. Sie würde den Händler um ein paar Wochen Aufschub bitten.

Gleichzeitig beunruhigte sie die Vorstellung, dass er ihretwegen womöglich selbst in Schwierigkeiten geraten könnte. Vielleicht sollte sie dem buckligen Mann mit der Hasenscharte anbieten, eins seiner fünf Kinder zu porträtieren, überlegte sie. Immerhin hätte er mit einer Zeichnung einen Gegenwert, eine Ware zum Tauschen, wenn die Familie Nahrung benötigte oder Arznei.

Sarah schlüpfte in ihre ausgetretenen Pantoffeln, schüttelte Federbett und Kissen auf und zog die verblichenen grünen Bettvorhänge zu. Mit noch nachtsteifen Gliedern schlurfte sie zum Kamin, entfachte das Feuer und rieb ihre Hände über dem aufsteigenden Luftzug. Eine Weile blieb sie mit hochgezogenen Röcken so stehen, bis sie spürte, wie die Wärme allmählich, von den Knien heraufkriechend, ihren ganzen Körper erfasste. Wohlig streckte und dehnte sie den Rücken, verschränkte die Hände im Nacken und kreiste mit den Hüften.

Niemals würde sie sich an diese kalte Jahreszeit gewöhnen können. Wie sehr sehnte sie das flirrende Licht glühender Sommertage herbei, das den rotbraunen Ziegeln der Häuser und Stadttore den Anschein gab, als wären sie mit einer Goldlasur überzogen. Wenn die Natur wie in ein kräftiges Grün eingetaucht erschien, aus unscheinbaren Knospen farbenprächtige Blütenwunder entstanden, die die Luft mit ihrem verführerischen Duft erfüllten. Und sie wieder mit Maatje, der haselnussfarbenen Stute des Schmieds vom Schoolsteeg, über die Wiesen außerhalb der Stadt galoppieren könnte.

Aus dem Weidenkorb neben dem Kamin erklang ein leises Fiepen. Ein Paar kohlschwarzer Augen blickten erwartungsvoll zu Sarah empor, eine runde braune Schnauze reckte sich ihr witternd entgegen. Sie beugte sich hinunter und kraulte den Hund hinter den Ohren. Seit vier Jahren war Vosje ihr ergebener Gefährte, seit dem Tag, an dem sie den Welpen winselnd und mit gebrochener Vorderpfote vor ihrer Haustür gefunden und gesund gepflegt hatte. Fortan war er nicht mehr von ihrer Seite gewichen. Der Hund leckte freudig ihre Hand, stand gemächlich auf und streckte nacheinander zuerst die Hinter-, dann die Vorderläufe. Dabei stieß er einen tiefen Gähnlaut aus.

Sarah ging zu der kleinen Vorratskammer im hinteren, dem Fenster abgewandten Teil ihres Zimmers und zapfte einen Becher Bier aus einem Holzfässchen. Danach schnitt sie mühsam mit einem stumpf gewordenen Messer zwei Scheiben dunkles Brot von einem harten Laib ab und legte sie, zusammen mit einem Stück Stockfisch und etwas Käse, auf einen irdenen Teller. Vosje tänzelte ungeduldig auf den Hinterbeinen und forderte bellend sein morgendliches Stückchen Dörrfleisch ein, mit dem er eilig unter einem schmalen Klapptisch am Fenster verschwand.

Gerade hatte Sarah sich niedergesetzt und wollte mit der

Morgenmahlzeit beginnen, als sie ein Klopfen an der Tür hörte. Vor ihr stand Trientje Anslo, die alte Hausbesitzerin, die das Erdgeschoss bewohnte. Die kleine, hagere Frau hatte es an diesem Tag offensichtlich besonders eilig gehabt heraufzukommen. Ihre Haube, die schon längst aus der Mode gekommen war, mit seitlichen, zu Wülsten gerollten Zipfeln, saß schief auf dem Kopf. Die blütenweiße Schürze mit dem bestickten Saum war zwar frisch gewaschen, aber noch nicht geplättet. Sarah fühlte, wie es Trientje drängte, die Gerüchte und Neuigkeiten, die sie am Vortag auf der Straße aufgeschnappt hatte, jemandem mitzuteilen.

»Wisst Ihr schon das Neueste? Der jüngste Neffe des Organisten von der Oude Kerk hat vorgestern im ›Zilveren Anker‹ einen Fremden niedergestochen«, begann sie ohne Umschweife und noch schnaufend vom Treppensteigen das Gespräch, und ihre wässrig blauen Augen glänzten vor Aufregung.

Sarah schüttelte stumm den Kopf und zog einen dreibeinigen Lehnstuhl an den Tisch heran, auf dem sich die Vermieterin ächzend niederließ. Sie beugte sich vor und sprach heftig gestikulierend auf Sarah ein.

»Ich gehe jede Wette ein, dass die neue Magd dahintersteckt, diese Anna. Die verdreht doch jedem, der Hose und Wams trägt, den Kopf. Einfach schamlos, wie sie sich immer hinunterbeugt und es darauf anlegt, dass die Gäste ihr in den Ausschnitt schauen. Pfui, sage ich da nur. Und jetzt sitzt dieser Trunkenbold von Neffe im Gefängnis. Der Arzt meint, der Fremde würde den Angriff wahrscheinlich überleben. Das Messer hat das Herz nur knapp verfehlt. Pah, Männer! Aber so sind sie eben. Einer hitzköpfiger als der andere! Genauso wie mein Jacob … Gott hab ihn selig.«

Trientje Anslo zog verächtlich die Mundwinkel herunter

und fuhr mit der blassrosa Zungenspitze zwischen den breiten Lücken ihrer fauligen Zahnstümpfe hin und her. Eine dünne Spur Spucke rann vom Mundwinkel bis zum Kinn hinunter. Sarah biss in das harte dunkle Brot, schmeckte dem würzig herben Geschmack des Biers auf der Zunge nach und täuschte Aufmerksamkeit vor. Klatsch und Tratsch langweilten sie, außerdem waren Wirtshausschlägereien an der Tagesordnung. Aber sie wollte die Vermieterin nicht brüskieren. Trientje Anslo hatte weder Verwandtschaft noch Freunde, mit denen sie sich austauschen konnte.

»Habt Ihr noch mehr Neuigkeiten erfahren?«, beeilte Sarah sich zwischen zwei Bissen zu fragen und setzte ein gewinnendes Lächeln auf.

»Allerdings! Die älteste Tochter des Weinhändlers aus der Kerkstraat soll zu Ostern heiraten«, setzte die Vermieterin ihren Redefluss fort. »Wurde aber auch Zeit, schließlich ist sie schon Ende zwanzig und ganz sicher keine Schönheit. Ihr zukünftiger Mann besitzt eine Kornmühle in Leiden, hat mir die Cousine der Schwägerin des Fleischers verraten. Oder war es doch Utrecht?«

Sarah hielt ein Stückchen Stockfisch unter den Tisch, das Vosje ihr vorsichtig schnuppernd aus den Fingern nahm und mit einem vernehmlichen Schmatzgeräusch hinunterschluckte. Mit Absicht übersah sie die vorwurfsvoll hochgezogenen Brauen ihres Gegenübers.

»Ich habe es schon oft gesagt, Sarah Meulemeester, Ihr seid noch zu jung, um für den Rest Eures Lebens alleine zu bleiben. Was geschehen ist, ist geschehen. Ihr solltet wieder heiraten und eine neue Familie gründen. Dann müsstet Ihr auch nie mehr einen Pinsel in die Hand nehmen. Malerin … das ist kein Beruf für eine anständige Frau! Ihr kennt doch den Bäcker aus der Doelenstraat. Er ist auf Brautschau. Das weiß ich von der Schwiegermutter der Strumpfmacherin. Der Mann hat zwar nur ein Auge, aber sonst ist er nicht übel. Stellt Euch nur vor, Ihr hättet auch in Notzeiten immer genug zu essen, und außerdem …«

Sarah machte eine abwehrende Handbewegung, stand abrupt auf und trug das leere Geschirr zurück in die Kammer. Sie hielt sich sehr gerade, spürte instinktiv die bohrenden Blicke der Vermieterin in ihrem Rücken.

»Ja, ja, Ihr mögt dieses Thema nicht, aber ich meine es doch nur gut mit Euch«, rief Trientje Anslo ihr mit vorwurfsvollem Unterton hinterher. Sarah presste die Lippen zusammen und antwortete mit Schweigen. Mit fahrigen Händen holte sie einen Zinnbecher aus dem hölzernen Eckregal über dem Bierfass, zählte hastig ein paar Münzen ab und ging an das Tischchen zurück. Sie schob das Kinn vor und straffte die Schultern.

»Hier, Trientje, das ist die Miete für die beiden letzten Monate, die ich Euch noch schulde. Gestern wurde wieder eins meiner Bilder verkauft. Ihr seht, zur Zeit laufen die Geschäfte recht gut bei mir.«

Trientje Anslos Gichtfinger griffen gierig nach den Münzen und verschwanden in Sekundenschnelle unter der Schürze. Die Vermieterin verzog den Mund zu einem breiten und zufriedenen Grinsen.

»Ihr wisst, dass ich nicht hinter dem Geld her bin. Aber eine alte Frau wie ich muss schließlich zusehen, wie sie alleine zurechtkommt. Da fällt mir ein, ich habe noch ein wenig Pökelhering übrig, den könnt Ihr Euch nachher abholen. Aber du darfst nichts davon bekommen«, sagte sie streng und warf einen tadelnden Blick zuerst unter den Tisch, dann auf Sarah. Vosje blinzelte und blieb zusammengerollt liegen, nur die buschige Schwanzspitze zuckte schwach.

Im Aufstehen rückte die alte Frau ihre Haube gerade und strich sich umständlich die zerknitterte Schürze glatt. »Jetzt habe ich aber lange genug geschwatzt. Höchste Zeit, dass ich mich um die Bügelwäsche kümmere. Schließlich will ich beim Sonntagsgottesdienst mit frisch gestärkten Kleidern vor das Angesicht unseres Herrn treten.«

Vosje sprang auf und zwängte sich an Trientje Anslo vorbei. In großen Sätzen hastete er die Treppe zur Diele hinunter und wartete ungeduldig darauf, dass ihm die Haustür geöffnet wurde. Wenige Minuten später war er wieder oben bei seiner Herrin, rollte sich in seinem Korb zusammen und schlief ein.

2

Sarah genoss die Stille, die nur vom Knistern des Kaminfeuers unterbrochen wurde. Sie spürte die vibrierende Mischung aus Spannung und Ungeduld in sich, die sie immer dann befiel, wenn sie mit einem neuen Bild begann. Handelte es sich um den Auftrag eines Kunden, musste sie sich nach den Erwartungen des Auftraggebers richten und ihre eigenen Empfindungen dem Handwerklichen unterordnen. Dafür war ihr, sofern es sich nicht um einen säumigen Auftraggeber handelte, ein vereinbartes Honorar sicher. Griff sie dagegen aus freien Stücken zum Pinsel, brauchte sie sich um keinerlei Wünsche und Forderungen zu kümmern und konnte ungehindert ihren Eingebungen folgen. Jedoch um den Preis, dass sich nach der Fertigstellung erst noch ein Käufer finden musste.

Am Vortag, beim Einkaufen auf dem Markt, war ihr ein

Einfall für ein neues Bildmotiv gekommen. Eine Szene aus dem Buch des Propheten Daniel: »Susanna im Bade«. Eine junge Frau hatte ihre Aufmerksamkeit geweckt. Mit einer anmutigen Bewegung und einem rätselhaften Lächeln beugte sie sich hinunter, um einen Kohlkopf aufzuheben, der ihr aus dem Einkaufskorb gefallen war. Der Gemüsehändler, ein pockennarbiger Mann in schmutzigen Flickenkleidern, sah währenddessen mit unverhohlenem Begehren auf die mädchenhafte Gestalt und leckte sich grienend die rissigen Lippen. Sofort hatte Sarah ihr kleines Skizzenheft, das sie immer bei sich trug, aus der Rocktasche gezogen und die Szene mit ein paar flüchtigen Strichen festgehalten.

Sie war dankbar, dass sie ungehindert arbeiten konnte, ohne sich um den Verkauf ihrer Bilder kümmern zu müssen. Das Geschäftliche regelte für sie Johannes Vermeer, ihr Vertrauter seit vielen Jahren. Seit sie beide im Alter von fünfzehn Jahren als Schüler im Atelier des berühmten Carel Fabritius ihre Ausbildung begonnen hatten.

Von allen lebenden Malern Delfts bewunderte sie Vermeer am meisten. Wegen des unübertroffenen Leuchtens seiner Farben und wegen der Gelassenheit, die seine Bilder ausstrahlten. Doch offenbar begriffen längst nicht alle Menschen das Außergewöhnliche seiner Werke. Denn auch Vermeer kannte finanzielle Sorgen und kämpfte mit Unwägbarkeiten. Die Pachteinnahmen aus dem geerbten Gasthaus deckten gerade einmal die Zinsen, die noch abgetragen werden mussten. Mehrmals schon war seine Schwiegermutter Maria Thins in den vergangenen Jahren eingesprungen und hatte der mittlerweile achtköpfigen jungen Familie mit ihrem Vermögen unter die Arme gegriffen.

Von Zeit zu Zeit nagten Selbstzweifel an Sarah. Die

letzten Jahre waren ein zäher Kampf gewesen – um ihre Anerkennung als Frau in einem Männer-Beruf und um ihre finanzielle Unabhängigkeit. Was aber würde geschehen, wenn sie eines Tages ihren Lebensunterhalt nicht mehr alleine bestreiten könnte, sie ihr Atelier aufgeben und womöglich ins Armenhaus gehen müsste? Es sei denn … Mit einem energischen Kopfschütteln verscheuchte sie den Gedanken an den einäugigen Bäcker, zwang sich, an nichts anderes mehr zu denken als an ihre Arbeit.

Das Malen ging ihr immer dann am leichtesten von der Hand, wenn sie zuvor den Bildaufbau genau geplant, die Konstruktion bis ins letzte Detail durchdacht hatte. Und so setzte sie sich ans Fenster in den abgenutzten, mit braunem Leder bezogenen Armlehnstuhl, auf dem Schoß ein Zeichenheft, in der rechten Hand einen Kreidestift. Sie skizzierte und korrigierte, verwarf und begann wieder von vorn, nahm einzelne Versatzstücke heraus und fügte diese neu zusammen.

Ganz allmählich entwickelte sich auf dem Papier die Szene. Sie würde Neelken bitten, ihr wieder einmal Modell zu stehen. Neelken, die dunkelhaarige Dienstmagd mit den funkelnden gelben Katzenaugen aus dem »Oude Admiral«, die keine Scheu hatte, ihre Nacktheit zur Schau zu stellen, und Gefallen daran fand, wenn ihr hübscher Körper auf der Leinwand festgehalten wurde, in immer wieder neuen Posen und Rollen.

Sarah war gänzlich in ihre Arbeit vertieft und merkte nicht, wie die Stunden verstrichen. Als irgendwann Vosje aufsprang und unruhig hin und her zu laufen begann, hörte sie die Turmuhr der nahe gelegenen Oude Kerk drei Mal schlagen. Sie gähnte kräftig, legte das Skizzenheft zur Seite und massierte ihren steifen Nacken. Dann packte sie drei große wollene Tücher übereinander und wickelte sie um Kopf und Schultern. Sie zog ihre hölzernen Überschuhe unter dem Bett hervor, die sie zum Schutz gegen die Kälte zusätzlich mit Stroh ausgestopft hatte, und stakste die steile, gewundene Treppe hinunter.

Der Himmel über Delft war grau und verhangen. Ein scharfer Wind blies von Westen. Es lag Schnee in der Luft. Vosje trottete neben ihr her, jedoch nur bis zum Ende der Choorstraat. An der Straßenecke nahm er Witterung auf und zog, die Rute hoch erhoben und die Nase dicht am Boden, alleine am Verwersdijk entlang Richtung Marktplatz.

Ein paar Kinder glitten laut johlend auf ihren Schlittschuhen über die zugefrorene Gracht, bewarfen ahnungslose Passanten mit faulen Eiern und scherten sich mitnichten um die Schimpftiraden, die ihnen vom Ufer aus entgegengeschleudert wurden. Sie ließen einen verbeulten Kupferkessel über das Eis kreiseln und prügelten sich um ein morsches Holzschwert, das eins der Kinder unter einer Brücke entdeckt hatte.

»He, seht ihr die Frau da vorne, die in dem braunen Rock? Irgendjemand hat mal erzählt, dass sie Malerin ist«, rief ein rotgesichtiger, etwa zwölf Jahre alter Junge seinen Kumpanen zu. Seine schief stehenden Zähne und die buschigen, über der Nasenwurzel zusammengewachsenen Augenbrauen erinnerten Sarah an den Markthändler, bei dem sie manchmal Stockfisch und Salzheringe kaufte.

»Ist das nicht komisch? Dabei weiß doch jedes Kind, dass Frauen überhaupt nicht malen können«, fuhr der Junge feixend fort und schaute frech und herausfordernd zu Sarah herüber. Flammende Wut loderte in ihr auf, die sich nur schwer mäßigen ließ. Zwar kannte sie solche hohlen Phrasen inzwischen zur Genüge, doch noch niemals hatte es ein Halbwüchsiger gewagt, sie in der taktlosen Art der Erwachsenen auszusprechen. Sarah reckte den Hals, und es gelang ihr sogar ein gelassener Tonfall. Auf keinen Fall wollte sie sich ihre Verärgerung diesen Kindern gegenüber anmerken lassen.

»Ich kann mir nicht vorstellen, dass du das ganz alleine herausgefunden hast, junger Mann. Das hat dir doch bestimmt dein Vater erzählt, habe ich recht?«

Der Junge schlug grinsend mit dem Schwert gegen den Kessel, der scheppernd über das Eis glitt, und kratzte sich im Schritt. Sarah tat, als bemerkte sie diese Geste nicht, und reagierte auf ihre Weise. Sie lächelte.

»Eigentlich müsstest du alt genug sein, um dir selbst ein Bild zu machen. Komm mich doch einmal in meiner Werkstatt besuchen, dann male ich dich. Du hast hübsche dunkle Haare und ein gutes Profil. Ich wohne in der Choorstraat, ungefähr in der Mitte, in dem kleinen Haus mit den ockerfarbenen Fensterläden.«

Der Junge drehte ihr den Rücken zu, beugte sich vornüber und schwenkte grölend sein Hinterteil hin und her. Es war wohl nur die Kälte, die ihn daran hinderte, auch noch die Hose herunterzulassen. Seine Freunde kreischten laut vor Vergnügen und äfften ihn nach.

Sarah verspürte Zorn und Traurigkeit. Sie raffte ihre Wolltücher enger um die Schultern und nahm sich vor, künftig bei einem anderen Fischhändler einzukaufen. Einem, der eine freizügigere Gesinnung hatte und seine Kinder besser erzog. Das Leben hatte sie bescheiden gemacht. Sie träumte weder von Ruhm, einem großen Haus oder von schönen Kleidern. Aber sie erwartete zumindest Respekt.

Den gleichen Respekt, der auch einer Gemüsehändlerin, einer Bierbrauerin oder Handschuhnäherin für ihre Arbeit entgegengebracht wurde.

Schon als Kind hatte sie sich für Bilder begeistert. Ihr Vater, der nach dem frühen Tod der Mutter keine zweite Ehe eingegangen war, hatte seine Tochter nach Kräften unterstützt und sie bei dem besten Maler Delfts in die Lehre geschickt. Vor zwölf Jahren war der Vater gestorben, als wieder einmal die Pest gewütet und er sich als Arzt bei der Behandlung seiner Kranken angesteckt hatte. Damals war sie neunzehn Jahre alt gewesen.

Und unversehens fühlte sie sich wieder als kleines Mädchen, sah die großen Hände des Vaters vor sich, die so schnell und sicher Knochen richten und ihr so zärtlich über das Haar streichen konnten. Hörte sie sein warmes Lachen, wenn er mit ihr im Sommer barfuß über die Wiesen vor der Stadt lief, sah seinen Blick, in dem sich all seine Liebe zu ihr, seinem einzigen Kind, spiegelte …

Für einen Moment schloss sie die Augen, gebot dann ihren Erinnerungen Einhalt. Mit energischen Schritten stapfte sie über die bogenförmige Brücke zur Vlamingstraat, wo sich der Bäckerladen und die Bierbrauerei befanden. Nachdem sie ihre Schulden bis auf den letzten Stuiver zurückgezahlt hatte, fühlte sie große Erleichterung. Sofort begann sie wieder zu träumen. Träumte, dass sich schon bald ein Interessent für ihr neues Bild, die »Susanna im Bade«, einfinden würde. Dann könnte sie endlich wieder ein Stückchen des kostspieligen Lapislazuli in der Apotheke kaufen. Dieses Pigment liebte sie am meisten, weil sich mit ihm die schönsten Samtstoffe und die klarsten Sonnenhimmel darstellen ließen. Und vielleicht würde sie sich sogar eine neue Staffelei leisten können aus widerstandsfähigem, glattem

Holz, über das die Finger gleiten konnten, ohne dass sich Splitter in die Haut bohrten.

3

»Warte, kannst du noch einen Augenblick so stehen bleiben?« Mit raschen und sicheren Handgriffen mischte Sarah eine Messerspitze Azurit unter das Bleiweiß. Neelken nickte stumm, verharrte reglos in ihrer Stellung, während Sarah mit einem feinen Pinsel zarte Linien auf die Leinwand tupfte, um einen bläulichen Schatten zwischen Bauch und Hüfte zu setzen.

Gleich nach dem Aufstehen hatte sie den Kamin angefacht, damit Neelken nicht fror. Sie selbst stand breitbeinig vor der Staffelei, die Ärmel ihres Malerkittels, der mit unzähligen Farbsprenkeln übersät war, hochgekrempelt, auf dem Kopf eine turbanähnliche Haube. Konzentriert glitt ihr Blick über die sanft geschwungenen Konturen des nackten Körpers. Sie prüfte die Wirkung des grünlich braunen Hintergrunds auf der Leinwand, der die helle, samtene Haut der jungen Frau zum Leuchten brachte. Die Unschuld der biblischen Susanna sollte gleich auf den ersten Blick erkennbar sein, ihre Vorfreude auf eine Erfrischung in dem klaren blauen Wasser spürbar.

»Es ist Zeit für eine Pause, Neelken. Du sollst schließlich nicht steif werden wie ein Hemd, das auf der Wäscheleine festfriert«, meinte Sarah nachsichtig. Sie legte Pinsel und Palette zur Seite und zog ein frisches Laken aus der geschnitzten Eichentruhe neben dem Bett.

Vosje sah darin eine Aufforderung zum Spielen und

sprang aus seinem Korb. Er schnappte nach einem Zipfel des Tuchs und zog kräftig daran. Sarah lachte und lenkte ihn mit einem alten Lederhandschuh ab, in den er sich sogleich verbiss und ihn links und rechts um die Ohren schlug.

Neelken dehnte ihren zartgliedrigen, biegsamen Körper, flocht die Haare zu einem dicken Zopf und schlang das Tuch wie eine Toga um sich. Sarahs Blick blieb an ein paar blauen Flecken hängen, die von den langen kastanienfarbenen Locken bisher verborgen geblieben waren und in einen Bogen zwischen Schulter und Brust verliefen.

»Wir hatten Streit«, erklärte Neelken unaufgefordert. Ihre raue, tiefe Stimme ließ Sarah immer an eine alte Frau denken, die in ihrem Leben zu viel Branntwein und Tabak gekostet hatte. Neelken setzte sich breitbeinig auf einen wackeligen Schemel, nahm einen Pinsel und kratzte sich mit dem Stiel zwischen den Schulterblättern. »Jan hatte an dem Abend mal wieder getrunken. Klar, dass er beim Tric-Trac-Spielen einen Gulden nach dem anderen verlor. Plötzlich kam dieser große, kräftige Seemann aus Amsterdam in die Schänke. Hat immer drei Bier auf einmal bestellt. Jan hat mir Vorwürfe gemacht und behauptet, ich hätte dem Fremden schöne Augen gemacht. Aber das stimmt nicht. Und dann hat Jan mich verprügelt. Ich hab mich gewehrt und ihn schließlich rausgeworfen. Jetzt ist ein für alle Mal Schluss.«

»Es ist nicht in Ordnung, was Jan getan hat«, stellte Sarah fest. »Aber bestimmt ist er nur deswegen aus der Haut gefahren, weil er dich so sehr liebt.«

»Liebe? Pah, dass ich nicht lache … Krank vor Eifersucht ist dieser Kerl gewesen! Vom ersten Tag an! Ständig hat er mir nachspioniert. Hat mir eine endlos lange Predigt gehalten, wenn ich mit einem Gast auch nur ein paar Worte gewechselt habe … Aber ich lass mich nicht rumkommandieren. Ich brauche meine Freiheit, und zwar in jeder Hinsicht – wenn du verstehst, was ich meine.« Neelken verzog den Mund und entblößte eine Reihe unregelmäßiger, gelb verfärbter Zähne, die einen unerwarteten Gegensatz zu ihren feinen, regelmäßigen Gesichtszügen bildeten. »Ein Wunder, dass ich es überhaupt so lange mit ihm ausgehalten habe. Zwei Monate …«

»Ich kenne Jan, seitdem er als Lehrling mit seinem Meister einen Arzneischrank für meinen Vater gebaut hat. Dein Freund ist ein anständiger und fleißiger Mann. Und er hat großes Talent. Niemand in der Stadt baut so kunstvolle Tische und Truhen wie er. Meinst du nicht, du hättest ihm noch eine Chance geben sollen?«

Neelken zuckte mit den Schultern und spuckte verächtlich auf den Boden, direkt neben Vosje, der verstört aufstand und sich neben dem Bett einen neuen Platz suchte. »Wozu? Dieser Mistkerl soll bleiben, wo er ist. Außerdem habe ich schon längst einen neuen Verehrer – Arent. Er arbeitet in der Fleischhalle. Der hat eine Kraft, sage ich dir. Wenn der mich durch die Stube trägt und auf mein Bett wirft und dann wie ein Stier …«

»Genug jetzt, Neelken! Aber überleg doch … Liebe ist ein Geschenk. Man darf einen Menschen nicht bloß aus einer Laune heraus zurückweisen.«

»Das war keine Laune … Und überhaupt, du hast leicht reden. Du lebst allein und musst dir von niemandem Vorschriften machen lassen.«

Sarah biss sich auf die Lippen, nahm einen Pinsel und schleuderte ihn in die hinterste Ecke der Werkstatt.

»Entschuldige, das geht mich alles nichts an. Ich wollte mich nicht in deine Angelegenheiten einmischen … Du kannst dich jetzt wieder anziehen. Wir machen morgen weiter.«

4

Mitte April hielt der Frühling machtvoll Einzug. Die Grachten tauten auf und verwandelten sich in schnurgerade Wasserstraßen, auf denen Männer Backsteine, Gemüse, Fleisch und andere Handelswaren in bunt lackierten Lastkähnen transportierten. Jeden Tag waren sie unterwegs, außer am Sonntag, dem Tag des Innehaltens und des Gebets. Enten, Reiher und Blesshühner suchten nach ruhigen, geschützten Nistplätzen an den Ufern der Kanäle, die die Stadt von Norden nach Süden, von Westen nach Osten durchzogen. Die ersten Glockenblumen und Hyazinthen bahnten sich einen Weg durch das Erdreich.

Sarah warf einen letzten Blick auf ihr vollendetes Werk, stellte mit Befriedigung fest, dass es gut gelungen war. Susanna, die mit der Geschmeidigkeit einer Katze ihre Sandalen löste, bildete das Zentrum des Gemäldes, einige Zentimeter rechts neben der Mittelachse. Ihr alabasterfarbener Körper erinnerte in seiner Makellosigkeit an marmorne Statuen antiker Göttinnen.

Am linken Bildrand streckten weiße Seerosen ihre Blütenköpfe der Sonne entgegen, die die Szene in ein warmes Licht tauchte. Schilfgräser, deren Halme sich im leisen Windhauch bogen, säumten den Teich. Eine Amphore, über der sich der zarte weiße Stoff von Susannas Kleid bauschte, bildete einen senkrechten Abschluss im rechten Vordergrund des Bildes.

Dahinter erhob sich ein Wacholderstrauch, zwischen dessen zurückgebogenen Zweigen die scharfkantigen Gesichter zweier Greise auftauchten. Der eine mit einer grauen Kappe und spitz vorgestrecktem Kinn, der andere mit rotem Turban und einem Kneifer auf der Nase. Beide mit gierigem Blick, während Susanna selbst nichts von den ungebetenen Gästen in ihrem Garten ahnte. Auf das Blütenblatt einer Seerose hatte Sarah ihre Initialen gesetzt, ein breit gestrecktes M, durch das sich in der Mitte ein schwungvolles S zog. Darunter die Jahreszahl 1664.

Sie holte einen Tontopf mit Butterkeksen aus der Vorratskammer und hüllte das Gemälde in einen Sack aus grob gewirktem Leinen. Dann zog sie eine dicke gewalkte Wolljacke an, legte sich zusätzlich ein breites Tuch um die Schultern und verließ gut gelaunt das Haus. Der Weg führte sie vorbei an unzähligen Fayence-Werkstätten, in denen die berühmten Delfter Fliesen sowie Vasen und Teekannen in der allseits beliebten chinesischen Manier hergestellt wurden. Von draußen konnte man die zotigen Lieder der Lehrjungen hören und die schallenden Ohrfeigen, die die Meister verteilten, wenn ein Stück zu Boden fiel und in Stücke zersprang.

Durch den schmalen Oudemansteeg gelangte sie in die Voldersgracht. In der früheren Kapelle des Altmännerheims befand sich der Versammlungsraum der Malergilde, deren Schutzpatron der heilige Lukas war. Hier hatten nur Zunftmitglieder Zutritt. Sie wandte sich nach links und war nach wenigen Schritten am Marktplatz, dem Zentrum Delfts, angelangt. Fuhrwerke klapperten über das Pflaster. Viele von ihnen voll beladen mit Holz und auf dem Weg zur Stadtwaage, um es dort wiegen zu lassen. Kutscher knallten mit der Peitsche und trieben mit lauten Schnalzlauten ihre

Pferde an. Der Geruch von frischem Backwerk und geräuchertem Fisch zog durch die Gassen.

Um diese Tageszeit waren zahlreiche Leute unterwegs. Frauen mit Eimern oder geflochtenen Körben unter dem Arm, die ihre Einkäufe tätigten und hier und da zu einer Plauderei stehen blieben. Kaufleute mit ihren zweirädrigen Handkarren, Männer in vornehmen schwarzen Seidenkleidern und breitkrempigen Hüten auf dem Weg in eins der zahlreichen Kontore oder ins Stadhuis, das sich zu ihrer Rechten, im westlichen Teil des Marktplatzes befand.

Sarah eilte vorbei an der Nieuwe Kerk, die hoch und mächtig zu ihrer Linken über dem Platz aufragte. Von allen Seiten hallten die Rufe der Händler, die ihre Waren anpriesen und sich dabei gegenseitig an Lautstärke zu überbieten versuchten. Gemüse und Gewürze, Käse und Fisch, Töpfe und Pfannen, Kleider und Gemälde standen zur Auswahl. Gleich hinter dem Stadhuis lagen die Fleischhallen. Sarah umrundete sie in einem weiten Bogen, weil sie den Anblick der Tierkadaver, die hin und her transportiert wurden, meiden wollte. Auch störte sie der Geruch von Fleisch, Blut und gesottenem Speck, der bis vor die Türen drang, ebenso der sirrende Ton der Sägen, die die Knochen zerteilten. An die Fleischhallen schlossen sich die Stände der Fischhändler an. Möwen und Seeschwalben kreisten mit lauten Rufen darüber und warteten darauf, dass jemand Fischköpfe oder Innereien in die Gracht warf.

Über eine steinerne Brücke gelangte Sarah in die Peperstraat. Dort betrat sie ein schmales, gerade einmal zwei Fenster breites Haus. In den dunklen Ladenregalen, die bis unter die Decke reichten, stapelten sich unzählige Stoffballen. Rebekka Bol, die füllige, fortwährend lächelnde Schneiderin, saß mit ihren beiden Lehrlingen an einem langen Eichentisch und führte ihnen vor, wie ein Wams zugeschnitten wurde.

»Seid gegrüßt, Sarah Meulemeester, ich habe Euch schon erwartet. Ihr müsst Euch noch einen kleinen Augenblick gedulden, es ist aber alles schon vorbereitet.«

Keuchend stieg die Schneiderin die Treppe zum Obergeschoss hinauf und kam nach wenigen Minuten mit einem Mieder aus leuchtend rotem Samt wieder herunter. Vorsichtig breitete sie es auf der mächtigen Ladentheke aus und sah ihr Gegenüber erwartungsvoll an. Wie von selbst glitten Sarahs Hände über den weichen Stoff.

»Wundervoll, Mevrouw Bol, genau so habe ich es mir vorgestellt«, sagte sie beglückt, hielt das Mieder hoch und betrachtete es von allen Seiten. Bewunderte den schmalen Schnitt, die feinen Stiche, die zarte Stickerei am Saum mit den unzähligen, winzig kleinen Gänseblümchen. Dachte längst schon nicht mehr daran, dass sie ein halbes Jahr auf ihre geliebten Mandelhörnchen und kandierten Früchtekuchen verzichtet und auch ihre alten, löchrigen Lederschuhe nicht mehr hatte reparieren lassen, um dieses kleine Meisterwerk, das sie jetzt in den Händen hielt, bezahlen zu können.

»Ich hoffe nur, Eure Patentochter wird nicht so schnell herauswachsen und das gute Stück recht lange tragen«, meinte die Schneiderin und fügte augenzwinkernd hinzu. »Was meint Ihr, meine Liebe? Würde Euch so ein Mieder nicht auch gefallen? Ihr seid jung und gut gebaut. Ich bin mir übrigens sicher, dass auch viele Männer dieser Ansicht sind. Trotzdem tragt Ihr immer nur dunkle und einfach geschnittene Kleider. Ein wenig mehr Farbe und Zierrat würden Eure feine Haut und die hellen Haare viel besser zur Geltung kommen lassen.«

»Aber nein, Mevrouw, was soll ich mit Putz und Dekor? Über dieses Alter bin ich hinaus. Bei einem Kind ist es etwas anderes. Junge Mädchen brauchen farbenfrohe und verspielte Dinge.«

Als Sarah das Haus am Oude Langendijk betrat, waren schon sämtliche Familienmitglieder in der Stube versammelt. Johannes und Catharina Vermeer bildeten mit den vier jüngeren Mädchen einen Kreis um Maria, ihre älteste Tochter, und sangen im Chor ein Ständchen. Maria Thins, die Großmutter, hielt Johannes, den erst wenige Monate alten Säugling, auf dem Arm und wiegte ihn sanft. Als Maria ihre Patentante bemerkte, drängte sie ihre Schwestern zur Seite und warf sich in Sarahs Arme.

»Warum bist du nicht schon früher gekommen? Wir haben nur auf dich gewartet. Stell dir vor, was ich zum Namenstag bekommen habe, einen Reifen aus rotem Holz und ein Paar schwarze Lederschuhe. Aber die darf ich nur am Sonntag tragen, wenn wir zur heiligen Messe gehen. Hast du mir auch ein Geschenk mitgebracht?«, fragte sie atemlos und mit großen, leuchtenden Augen.

Sarah beugte sich lächelnd zu ihr hinunter, drückte Maria fest an sich und gab ihr einen Kuss auf beide Wangen. Wie jedes Mal, wenn sie die Kleine umarmte, verspürte sie einen leisen Stich, da, wo das Herz saß. Sie schmiegte ihr Gesicht an das seidenweiche Haar des Mädchens und roch den zarten Duft von Chinaäpfeln.

»Wie kannst du so etwas fragen? Ich werde doch am Namenstag meines Patenkindes nicht mit leeren Händen kommen. Sieh einmal nach, was in dem Korb ist. Dann kann ich inzwischen auch die anderen begrüßen.«

Während Sarah zu den Erwachsenen hinüberging, stürzten die fünf Mädchen sich auf den Weidenkorb. Maria stieß einen Freudenschrei aus, streifte in Windeseile das Mieder über ihr Kleid und stolzierte aufgeregt und hoch erhobenen Hauptes in der Stube auf und ab.

»Ich will auch ein Purpur-Mieder haben. Ich auch«, schrien Elisabeth und Cornelia durcheinander, während Aleydis und Beatrix, die zwei Jüngsten, sich mit beiden Händen die Butterkekse in den Mund stopften, die sie zuunterst in dem Korb entdeckt hatten. Catharina blickte zu Sarah hinüber, lächelte milde und schüttelte gleichzeitig den Kopf.

»Das ist ein wunderschönes Geschenk, Sarah, aber viel zu kostspielig für ein zehnjähriges Mädchen.«

»Du darfst das Kind nicht immer so verwöhnen. Du solltest auch einmal an dich denken«, fügte Vermeer hinzu und hob scherzhaft drohend den Finger.

»Aber nein, ich habe doch alles, was ich brauche«, widersprach Sarah hastig. »Ihr könnt euch nicht vorstellen, wie viel Spaß es gemacht hat, mit der Schneiderin den Stoff und das Garn für die Stickerei auszusuchen … Und ich wäre noch glücklicher, wenn euch Maria darin genauso gut gefällt wie mir. Ich finde, sie sieht aus wie eine Prinzessin.«

Mit einem raschen Griff hob Vermeer seine älteste Tochter hoch und stellte sie auf einen Stuhl. Er trat einen Schritt zurück, deutete mit einer kreisenden Handbewegung einen Gruß an und machte eine tiefe Verbeugung in Richtung Sarah.

»Liebe, verehrte Sarah Meulemeester. Im Namen meiner Tochter, der hochwohlgeborenen Regentin Maria Catharina von Delft, möchte ich ein herzliches Dankeschön aussprechen und Euch höflichst ersuchen, nunmehr an unserer Tafel Platz zu nehmen.«

Die Mädchen kicherten und gluckSten vor Vergnügen.

Ihre leuchtenden Augen ließen erkennen, wie sehr sie ihren Vater bewunderten. Mit gespreizten Fingern hielten die vier älteren Mädchen ihre Röcke hoch und tänzelten auf Zehenspitzen durch die Stube. Beatrix, die Jüngste, krabbelte quietschend zwischen ihren Schwestern hin und her.

»Ich will neben Sarah sitzen. Nein, heute bin ich dran«, riefen sie durcheinander, zogen Sarah mit sich und kletterten plappernd auf ihre Stühle. Auf ein Zeichen Vermeers sprachen sie hastig das Tischgebet und hoben alle gleichzeitig ihre Teller hoch, um sich auffüllen zu lassen. Es gab Walnusskuchen und Zimtzwieback, Reis mit Dörrobst, Brot, Käse und für die Großen süßen, schweren Malvasierwein. Sarah konnte kaum den Blick von den Köstlichkeiten wenden. So viele Leckerbissen auf einmal hatte sie schon lange nicht mehr genossen.

Sie aß und scherzte mit den Mädchen, lachte herzhaft, als Johannes Vermeer wiehernd und auf allen vieren den Tisch umrundete und die Mädchen auf seinem Rücken reiten ließ. Gemeinsam mit Maria Thins beklagte sie die gestiegenen Brotpreise, ließ sich von Catharina die Zubereitung der Nusskuchenfüllung erklären und den kleinen Johannes an ihren Haaren ziehen, die sie zu Zöpfen aufgesteckt trug.

Nach dem Essen begannen die Kinder, unruhig zu werden. Sie hüpften durch die Stube, schubsten sich, bis sie hinfielen, und zogen sich gegenseitig an den Haaren. Ein Ball flog durch das Zimmer und hätte beinahe eine mit Wein gefüllte Karaffe vom Tisch stürzen lassen. Nach mehreren vergeblichen Ermahnungen schickte Catharina sie zum Mittagsschlaf in ihre Zimmer.

Die Erwachsenen blieben noch eine Weile in der Stube sitzen, froh, dass sie nunmehr ungestört weiterreden konnten. Sie zeigten sich begeistert von Sarahs neuem Gemälde und diskutierten lebhaft die Geschichte der biblischen Susanna, die zu Unrecht des Ehebruchs beschuldigt und zum Tode verurteilt worden war. »Lob und Preis sei unserem Herrn«, sagte Maria Thins und faltete die Hände. »Durch seine Güte und Weisheit wurde Susannas Leben im letzten Moment gerettet.«

Erst am späten Nachmittag kehrte Sarah in die Choorstraat zurück. Vosje lief schon ungeduldig vor dem Haus auf und ab und schmiegte sich jaulend und schwanzwedelnd an die Beine seiner Herrin.

Gerade wollte Sarah die Haustür öffnen, als ihr Blick auf ein Blatt Papier fiel, das mit einem Nagel an der verwitterten Holzlaibung befestigt war. In groben, ungelenken Federstrichen war eine Landschaft mit Bergspitzen im Hintergrund zu sehen. In der linken Hälfte pflügte ein Bauer sein Feld, rechts im Mittelgrund war das Meer, in das kopfüber eine menschliche Gestalt stürzte. Sarah erkannte augenblicklich, dass die Vorlage zu dieser Zeichnung ein Gemälde von Pieter Brueghel dem Älteren war, das den Sturz des Ikarus zeigte. Jenes unbesonnenen Jünglings aus der griechischen Sage, für den sein Vater Dädalos mit Wachs verbundene Flügel angefertigt hatte. In seinem Hochmut flog der Sohn zu nah an die Sonne heran und stürzte ins Meer. Doch nicht ein junger Mann war es, der hier in die schäumenden Wogen fiel, sondern eine Frau. Und diese sollte Sarah darstellen, wie an den hochgesteckten Zöpfen und der schmalen, leicht nach oben gerichteten Nase unzweifelhaft zu erkennen war.

In diesem Moment wurde die Tür von innen geöffnet. Trientje Anslo schlurfte, den Einkaufskorb in der Hand, über die Schwelle und entdeckte die Zeichnung. Mit ungelenken Fingern hantierte sie in ihrer Gürteltasche und suchte nach dem Kneifer.

»Was hat denn das zu bedeuten?«, fragte sie neugierig und reckte das Kinn vor. Dabei berührte ihre Nasenspitze fast das Papier. »Eine Landschaft, ein großes Tier ... sieht aus wie ein Elefant ... und ein Engel, der mit dem Kopf nach unten fliegt ... Merkwürdiges Bild. Habt Ihr eine Ahnung, von wem es stammt?«

Schnell zog Sarah den Nagel aus dem Holz, faltete das Papier zusammen und ließ es nachlässig in ihrer Rocktasche verschwinden. Ein flüchtiger Blick hatte genügt, um zu erkennen, dass etwas auf der Rückseite geschrieben stand: »Hochmut kommt vor dem Fall.«

»Das weiß ich nicht«, antwortete Sarah betont gleichgültig. »Auf jeden Fall war es ein Anfänger. Er muss noch eine Menge lernen, bis aus ihm einmal ein Meister wird.«

Dann ließ sie die Vermieterin stehen und folgte dem Hund die Stufen hinauf hoch in die Werkstatt. Trientje Anslo sollte nichts von ihrer Bitterkeit bemerken. Schon häufig hatte Sarah Vorurteile zu spüren bekommen. Verständnislose Blicke oder Tuscheleien hinter vorgehaltener Hand, weil sie etwas tat, was sich landläufig für eine Frau nicht schickte. Malen nämlich. Wer mochte nun hinter dieser neuen Boshaftigkeit stecken? Ein Mann? Eine Frau? Sarah wollte nicht weiter darüber nachdenken. Schließlich brauchte sie sich vor niemandem zu rechtfertigen und würde sich durch derartige Beleidigungen nicht verunsichern lassen. Sie war eine Meulemeester!

5

Nachdem Sarah ihre Morgenmahlzeit beendet hatte, griff sie zu ihrem Skizzenbuch und zeichnete aus dem Gedächtnis Maria, wie sie sich in ihrem neuen Mieder im Spiegel betrachtete und dabei in die Hände klatschte. Auf einmal hörte sie schwere, schleppende Schritte auf der Treppe, die unmöglich von Trientje Anslo stammen konnten. Ein energisches Klopfen an der Tür ließ sie vermuten, dass es sich um einen wichtigen Besucher handelte. Knurrend und mit gesträubtem Rückenfell sprang Vosje zur Tür und fletschte die Zähne.

Sarah öffnete und sah sich einem Mann mit einem grauen Wollumhang und kniehohen Lederstiefeln gegenüber. Er tippte mit den Fingerspitzen nur kurz gegen seinen Hut, ohne ihn jedoch zu lüften. Mit halb zusammengekniffenen Augen rasselte er seinen Auftrag herunter.

»Seid Ihr Sarah Meulemeester? Ich soll Euch eine Nachricht übermitteln. Der Bürgermeister wünscht Euch zu sprechen. Er will wissen, wann Ihr heute ins Stadthuis kommen könnt. Es handelt sich um eine dringende Angelegenheit. Er erwartet Eure Antwort sofort.«

Sarah schaute den Boten fragend an, während Vosje mit seinen Vorderläufen einknickte, den Schweif erhob und den Fremden feindselig anbellte. Sie konnte sich nicht vorstellen, was der Anlass für diese seltsame Vorladung sein mochte. Ein kurzes Zögern, dann nickte sie.

»Gut. Allerdings habe ich heute Vormittag noch in meiner Werkstatt zu tun. Richtet dem Bürgermeister aus, dass ich am Nachmittag kommen werde. Um drei Uhr.«

Der Diener schien erleichtert, dass seine Order erledigt war. Grußlos drehte er sich um und stieg polternd die Treppe hinunter. Sarah spürte ihr Herz schneller schlagen. Was mochte man ihr vorwerfen? Sie hatte nichts Unrechtes getan. Schulden hatte sie auch keine mehr, sämtliche Rechnungen waren bis auf den letzten Stuiver bezahlt … Es konnte aber auch eine Falschaussage gegen sie vorliegen. Von jemandem, der Anstoß daran nahm, dass sie als Frau malte …

Noch ganz in ihre Gedanken vertieft, trat Sarah hinter den großen Reibestein neben der Vorratskammer, legte einige Stücke verkohltes Elfenbein in die Mulde auf der Oberseite und begann mit einem kleineren, eiförmigen Stein die geschwärzten Zähne zu zerstoßen. Gleichmäßig und wie von selbst bewegten sich ihre Handgelenke im Kreis, die diese Tätigkeit schon unzählige Male ausgeführt hatten. Nach einer Weile war das Elfenbein nur noch ein feines schwarzes Pulver. Sie liebte es, Farbpigmente zu reiben, genoss die Ruhe und Befriedigung, die ihr diese monotone Verrichtung verlieh und ihr Denken ruhig dahinfließen ließ.

Doch womöglich steckte hinter der Vorladung gar nichts Unangenehmes. Sondern ein neuer Auftrag! Der Bürgermeister galt in der Stadt als gebildet und kunstsinnig. Vielleicht wollte er eine biblische Szene bei ihr bestellen? Oder er wünschte, dass sie seine massige Frau Geertghe, die ihn um mehr als einen Kopf überragte, als Flora oder Aphrodite porträtierte. Einer solchen Bitte würde sie liebend gerne nachkommen.

Sarah füllte die fein geriebene Substanz in eine irdene Schale, goss tropfenweise Leinöl aus einer dunklen Flasche hinzu und rührte alles mit einem Spachtel gut durch. Der strenge Geruch des Öls stieg ihr in die Nase, den sie dennoch mochte, weil er ihr so vertraut war und weil er zu ihr gehörte. Als die Paste die richtige Beschaffenheit hatte, weder zu fest noch zu flüssig, verschloss sie die Öffnung mit einem Stückchen Pergamentpapier und stellte das Gefäß in ein Regal neben der Kammer, in dessen oberem Teil sich weitere Tiegel und Flaschen und im unteren Teil Paletten, Bilderrahmen und Leinwandrollen befanden.

Mit Glockenschlag drei betrat Sarah das Stadhuis, einen imposanten sandfarbenen Bau mit leuchtend rot lackierten Fensterläden und vergoldeter Fassade. Von den Einfassungen der Fenster beobachteten weiße Marmorgesichter das geschäftige Treiben auf dem Marktplatz. Zahlreiche, in würdiges Schwarz gekleidete Ratsleute eilten, geschäftig und in lebhafte Diskussionen vertieft, durch die Eingangshalle. Ein Zimmerer stand auf der obersten Sprosse einer Leiter, gestützt von einem Gehilfen, und tauschte eine der reich verzierten Holzkassetten an der Decke aus. Ein junger, hoch gewachsener Ratsdiener balancierte einen Stapel Schriftbündel in seinen Händen. Bei Sarahs Anblick hob er anerkennend die Brauen und spitzte die Lippen zu einem lautlosen Pfiff.

»Vermute ich richtig, dass Ihr die Malerin Sarah Meulemeester seid? Es ist mir ein besonderes Vergnügen, Euch dem Bürgermeister zu melden. Mein Name ist Gerrit Poortvliet. Stets zu Euren Diensten«, fügte er mit einem spitzbübischen Lächeln hinzu. Für einen kurzen Augenblick verschwand er hinter einer der schweren Eichentüren zu den Ratszimmern, dann winkte er Sarah zu sich heran.

»Der Bürgermeister bittet Euch einzutreten«, sagte er und starrte ungeniert auf Sarahs kupfern schimmerndes Haar. Mit Absicht wich er ihr so spät aus, dass seine Hand noch ihre Rockfalten streifte.

Hendrick van Suyten erhob sich aus seinem Amtssessel,

den eine hohe Lehne mit geschnitzten Adlerköpfen zierte, und reichte Sarah höflich die Hand. Seine groben, pockennarbigen Gesichtszüge bildeten einen seltsamen Kontrast zu seinen sorgfältig gelockten grauen Haaren, auf denen ein hoher Hut mit schmaler Krempe saß. Ein schwarz-seidener Anzug und ein samtenes Wams unterstrichen sein würdevolles Aussehen.

»Verehrte Sarah Meulemeester, ich bin entzückt, dass Ihr meinem Aufruf sogleich gefolgt seid. Bitte sehr, nehmt doch Platz. Was darf ich Euch zu trinken anbieten? Ich habe da einen ganz vorzüglichen Wein aus der Toskana, Jahrgang 1656, von einem kleinen Landgut in der Nähe von Siena. Den müsst Ihr unbedingt einmal probieren.«

Er nahm eine Tischglocke zur Hand. Wie auf ein vereinbartes Zeichen hin erschien der junge Diener und trug ein Tablett mit zwei grünlichen Glaspokalen und einer Karaffe herein, in der tief dunkelroter Wein schimmerte.

Hartnäckig suchte Gerrit Poortvliet Sarahs Blick, doch sie schaute an ihm vorbei auf einen Wandteppich im Rücken des Bürgermeisters, der vom Boden bis fast zur Decke reichte. Zu sehen war eine Schlachten-Szene aus dem Kampf der Holländer gegen die Spanier während des Achtzigjährigen Kriegs. Van Suyten schenkte schwungvoll ein und überreichte Sarah ein Glas.

»Also dann, werte Meisterin, auf Euer Wohl.«

Sie kostete einen winzigen Schluck. Der Wein war herb und schwer, ihre Zunge fühlte sich an wie mit einer pelzigen Schicht überzogen.

»Bei meinem letzten Besuch am Hof von Den Haag sah ich in einem Bibliothekszimmer eine Landschaft mit dem römischen Gott Bacchus und seinem Gefolge. Sehr eindrucksvoll, ganz außerordentliche Qualität. Man erzählte mir, das Bild stamme von Eurer Hand. Und der Sekretär des Statthalters vertraute mir überdies an, dass er eine äußerst bezaubernde Allegorie der Jagd von Euch besitze. Die ich jedoch bedauerlicherweise nicht zu sehen bekam. Sie befindet sich nämlich in seinem Schlafgemach«, erklärte Hendrick van Suyten augenzwinkernd, lehnte sich in seinen Sessel zurück und schlürfte geräuschvoll den Wein.

»Erzählt mir, Mijnheer Burgemeester, weswegen Ihr mich zu Euch gebeten habt«, bat Sarah und zwang ihre Hände dazu, ruhig in ihrem Schoß liegen zu bleiben und nichts von der Anspannung in ihrem Inneren zu verraten. Van Suyten hatte ohne Umschweife das Gespräch auf ihre Malerei gebracht. Sollte sie tatsächlich wegen eines neuen Bildes bestellt worden sein? Wenn dem so wäre, dann müsste sie sich für die nächsten Monate keine Sorgen mehr um ihre Miete oder um neue Malutensilien machen. Sie wagte kaum, sich derartig verlockende Aussichten genauer auszumalen. Van Suyten räusperte sich.

»Nun, Ihr habt in der Tat eine sehr direkte Art, die Dinge anzusprechen. Ich schätze so etwas. Wie wir alle wissen, wird sich in einigen Monaten ein in der Geschichte unserer Stadt unfassbarer Schicksalstag zum zehnten Male jähren. Ich spreche von der Explosion des Pulverturmes, dem großen Brand, der ein ganzes Stadtviertel in Schutt und Asche gelegt und so viele Bürger aus unserer Mitte gerissen hat. Der Hohe Rat der Stadt ist zu der Ansicht gelangt, dass es die Pflicht der Überlebenden ist, an dieses Geschehen zu erinnern, in einer angemessenen und feierlichen Art.«

Sarah stellte ihr Glas so abrupt auf dem Tisch ab, dass ein paar Tropfen überschwappten und außen am Kelch hinunterflossen. Sie richtete sich kerzengerade auf. Sprachlos blickte sie van Suyten an.

»Nun also, da Eure Kunst sogar bei Hof Gefallen findet, habe ich vorgeschlagen, dass wir des Donderslags vom zwölften Oktober 1654 in einem Festakt gedenken. Als Höhepunkt der Zeremonie werde ich, in meiner Funktion als Erster Bürger unserer wunderbaren Stadt, hier im Stadhuis ein Gemälde enthüllen, das ebenjenes Ereignis widerspiegeln und fortan die Eingangshalle dieses hohen Hauses schmücken soll.«

Sarah schluckte mühsam den Kloß in ihrem Hals herunter, ihre brennenden Augen suchten Halt auf dem weißen, gefältelten Kragen van Suytens.

»Natürlich darf ein solches Bild nur von einem einheimischen Maler stammen. Von jemandem, der mit Delft und seinen Bewohnern vertraut ist und der obendrein eine besondere Reputation genießt. Nach ausgiebigen Beratungen sind wir zu der Überzeugung gelangt, dass niemand diese verantwortungsvolle Aufgabe besser erfüllen könnte als Ihr. Auch wenn ich jetzt schon den Aufschrei einiger kleingeistiger Zunftmitglieder höre, die lieber einen Mann an dieser Stelle gesehen hätten. Doch das sollte uns keinesfalls verunsichern, meine Teuerste. Ich möchte Euch daher ersuchen, dieses großartige Werk zum Ruhm der Stadt und zu ihrem ewigen Gedächtnis zu malen.«

Eine Weile starrte Sarah bleich und teilnahmslos vor sich hin, als seien die letzten Worte des Bürgermeisters überhaupt nicht bis an ihr Ohr gedrungen. Schweißperlen traten auf ihre Stirn, sie fröstelte.

»Was ist mit Euch? War etwas mit dem Wein?«, fragte van Suyten unsicher. Er schnupperte an seinem Glas, nahm einen vorsichtigen Schluck und griff nach der silbernen Tischglocke, um den Diener hereinzurufen.

Es kostete Sarah große Anstrengung, sich von ihrem

Stuhl zu erheben. Ihre Glieder fühlten sich an wie mit Blei gefüllt. Mit beiden Händen umklammerte sie die Tischkante, atmete tief durch.

»Bitte entschuldigt mich, Mijnheer, ich bin sehr … überrascht. Erlaubt mir, Euer Angebot zuerst zu überschlafen.«

Sie band ihr Schultertuch zusammen und lief zur Tür, schneller, als es die Höflichkeit gebot. Fast wäre sie mit dem Diener zusammengestoßen, der ihr einen fürsorglichen Blick zuwarf und diensteifrig seinen Arm anbot. Mit einer brüsken Handbewegung wehrte sie ihn ab, hob ihre Röcke und rannte, von einer inneren Macht angetrieben, durch die große Halle Richtung Ausgang.

»Aber ich darf hoffentlich mit einer Zusage rechnen?«, hörte sie hinter sich den Bürgermeister rufen, doch da war sie schon draußen, stolperte über den Marktplatz, hastete vorbei an den prunkvollen Fassaden der Bürgerhäuser vom Verwersdijk, nahm gar nicht wahr, wie Passanten sich verwundert nach ihr umschauten, rannte immer weiter, bis auf der rechten Seite der Choorstraat das schmale, leicht zur Straßenseite hin geneigte Haus von Trientje Anslo auftauchte.

Sie flüchtete die Treppe hinauf und kauerte sich mit angezogenen Beinen auf ihr Bett, konnte nicht länger die Vergangenheit abwehren, die mit aller Macht zur Gegenwart wurde. Mit beiden Händen hielt sie sich die Ohren zu, in denen ein entsetzlicher Lärm tobte, der sich ins Unermessliche steigerte. Donner brauste auf, fünfmal in kurzen Abständen hintereinander. Das Bett unter ihr bebte, Flammen schlugen hoch. Der Himmel verdunkelte sich, Dachpfannen und Ziegel fielen herab, Fensterrahmen mit zersplitterndem Glas, Kinderspielzeug und Papierfetzen. Sie hockte unter einer Eiche, hielt schützend die Hände über den Kopf und wartete auf das Ende aller Dinge.

Leise stöhnend wälzte sie sich auf dem Bett, kämpfte darum, der schrecklichen Erinnerung an dieser Stelle Einhalt zu gebieten. Mit aller Kraft nötigte sie sich aufzustehen, stolperte in die Vorratskammer. Wie von selbst griff ihre Hand nach einer Kanne Wacholderschnaps. Kraftlos sank sie zurück aufs Bett, leerte ein Glas. Danach ein weiteres. Ihre Kehle brannte, doch sie sehnte sich nach mehr. Nach Vergessen und gedankenverlorenem Versinken im Nichts.

6

Der Schlaf, der einer Ohnmacht glich, kam irgendwann spät in der Nacht und dauerte bis zum Morgengrauen. Ein Kratzen an der Ateliertür ließ Sarah in die Gegenwart zurückkehren. Schlaftrunken wankte sie zur Tür, spürte eine warme, feuchte Hundeschnauze an ihrer Hand. Vosje hatte die Nacht womöglich in der Diele oder, viel schlimmer noch, irgendwo draußen unter freiem Himmel verbringen müssen, während sie von dem Alb heimgesucht worden war, der sich ihrer Träume in stetig wiederkehrenden Abständen bemächtigte. Seit jenem schicksalshaften Oktobertag, als eine Explosion ein metertiefes, schwarzes Loch an der Stelle riss, wo einmal der Pulverturm gewesen war, während sie selbst am östlichen Ufer der Schie stand. Dorthin war sie in aller Frühe aufgebrochen, um die Wiesen und Polder in der aufgehenden Herbstsonne zu zeichnen. Fast ein ganzes Skizzenheft hatte sie in nur wenigen Stunden an jenem Morgen gefüllt.

Vosje schob seine Schnauze zwischen ihre Knie und sah erwartungsvoll zu ihr auf. Wie in Trance füllte sie dem Hund eine Schale mit Wasser und gab ihm einen Knochen. Sie selbst verspürte keinen Hunger, nur unbeschreiblichen Durst. Ihre Zunge klebte am Gaumen. Sie füllte einen Becher Buttermilch ab, trank ihn in einem Zug leer, schenkte sich erneut ein und ging hinüber zu dem Tischchen am Fenster. Dabei streifte ihr Blick den ein wenig blind gewordenen Spiegel neben der Tür, in dem sie eine hohlwangige Gestalt bemerkte mit wirren Haaren, aschfahlem Gesicht und gequollenen, rot geränderten Augen.

Sarah ließ sich in den Lehnstuhl fallen, leerte den zweiten Becher Milch, trank diesmal in langsamen, kleinen Schlucken. Sie beugte sich vor, senkte den Kopf auf die Tischplatte und ballte die Hände zu Fäusten.

Während sie über den Marktplatz eilte, stand plötzlich Johannes Vermeer vor ihr. Unter dem Arm trug er eine braune lederne Tasche mit den Anträgen und Protokollen der Lukas-Gilde. Seit einem Jahr wirkte er als deren Obmann.

»Guten Morgen, Sarah, so früh schon unterwegs? Ich bin gerade auf dem Weg in die Voldersgracht, weil ich die Jahresabrechnung für unsere nächste Sitzung prüfen will. Aber das kann bis zum Nachmittag warten. Wenn du einen Augenblick Zeit hast, dann würde ich dir gerne mein neues Bild zeigen und deine Meinung dazu hören.«

Verwirrt starrte Sarah ihn an. Sie hatte überhaupt nicht auf die Menschen geachtet, die an ihr vorbeigingen, nicht darauf, dass es ein kühler Tag war und sie das Haus ohne wärmenden Umhang verlassen hatte. Nicht auf die Haarsträhne, die sich aus ihrem Zopf gelöst hatte und ihr wie eine Spirale über der Schulter hing.

»Ich muss eigentlich … ins Stadhuis«, stammelte sie, während ihr ein Schauer über den Rücken rieselte und ihre Zähne gegeneinanderschlugen.

»Aber du frierst ja, Sarah. Ich schlage vor, dass du erst einmal mit zu uns nach Hause kommst. Da kannst du dich ein Weilchen aufwärmen.«

Widerspruchslos folgte sie Vermeer über die Brücke zum Oude Langendijk, betrat nach ihm das Haus, nahm schemenhaft die Magd Tanneke Everpoel wahr, hörte die beiden miteinander reden. Irgendwann saß sie im Atelier auf einem der mit blauem Leder bezogenen Stühle, dessen Lehne geschnitzte Löwenköpfe zierten, eingehüllt in eine Decke, vor sich einen Kräuteraufguss. Auf dem schachbrettartigen Fußboden des großen weiß getünchten Raumes lagen verstreut einzelne Skizzenblätter. Johannes Vermeer sammelte sie ein und stapelte sie sorgfältig auf dem quadratischen Tisch unter dem Fenster. Er schwieg, ließ ihr Zeit. Das heiße Getränk wärmte und belebte sie, sie spürte den Geschmack von Thymian, Anis und Honig auf der Zunge.

»Danke, Johannes, das tut gut. Ich fühle mich schon wieder etwas besser.«

Vermeer ließ von seiner Arbeit ab, zog einen zweiten Stuhl heran und setzte sich Sarah gegenüber.

»Möchtest du etwas essen? Tanneke soll ein paar Zwiebackstücke bringen.«

Sarah schüttelte den Kopf, wickelte sich fester in die schützende Decke und stellte die Füße auf ein kupfernes Fußbänkchen, aus dem warme Luft emporströmte.

»Hattest du eine Verabredung im Stadhuis?«, fragte Vermeer in seiner ruhigen, bedächtigen Art, füllte von dem Kräuteraufguss nach und wartete geduldig auf Sarahs Antwort, die nur stockend kam.

»Der Bürgermeister hat mich gestern … zu sich bestellt. Er hat mir ein Angebot gemacht. Ich soll ein Bild malen … zur Erinnerung an den Donderslag.«

»Das ist wirklich eine gute Neuigkeit. Van Suyten hat übrigens die richtige Wahl getroffen. Niemand wäre für eine solche Aufgabe besser geeignet als du.«

Sarah schüttelte kaum merklich den Kopf und blickte nachdenklich zum Fenster hinaus.

»Was ist mit dir, Sarah? Du sagst ja gar nichts. Freust du dich denn gar nicht?«, fragte Vermeer vorsichtig und ordnete die Falten seines Ärmels, um ihr nicht ins Gesicht schauen zu müssen.

Sarah fixierte eine Wolke, die langsam draußen hinter dem hohen Kirchturm der Nieuwe Kerk vorbeizog und suchte nach einer Antwort.

»Der Grund ist … ich will nicht mehr an das Geschehen erinnert werden, Johannes! Ich ertrage es nicht! Ich wünschte, man würde die Vergangenheit endlich ruhen lassen.«

»Sarah! Um einen solchen Auftrag würden dich sämtliche Maler in der Stadt beneiden. Sag mal, du wirst van Suyten doch hoffentlich keine Absage erteilt haben?«

»Ja … das heißt, nein. Zuerst wollte ich es. Aber dann habe ich ihm gesagt, dass ich es mir erst noch überlegen müsse, und bin nach Hause gelaufen.«

Vermeer seufzte kaum hörbar und faltete die Hände im Schoß wie zu einem stummen Gebet.

»Dieser schreckliche Tag hat unendlich viel Leid über unsere Stadt gebracht. Aber gerade deswegen ist es wichtig, dass wir uns daran erinnern. Damit wir, die wir überlebt haben, dem Herrn für seine Gnade danken.«

»Der Herr ist nicht gnädig«, stöhnte Sarah auf. »Sofern

es überhaupt einen Gott gibt … Ich werde zu van Suyten gehen und ihm sagen, dass ich den Auftrag ablehne!«

Sie schälte sich aus der Decke, verschränkte die Arme vor der Brust und presste fest die Lippen aufeinander. Johannes Vermeer warf Sarah einen sorgenvollen Blick zu, über seiner Nasenwurzel bildete sich eine steile Falte. Leise stand er auf, ging vor die Tür in den Flur und rief nach Tanneke. Kurze Zeit später kam sie mit einem frisch gebrühten Kräuteraufguss und einer Schale Mandelzwieback herein. Fragend blickte sie auf Sarah, doch Vermeer gab ihr mit einer leichten Drehung des Kopfes zu verstehen, dass sie wieder gehen solle.

Allmählich entspannte sich Sarah und streckte ihre Hand nach dem Zwieback aus.

»Mir ist schon fast schwindelig, ich habe seit gestern Mittag nichts mehr gegessen«, murmelte sie, kaute auf dem harten Gebäck, schluckte einige Male und fuhr dann mit bebender Stimme fort. »Wo war Gott am zwölften Oktober 1654? Wenn er die Menschen wirklich liebt, wie es uns die Pastoren Sonntag für Sonntag von der Kanzel predigen, dann hätte er niemals so viel Trauer und Schmerz zugelassen.«

»Nein, Sarah, so darfst du nicht reden!« Vermeer sprang auf, faltete die Hände hinter dem Rücken und ging vor dem Fenster auf und ab. »Ich weiß, du hast unendliches Leid erfahren. Aber Geschehenes kann man nicht ungeschehen machen. Vielleicht wäre es sogar ein Trost und eine Erleichterung, wenn du das malst, was du gesehen und erlebt hast …«

Eine heftige Handbewegung Sarahs ließ ihn mitten im Satz stocken. Er biss sich auf die Unterlippe, senkte die Lider. »Entschuldige, du weißt, ich wollte dich nicht verletzen … Aber die Wege unseres Herrn sind unergründlich. Niemals dürfen wir an seiner Güte zweifeln. Alles im Leben hat einen Sinn. Es gibt einen Grund, warum du das Unglück überlebt hast. Darüber solltest du einmal nachdenken. Und es gibt ebenso einen Grund, warum van Suyten ausgerechnet dir diesen Auftrag übergeben will. Du musst annehmen, Sarah!«

Sie strich sich eine Haarsträhne aus dem Gesicht, fühlte unter den Fingerspitzen, wie ihre Wangen glühten.

»Das darfst du nicht von mir verlangen. Ich kann alles malen. Nur nicht den Brand.«

Sie warf Vermeer einen verzweifelten Blick zu. Warum begriff er nichts von dem, was sie in ihrem Inneren quälte? Sie beide kannten sich so lange schon, seit sie sich als Schüler im Atelier von Carel Fabritius, diesem großartigen Maler und Lehrherrn, zum ersten Mal begegnet waren. Seither hatte Vermeer sich als ein verständiger und verlässlicher Freund gezeigt.

Sie verschränkte die Hände ineinander und presste sie so fest zusammen, dass die Fingerknöchel weiß hervortraten. Vermeer legte den Kopf in den Nacken, ließ seinen Blick auf der Landkarte rechts neben der Fensterseite ruhen, als könnte er dort auf dem Meer, das die Alte von der Neuen Welt trennte, ein schlüssiges, überzeugendes Argument finden.

»Jeder weiß, wie schwer es heutzutage ist, von der Malerei satt zu werden, erst recht für eine Frau. Catharina und ich, wir bewundern dich. Weil du dich bisher so tapfer alleine durchgekämpft hast. Was ich dir jetzt sage, sage ich als dein Freund und auch als Geschäftsmann. Nimm den Auftrag an! Er wird dir so viel Geld einbringen, dass deine Existenz für eine längere Zeit gesichert ist.« Mit gesenkter Stimme und fast beschwörend fuhr er fort. »Sarah, denk an die, die du geliebt hast und die dir damals genommen wurden … Du könntest sie mit deinem Bild unsterblich machen. Ihr Tod würde endlich einen Sinn bekommen. Und der vieler anderer auch, die unschuldig ihr Leben gelassen haben.«

In diesem Augenblick wurde die Tür mit einem heftigen Ruck aufgerissen, und Maria, Vermeers älteste Tochter, stürzte herein. Auf einem Bein hüpfte sie durch das Atelier und kletterte zu Sarah auf den Schoß, legte einen Arm um ihren Hals. Übermütig plapperte sie los.

»Wir kommen gerade vom Beestemarkt. Stell dir vor, ein Kälbchen hat an meiner Hand geknabbert. Ich hätte es am liebsten mit nach Hause genommen, aber Mutter hat es mir verboten. Wann gehen wir zur Kirmes? Du hast versprochen, dass du mir einen Elefanten zeigen willst. Bitte, Sarah, ich will gleich morgen hin.«

Sarah strich über die weizenfarbenen Haarflechten, zwinkerte die aufkommenden Tränen weg und war dankbar für diese Unterbrechung, die ihre Gedanken in eine andere Richtung zwangen, schaute in Augen, die in dem gleichen Braun glänzten wie auch die Augen des Vaters. Sie zwang sich zu einem Lächeln, das ein schmerzliches Lächeln wurde.

»Meine kleine, große Maria, du bist ziemlich schwer geworden. Natürlich sollst du einen Elefanten sehen, versprochen ist versprochen. Aber du wirst dich leider noch ein paar Wochen gedulden müssen. Die Frühjahrskirmes findet erst zu Pfingsten statt.«

»Was, so lange noch? Schade … Und? Wie gefällt dir Vaters neues Bild?« Ungestüm wirbelte Maria durchs Atelier. »Ich habe ihm dabei geholfen. Siehst du hier unten rechts den Zipfel vom Tischteppich? Den habe ich ganz alleine gemalt.«

Maria lief zur Staffelei und deutete auf die Leinwand. Ihre Augen leuchteten. Sarah stand auf und blickte auf ein fast vollendetes Gemälde. Bis zu diesem Moment hatte sie es noch gar nicht richtig wahrgenommen. Sie beugte sich vor, um die Pinselstriche zu begutachten.

»Fabelhaft, Maria, das hast du wunderbar gemacht! Bestimmt wirst du später einmal eine berühmte Malerin werden!«

Maria strahlte und nickte eifrig. »Jetzt muss ich aber unbedingt nachsehen, ob Tanneke in der Küche fertig ist. Sie hat mir versprochen, dass es heute Mittag Zimtreis mit Dörrobst gibt. Das ist nämlich mein Lieblingsgericht. Und auch das von Vater.«

Fröhlich hüpfte sie aus dem Zimmer, während Vermeer seiner Tochter kopfschüttelnd und zugleich schmunzelnd hinterherschaute. Sarah trat ein paar Schritte von der Staffelei zurück.

»Entschuldige, Johannes, wir haben vorhin so viel über mich gesprochen ... Dabei bin ich eigentlich wegen deines Bildes gekommen.«

Auf der Leinwand war genau der Raum zu sehen, in dem Vermeer und sie sich gerade befanden, mit den gleichen weiß-schwarzen Bodenfliesen und der Landkarte an der Wand. Eine junge Frau saß an einem Tisch, vor dem sich schemenhaft die Silhouette eines Stuhls abhob. Ihre gelbe Satinjacke war mit Hermelin besetzt. Sie war gerade damit beschäftigt, eine Laute zu stimmen. Dabei beugte sie sich leicht vor, den Kopf lauschend zur Seite gewandt, um den Klang zu prüfen. Das Fenster neben ihr war verhangen, unterhalb des samtenen Vorhangs fiel etwas Licht ein, das ihr Gesicht, das Gelb des rechten Ärmels und einen Teil des Kragens hell aufleuchten ließ. Ihr Perlenohrring und das Perlenhalsband funkelten auf eine subtile und gleichzeitig verführerische Weise, wie sie in ganz Delft nur Vermeer darzustellen vermochte. Alles in dem Bild befand sich am richtigen Platz, alles war von einer vollkommenen Ausgewogenheit und Harmonie.

»Dieses Bild ist ein Meisterwerk, denn es berührt die Seele dessen, der es betrachtet«, meinte Sarah, als sie aus ihrer Gedankenwelt in die Wirklichkeit des Ateliers zurückgekehrt war. »Es ist dir gelungen, etwas völlig Gegensätzliches miteinander zu vereinen, nämlich Stille und Musik. Die junge Frau … sie ist ganz in sich versunken, es gibt nur sie und ihre Laute, sie braucht keine Außenwelt. Sie hält inne in einer sanften Bewegung, und trotzdem meint man, den Klang einer Saite zu hören, die zart angeschlagen wird.«

Vermeer lächelte still, zog ein Tuch aus seinem Wams und tupfte sich die Stirn.

»Ich danke dir Sarah, deine Worte machen mir Mut. Wenn andere Betrachter auch so empfinden, dann hätte ich tatsächlich gute Arbeit geleistet. Vielleicht mag es seltsam klingen, aber am liebsten stelle ich immer nur dieselben beiden Räume hier im Haus dar. Den Tisch, die Stühle, ein Gemälde oder die Landkarte an der Wand, eine einzelne Person, gelegentlich auch zwei … Wenn ich male, bin ich weit weg von allem, was um mich herum passiert. Dann vergesse ich sogar Catharina und die Kinder. Vor der Staffelei zu stehen ist für mich ähnlich wie in einem Kirchenraum zu sein und zu beten. Nahe bei Gott.«

Sarah blickte zu Vermeer hinüber, der ihr plötzlich ähnlich entrückt erschien wie die Lautenspielerin. Sie kam sich mit einem Mal überflüssig vor, sehnte sich nach der Geborgenheit ihres Ateliers, nach Vosjes seidigem Fell und nach dem Knistern der Holzscheite im Kamin.

»Ich muss jetzt gehen, Johannes. Danke, dass du mir so geduldig zugehört hast. Und was den Auftrag van Suytens angeht … ich will mir deine Worte noch einmal durch den Kopf gehen lassen.«

Vermeer nickte zerstreut und schickte sich an, seinen Malerkittel anzuziehen. Auf Zehenspitzen schlich Sarah sich aus dem Atelier, schloss leise die Tür hinter sich. Schon auf dem oberen Treppenabsatz hörte sie die hellen Stimmen der Kinder, die in der Diele fangen spielten. Die Tür zur Stube öffnete sich. Catharina trat heraus, summend und mit einem stillen Lächeln, und wiegte sanft Johannes, ihren Jüngsten. Sarah konnte sich nicht daran erinnern, sie jemals ohne ein Kind auf dem Arm gesehen zu haben.

»Wie schön, dass du gekommen bist, Sarah. Maria ist furchtbar stolz, dass du ihre Pinselstriche gelobt hast. Aber du siehst heute so blass aus. Geht es dir nicht gut?«

Noch bevor Sarah antworten konnte, legte Catharina ihr die Hand auf den Arm und drückte ihn leicht.

»Ich kann es mir schon denken. Du bist viel zu oft alleine zu Hause und vergräbst dich nur in deine Arbeit. Dir fehlt die Abwechslung. Möchtest du nicht mit uns zu Mittag essen?«

»Danke, Catharina, du weißt, wie gerne ich bei euch bin. Aber ich habe noch etwas Wichtiges in der Stadt zu erledigen.«

»Wie du meinst. Hast du denn kein Schultertuch dabei? Es ist ziemlich kalt heute. Tanneke soll dir eins von meinen holen. Bring es mir irgendwann zurück, wenn du Zeit hast. Und dann backen wir mit den Kindern zusammen Pfannkuchen.«

7

Sarah zwängte sich durch das Gewühl der Menschen, die durch die Straßen eilten, achtete nicht auf das melodische Glockenspiel der Nieuwe Kerk, spürte kaum den scharfen Wind, der durch ihre Kleider fuhr, und den Nieselregen auf ihrem Gesicht. Ein pfeifendes Geräusch hinter ihr ließ sie zusammenzucken. Ahnungsvoll drehte sie sich um und sah sich einem großen und schlanken, auffallend modisch gekleideten Mann gegenüber. Das Blau seines Anzugs erinnerte an reife Kornblumen, wie sie zu Tausenden im Spätsommer zwischen den Getreidefeldern vor den Toren der Stadt blühten. Die schulterlangen rotbraunen Locken fielen auf einen weißen Spitzenkragen, der bis zu den Schultern reichte und nach der neuesten Mode mit Reihern und Kranichen bestickt war. Die Stiefel wiederholten den Farbton seiner Haare und endeten über dem Knie. Mit einer ausladenden Geste zog der Mann den Hut und verbeugte sich tief vor ihr.

»*Madonna mia!* Was für ein Fest für die Augen! Um ein Haar hätte ich dich überhaupt nicht erkannt, bella Sarah. Ich war so gar nicht darauf gefasst, eine derart üppige Farbenpracht an deiner edlen Gestalt vorzufinden. Mit einem Tuch, das an reife Erdbeeren erinnert, sodass einem das Wasser im Munde zusammenläuft. Und das seiner bezaubernden Trägerin ungemein schmeichelt.«

Allzu gerne hätte Sarah sich in diesem Moment unsichtbar gemacht. Sie wollte alleine sein, ihren Gedanken nachgehen und sich keinesfalls auf ein Gespräch mit ihrem Malerkollegen Emmanuel de Codde einlassen, der gerne viel und unbekümmert plauderte, in leicht näselndem Tonfall.

»Guten Tag, Emmanuel. Du entschuldigst mich bitte, ich habe es heute eilig.«

»Immerzu hast du es eilig, graziosa mia. Man sieht dich nie anders als mit wehenden Röcken durch die Stadt hetzen. Oder läufst du etwa vor mir davon, weil du befürchtest, du könntest meinem Charme erliegen? Gib es ruhig zu: Wir beide sind Seelenverwandte und würden hervorragend zueinander passen.«

»Das Einzige, was ich befürchte, ist, dass ich mich erkälten werde, wenn ich nicht bald nach Hause komme.«

»Dann bist du also auf dem Weg in die Choorstraat? Das trifft sich gut. Ich muss zum Hoefijzersteeg. Giuseppe Fratelli, ein berühmter Kunsthändler, ist in der Stadt und hat mich zum Essen ins ›Gouden Huis‹ eingeladen. Der neue Koch ist ein Genie, sage ich dir. Du solltest einmal seinen Kapaun mit Kastanienpüree und gebackenen Apfelscheiben probieren. Einfach köstlich!« De Codde schnalzte mit der Zunge und verdrehte verzückt die Augen. »Ich habe Fratellis Bekanntschaft während meines Aufenthaltes in Florenz gemacht. Er ist ein angesehener Experte und hat schon mehr als ein Dutzend meiner Bilder gekauft. Dabei weiß ich gar nicht, was die katholischen Italiener mit ihren prachtvoll ausgestatteten Gotteshäusern an meinen kahlen, calvinistischen Kirchenräumen finden … Na gut, ich rede wieder viel zu viel. Du brauchst deine keck gebogene Nase nicht so zu rümpfen. Ich werde dir Geleitschutz geben und aufpassen, dass dich unterwegs keine fremden Männer ansprechen.«

Sarah suchte nach einer Ausrede, die nicht allzu unhöflich klang. Doch Emmanuel de Codde deutete ihr Stocken als Zustimmung und umfasste beherzt ihren Arm, schob sie fast vor sich her. Neben ihnen, auf der Gracht, stakte ein

Händler mit seinem schwarz-roten Kahn heran, in dem sich Weinfässer auftürmten.

»Heh, was für ein hübsches Paar«, rief er ihnen zu. »So jung und verliebt möchte ich auch nochmal sein.«

De Codde winkte ihm lachend zu und tippte mit dem Finger an die zickzackförmige brombeerfarbene Hutkrempe.

»Du hast dich noch gar nicht zu meiner neuesten Kreation geäußert, *carissima*. Ich habe sie selbst entworfen. Die grünen Federn sind ein Import aus Brasilien, wie meine Hutmacherin zu berichten wusste. Weiß der Teufel, welcher bunte Vogel dafür gerupft worden ist.«

Offenbar erwartete er keine Entgegnung. Seine Aufmerksamkeit war durch eine kleine Szene am Straßenrand gefesselt. Mit einem breiten Grinsen schaute er auf eine junge Dienstmagd hinab, die sich soeben mit hoch geschürztem Rock bückte, um die Stufen vor dem Haus ihrer Herrschaft zu scheuern. Als sie vor Sarahs Zuhause in der Choorstraat angekommen waren, stieß de Codde einen tiefen Seufzer aus, legte eine Hand auf die Brust und zwinkerte ihr unter der Hutkrempe zu.

»Ich bedaure unendlich, dass ich dich jetzt alleine lassen muss, *bella donna*, aber wichtige Geschäfte rufen. Auf bald, und bleib mir gewogen.«

Sarah holte einen Eimer und stieg die Stufen zur Gracht hinab, um frisches Wasser zu schöpfen. In einer großen irdenen Schüssel wusch sie sich die Hände. Danach schürte sie das Feuer im Kamin, legte Torfziegel nach und zündete ein paar Holzkohlen in ihrem tönernen Fußbänkchen an. Sie setzte sich ans Fenster, stellte die Füße auf den Deckel, spürte, wie warme Luft durch die kleinen Öffnungen aufstieg, und starrte in den fahlen, glanzlosen Himmel.

Die Abenddämmerung war schon hereingebrochen, als Vosje an der Tür winselte und Einlass begehrte. Sie kraulte sein langes dichtes Fell, das der Farbe eines Fuchses glich, weswegen sie ihm damals seinen Namen gegeben hatte. Ohne Abendmahlzeit ging sie zu Bett. Noch lange lag sie wach, hörte die eindringlichen Worte Vermeers, die er am Vormittag im Atelier zu ihr gesprochen hatte. Unruhig wälzte sie sich hin und her, fühlte Fieberglut in ihrem Körper aufsteigen, legte ein weiteres Federbett auf, kroch fröstelnd darunter und wischte sich mit dem Handrücken den kalten Schweiß von der Stirn.

Irgendwann ertönte direkt unter ihrem Fenster das laute Stiefelschlagen der Schutzmänner. Von Ferne hörte sie den Trommelappell, der die zehnte Abendstunde ankündigte und die Wirte gemahnte, ihre Schänken zu schließen und die Gäste nach Hause zu schicken. Dann endlich kam der Schlaf, bleiern und übermächtig.

8

Mattes Tageslicht fiel durch den schmalen Schlitz zwischen den Fensterläden, kroch über die blank gescheuerten, abgetretenen Holzdielen hinauf zu Sarahs weißen Laken. Schlaftrunken massierte sie mit den Fingerspitzen die schmerzenden Schläfen, richtete sich auf und öffnete die hölzernen Blenden. Ein Hauch von Frühlingsluft drang ins Atelier. Die Platanen, die die Gracht unter ihrem Fenster säumten, ließen erste zarte Blattknospen erkennen. Sie schloss erneut die Lider und lauschte für einen Moment dem Balzen und Zetern eines Amselpärchens.

Mit beiden Händen stützte Sarah sich auf der geschwungenen Lehne ihres alten Lederstuhls ab, ging ein paar Mal in die Knie und streckte sich wieder. Danach kleidete sie sich an. Zu ihrer Verwunderung verspürte sie zu dieser frühen Tageszeit Hunger. Sonst pflegte sich ihr Appetit erst gegen Mittag einzustellen. Ganz gegen ihre Gewohnheit verspeiste sie drei Scheiben Brot, dick mit Butter bestrichen, einen Zwieback, ein Stückchen Käse und ein Schälchen Dörrobst. Danach entließ sie Vosje zu seinem morgendlichen Rundgang durch das Stadtviertel.

Leise vor sich hinsummend, streifte sie ihren Malerkittel über, holte einen Spannrahmen aus dem Regal neben der Kammer und postierte ihn auf die Staffelei. Das Licht fiel von links auf den Leinenstoff, ließ seine charakteristische, unregelmäßige Struktur hervortreten, die durch sich kreuzende Ketten- und Schussfäden entstanden war. Sie mischte eine Paste aus Kreide, Bleiweiß, Leim und ein wenig Ocker und trug sie in raschen und sicheren Pinselstrichen auf die Leinwand auf. Sie liebte dieses ruhige, gleichförmige Arbeiten, bei dem sie ihre Gedanken schweifen lassen und innere Kraft schöpfen konnte. Sich widersprechende Empfindungen durchströmten sie. Abwehr regte sich in ihrem Herzen, wenn sie an den Auftrag van Suytens dachte, Zustimmung signalisierte ihr Kopf. Schließlich bewegte sich ihre Hand wie von selbst im Rhythmus ihrer Atemzüge.

Als die Turmuhr der Oude Kerk die elfte Stunde schlug und die Leinwand sich in eine gleichmäßige sandfarbene Fläche verwandelt hatte, hielt sie einen Augenblick inne. Sie wusste jetzt, was sie zu tun hatte. Sarah legte den besprenkelten Kittel ab, suchte in der Kleidertruhe nach ihrem besten Umhang und verließ das Haus.

»Meine liebe Sarah Meulemeester, genau diese Antwort habe ich erhofft. Seid versichert, Euer Name wird auf ewig mit dem unserer ruhmreichen Stadt verbunden sein.«

Hendrick van Suyten lächelte zufrieden, zupfte an seinem sorgsam gestutzten Bart und schlug mit elegantem Schwung die Beine übereinander, die in seidig schimmernden cremefarbenen Strümpfen steckten. Die eckigen Schuhspitzen zierten Silberkappen, deren Farbe sich in der Stickerei seines Wamses wiederholte.

»Wie mundet Euch der Wein? Er stammt von einem kleinen Weingut in der Nähe von Ostia. Die Lieferung kam erst gestern in Delft an. Alle Fässer waren heil, gottlob. Im vergangenen Herbst ist das größte Handelsschiff der Verenigde Oostindische Compagnie, die ›Admiral van Breuningh‹, vor Gibraltar in einen Sturm gekommen und gesunken. Was für ein Verlust! Fünfzehn Fässer allerfeinsten italienischen Weins hatte ich geordert, die nun irgendwo auf dem Grund des Meeres ruhen. Daraufhin wollte ich mich nicht mehr auf den Seeweg verlassen und habe es mit französischem Wein versucht, der über Land transportiert wird. Habt Ihr jemals französischen Wein gekostet? Den hätte dieser eitle Ludwig nicht einmal den Stiefelputzern in seinem Versailler Prunkschloss anbieten dürfen. Sie wären davon magenkrank geworden.«

Sarah nahm ein paar Schlucke, ließ die Flüssigkeit genießerisch über die Zunge gleiten und den Wortschwall des Bürgermeisters freundlich lächelnd über sich ergehen. Dieser Weißwein war viel fruchtiger und leichter als der Malvasierwein, den ihr van Suyten beim letzten Mal angeboten hatte. Ein herrliches Getränk, das sie sich aber wegen des Preises niemals selbst gegönnt hätte.

»Auch wenn ich nicht viel von Wein verstehe, so glaube

ich doch sagen zu können, dass Ihr einen hervorragenden Geschmack habt, Mijnheer Burgemeester.«

»Danke vielmals, meine Verehrteste. Kommen wir also zum Geschäftlichen. Wie ich schon sagte, wollen wir den großen Tag besonders festlich begehen. Als Erstes sollen die Bürgerwehren aufmarschieren, danach wird der Adjutant des Prinzen Frederik Hendrick eine Rede halten. Nachfolgend ist die Reihe an mir als Repräsentant unserer Stadt, und zum feierlichen Höhepunkt werden wir gemeinsam Euer Gemälde enthüllen, begleitet von den Fanfaren der Cloveniersgilde. Das Bild wird einen Ehrenplatz in der Halle haben, direkt gegenüber der Eingangstür, sodass jeder Besucher, der das Stadhuis betritt, sich unmittelbar dem dramatischen Geschehen gegenübersieht.«

Sarah nickte, dieser Platz erschien ihr geeignet. Das Gemälde würde ein großes Format haben, jedoch nicht in den gewaltigen Maßen, die die beliebten Festmähler von Mitgliedern der Schützengilde zu haben pflegten, mit Personen in Lebensgröße. Sie würde somit keinen Ersatzraum in einem Lager oder in einer Schule benötigen und in ihrer eigenen Werkstatt arbeiten können. Das war ihr ohnehin am liebsten und ersparte zusätzliche Wege. Von jetzt an würden ihr noch knapp sechs Monate Zeit zum Malen bleiben, und wenn nichts dazwischenkäme, könnte sie die Arbeit gut bewältigen. Zumal im Sommer das Tageslicht bis zu vierzehn Stunden andauern würde.

»Gebt mir eine Woche Zeit, Mijnheer Burgemeester, dann werde ich Euch einen Entwurf vorlegen, über den Ihr mit den anderen Ratsherren debattieren könnt.«

»Ausgezeichnet!«, rief van Suyten und schwenkte seine dicken fleischigen Hände in der Luft, die ein breiter goldener Wappenring schmückte. »Dann geht es also gleich an die Arbeit. Was das Honorar angeht, so kann ich Euch verraten, dass es der Erhabenheit der Aufgabe angemessen sein wird. Ihr sollt fünfhundert Gulden erhalten, einhundert als Anzahlung sofort, den Rest nach Lieferung.«

Während Sarah mit klopfendem Herzen ausrechnete, dass sie bei sparsamer Lebensweise mehr als zwei Jahre von dieser Summe würde leben können, ging van Suyten eilig zum Fenster, öffnete ein mit Elfenbein-Intarsien verziertes Kabinett-Schränkchen und entnahm einen faustgroßen Samtbeutel. Er warf ihn kurz in die Luft und schnappte ihn mit sicherem Griff wieder auf. Die Münzen darin klimperten hell und verheißungsvoll.

»Ich kann es kaum erwarten, Euren Entwurf in den Händen zu halten. Schließlich wird mit diesem Gedächtnisbild auch mein Name für immer in die Annalen unserer wunderbaren Stadt eingehen.« Übermütig drehte er sich einmal um die eigene Achse und läutete nach dem Diener. »Ich habe den Kontrakt bereits vorsorglich aufsetzen lassen. Es fehlt nur noch Eure Unterschrift.«

9

Hinter dem Marktplatz kam ihr ein Zug grölender Menschen entgegen. Vorweg eine Horde tanzender Kinder, die mit ohrenbetäubendem Lärm ihre Rasseln schwangen oder mit einem Holzlöffel auf Kochtöpfe schlugen. Sarah suchte Schutz in einem Hauseingang, um die Menge vorbeizulassen. Hinter den Kindern folgten einige Reihen von Männern, von denen zwei eine menschliche Gestalt wie ein Stück Vieh an einem Strick hinter sich herzogen. An den langen roten Haaren, die ihr wirr ins Gesicht fielen, erkannte Sarah, dass es sich um eine Frau handelte. Ihr Alter war schwer zu schätzen. Sie trug einen ärmlichen Umhang, stolperte mehr über das unebene Straßenpflaster, als dass sie ging. Dahinter schwangen ein paar Frauen die geballten Fäuste in der Luft.

»Mörderin! Hure! Abschaum der Menschheit!«, brüllten sie. Ein junges Mädchen lief ein Stück voraus, drehte sich um und spuckte der Rothaarigen ins Gesicht. Diese hob schützend die Hände, die mit einer Kordel zusammengebunden waren. Trotzig warf die Frau den Kopf zurück, und Sarah schaute in ein Paar weit aufgerissener Augen. Angst lag darin, Todesangst. Sie wollte ihre Hand ausstrecken, die Frau am Arm berühren und ihr etwas Tröstliches sagen, doch da wurde sie schon von der Menge weitergezerrt.

»Was ist mit der Frau?«, rief Sarah einer Alten zu, die ihren Stock hob und ihn wie im Takt in der Luft schwenkte.

»Eine Kindsmörderin! Sie hat das Kind ihrer Herrschaft umgebracht!«

»An den Galgen mit der Hexe!«, kreischte eine andere mit sich überschlagender Stimme. Dann waren die Menschen um die nächste Straßenecke verschwunden, ihr Geschrei verhallte in den Gassen. Sarah presste sich zitternd gegen eine Hauswand. Sie hatte in die Augen einer zu Tode Verzweifelten geschaut. So schnell sie konnte, lief sie weiter und versuchte, mit jedem Schritt das Entsetzen über das soeben Erlebte abzuschütteln.

Als sie in der Kromstraat das Geschäft mit dem Mörser und dem Pistill auf dem Ladenschild betrat, spürte Sarah wieder das Gefühl von Vertrautheit und Sicherheit, wie sie es sonst nur in den vier Wänden ihres Ateliers oder im Haus der Vermeers empfand. Seit über drei Jahren kaufte sie ihre Farben und Öle bei Nicolaes van Leeuwenhoek, nachdem der alte Apotheker in der Yperstraat gestorben war und sich kein Nachfolger eingefunden hatte. Der Geruch von getrockneten Chinaäpfeln und Anis wehte ihr entgegen, vermischt mit dem von Tabak.

In hohen Regalen lagerten Kräuter, Tinkturen, Pulver, Öle, Fette, Tabak, Honig und Zucker, der nach dem orientalischen Safran zu den teuersten Gewürzen zählte, außerdem Mineralien und Metalle. Alle in dunklen Flaschen, Töpfen oder Tiegeln abgefüllt, mit sorgfältig beschrifteten Etiketten in lateinischer Sprache. Zwei Waagen standen auf dem Rezepturtisch, Löffel, Becher und Spachtel lagerten, der Größe nach geordnet, daneben.

Gemälde, für die der Platz an den Wänden nicht ausreichte, hingen über der Tür und an den Mauern zwischen den Fenstern. Es waren Landschaftsbilder italienischer Meister sowie ein Bildnis der Hygieia, der Göttin der Gesundheit und Schutzpatronin der Apotheker. Sie war dargestellt, wie sie durch einen efeuüberwucherten antiken Torbogen schritt, in der linken Hand eine goldene Schale. Um ihren rechten Arm wand sich anmutig eine smaragdfarben schillernde Schlange.

Sarah erinnerte sich noch genau daran, wie Margriet, die Tochter ihrer Nachbarin, ihr für die Göttin Modell gestanden hatte. Und wie die Schlange, die Margriets Bruder von einer Expedition aus Brasilien mitgebracht hatte, plötzlich im Atelier verschwunden und erst am nächsten Tag in Sarahs Bettkasten wieder aufgetaucht war. Damals hatte sie nicht gewusst, von wem der Auftrag für dieses Gemälde stammte. Daher war sie bei ihrem ersten Besuch in der

Apotheke ebenso überrascht wie erfreut gewesen, als sie sich einem ihrer Werke gegenübersah.

Die Tür, die den Verkaufsraum vom hinteren Arbeitsbereich, dem Laboratorium, abtrennte, wurde geöffnet und gab den Blick frei auf ein ausgestopftes Krokodil mit weit aufgerissenem Maul, das unterhalb der Decke hing. Zwei Lehrjungen waren damit beschäftigt, Kräuter in einem Mörser zu zerstoßen und Terpentinöl aus einem Destilliergerät abzufüllen. Nicolaes van Leeuwenhoek erschien, ein schlanker, mittelgroßer Mann mit schwarzen schulterlangen Locken, durch die sich ein paar Silberfäden zogen. Er war ungefähr einen halben Kopf kleiner als Sarah. Sein ebenmäßiges Profil mit der hohen Stirn und der geraden, nicht zu langen Nase, glich den Büsten griechischer Heroen. Seine Kleidung war in Stoff und Schnitt zurückhaltend und von ausgesuchter Eleganz. In seiner Stimme, dem Lächeln und der Gestik lag etwas Weiches, Sanftmütiges.

»Seid gegrüßt, Mevrouw Meulemeester, was verschafft mir das Vergnügen?«

»Ich brauche frische Farben, Mijnheer van Leeuwenhoek, vor allem Erde, braun und ocker. Wenn Ihr habt, auch etwas Malachit. Ihr wisst ja, ich arbeite nicht gerne mit Grünspan. Dann natürlich Elfenbein, ich werde viel Schwarz benötigen. Und etwas Rot, am besten Krappwurzel. Oder habt Ihr noch ein anderes Pigment, eins, das besser deckt?«

Über die Jahre waren ihr die Fachsimpeleien mit van Leeuwenhoek zu einer lieben Gewohnheit geworden. Doch mit der gleichen Begeisterung und Überzeugungskraft, mit der der Apotheker über Farben sprach, redete er auch mit seinen Kunden, wenn sie eine Salbe bei ihm anrühren lassen wollten oder einen medizinischen Rat benötigten.

»Im letzten Monat habe ich eine Lieferung Karmin aus

Mexiko bekommen. Der Farbstoff wird aus der dort heimischen Coschenille-Schildlaus gewonnen. Wenn Ihr drüber noch etwas Krapplack als Lasur gebt, werdet Ihr ein Rot von besonderer Leuchtkraft und Tiefe erhalten. Eurer Bestellung entnehme ich, dass van Suyten mit Euch bereits wegen des Gemäldes für das Stadhuis gesprochen hat.«

»Das ist richtig, gestern habe ich den Vertrag unterschrieben. Aber wieso wisst Ihr von dem Auftrag?«

»Ach … so etwas spricht sich schnell herum«, antwortete van Leeuwenhoek leichthin. »Außerdem sind unter meinen Kunden eine Reihe namhafter Kaufleute, die auch im Stadtrat sind. Diese Herren nehmen sich meist sehr wichtig und erzählen gerne ausführlich von ihren Sitzungen, in denen sie bedeutende Beschlüsse zum Wohle unserer Stadt fassen«, erklärte der Apotheker mit ironischem Unterton. Er ging an die Regale, öffnete und verschloss große und kleine Behältnisse, wog die Substanzen ab und notierte Gewicht und Preis auf einem Bogen Papier.

»Das afrikanische Elfenbein ist das Gleiche, das Ihr auch beim letzten Mal gekauft habt«, sagte er und fuhr nach kurzer Überlegung fort. »Allerdings habt Ihr vorhin gar nicht Gelb erwähnt. Wollt Ihr es nicht einmal mit Auripigment versuchen? Dieser Farbstoff ist zurzeit in Italien besonders beliebt. Aber Ihr müsst Euch, nachdem Ihr ihn verwendet habt, sofort die Hände waschen. Und er lässt sich leider auch nicht gut mit anderen Pigmenten mischen. Aber dafür ist es unübertroffen als Lichtreflex, besonders über Bleizinngelb oder Nepalgelb.«

»Am meisten habe ich mich bisher mit der Frage beschäftigt, mit welchen Mitteln ich die Schwärze darstellen soll. Doch Dunkelheit in einem Bild erschließt sich dem Betrachter nur, wenn es auch helle Zonen gibt. Wiegt mir ein kleines Stück Auripigment ab. Ich weiß, ich kann mich auf Euren Rat verlassen. Ihr versteht viel von Farben.«

Die Mundwinkel des Apothekers verzogen sich zu einem breiten Lächeln.

»Und Ihr, Mevrouw Meulemeester, versteht viel von Malerei … Ich liebe meinen Beruf, so wie Ihr Euren liebt.«

»Ich würde auch mit niemandem tauschen wollen.«

Sarahs Blick traf sich mit dem van Leeuwenhoeks, verharrte aufmerksam und forschend. Schon bei ihrem ersten Besuch waren ihr seine Augen aufgefallen. Augen, die sich nur mit reinem Ultramarin würden wiedergeben lassen. Sehr fein gerieben aus dem kostbaren Lapislazuli, versetzt mit ein wenig Walnussöl anstelle von Leinöl, weil dieses dem Blau zusätzliche Tiefe verlieh. Die Augenlider van Leeuwenhoeks zuckten, für einen winzigen Moment senkte er den Blick.

»Es wird noch etwas dauern, bis ich das Elfenbein im Feuer gebrannt habe. Einer meiner Lehrjungen wird am Nachmittag die Waren zu Euch nach Hause liefern. Ich schreibe einstweilen alles auf Euer Konto.«

»Das ist nicht nötig.« Sarah griff nach dem ledernen Beutel an ihrem Gürtel und zählte ein paar Münzen ab. »Ich möchte lieber gleich jetzt bezahlen. Es schläft sich besser, wenn man keine Schulden hat. Wie geht es Eurem Sohn, Mijnheer?«

Van Leeuwenhoeks Augen wurden schmal, blickten in eine unbekannte Ferne, sein Gesicht nahm einen sorgenvollen Zug an.

»Seit Jahren spiele ich Daniel Abend für Abend ein bestimmtes Lied auf dem Virginal vor. Gestern ist etwas Eigenartiges passiert. Plötzlich hat er in die Hände geklatscht und gelacht. Ich glaube, er hat die Melodie wiedererkannt. Im letzten Monat wurde der Junge zwölf Jahre alt. Aber sein Verstand ist nicht größer als der eines dreijährigen Kindes.«

»Und doch ist es ein Geschenk des Himmels, dass Ihr einen Sohn habt«, entgegnete sie leise. »Bestimmt wird er noch weitere Fortschritte machen. Weil er spürt, dass Ihr ihn liebt.«

Van Leeuwenhoek nickte vage, und zum ersten Mal meinte Sarah, etwas von der Melancholie an diesem Menschen zu spüren, die sie selbst so häufig heimsuchte und die sie mittlerweile als einen Teil ihres Wesens akzeptiert hatte. Sie suchte nach einer weiteren Münze.

»Fast hätte ich es vergessen, ich brauche noch ein Töpfchen Salbe gegen Gicht. Für meine Vermieterin, sie hat in zwei Wochen Geburtstag. Weil sie keine Verwandten hat, bekommt sie nie etwas geschenkt. Ich möchte sie damit überraschen.«

»Nur, wenn Ihr das Geld da lasst, wo es ist.« Van Leeuwenhoek streckte seine Hand vor, so als wolle er sie auf Sarahs Arm legen, zog sie aber auf halbem Weg wieder zurück und ließ sie in die Wamstasche gleiten. »Richtet Eurer Vermieterin unbekannterweise einen Gruß von mir aus. Sie möchte mir einmal berichten, wie das Mittel gewirkt hat.«

»So etwas kann ich nicht zulassen, Mijnheer, dann käme das Geschenk ja von Euch und nicht von mir. Bitte, Ihr müsst das Geld annehmen.«

Als Sarah sich von dem Apotheker verabschiedete, hielt sein Blick dem ihren stand. Sein Händedruck war warm und fest, und doch meinte sie, ein leises Zittern in seinen Fingern zu spüren.

10

»Was für ein erhabener Anblick, man könnte meinen, die Sonne ginge an diesem Tag ein zweites Mal auf!«

Breitbeinig stellte Emmanuel de Codde sich Sarah in den Weg, lüftete seinen safranfarbenen Hut, dessen Krempe ein blau schillernder ausgestopfter Vogel zierte, und zeigte eine Reihe von Zähnen, die wie reinstes Bleiweiß erschienen.

»Emmanuel, ich freue mich, dich zu sehen. Aber ich habe es eilig. Ich bin gerade auf dem Weg zu Cornelis Keizerwaard, weil ich neue Dachshaarpinsel brauche.«

»Nichts da, du darfst mir nicht davonlaufen. Heute ist mein Geburtstag. Ich habe mir extra einen neuen Anzug nähen lassen. Feinstes englisches Gewebe, eine solche Qualität bekommt man in ganz Delft nur bei Anthonis van Leeuwenhoek, dem Tuchhändler in der Kromstraat. Sein Bruder ist der Apotheker auf der anderen Straßenseite. Komm, *bellissima*, lass uns feiern. Ein paar Kameraden aus der Gilde warten schon im ›Mechelen‹. Ich werde heute einunddreißig. Wir sind beide in derselben Altersklasse, vermute ich richtig? Obwohl du natürlich bedeutend jünger aussiehst.« De Codde lachte aus voller Kehle, sodass sich ein alter Mann, der zwei gackernde Hühner in einem Käfig transportierte, verwundert nach ihm umdrehte. »Du brauchst mir nicht zu antworten, *carissima*, diese Frage war natürlich nur ein Scherz. Frauen und Alter sind bekanntermaßen zwei völlig disparate Phänomene.«

Sarah stand unschlüssig da, blickte auf die Turmuhr der Nieuwe Kerk, doch de Codde griff blitzschnell nach ihrem Arm und lenkte sie in das Wirtshaus im nördlichen Teil des Marktplatzes, das einmal Vermeers Vater gehört hatte. Nach seinem Tod hatte Johannes, der Sohn, den geschäftlichen Part übernommen. Wegen der milden Luft standen die Fenster weit offen. Schon von Weitem waren Musik, Lachen und Gläserklirren zu hören. Die Gaststube war zu dieser frühen Mittagszeit bereits gut besucht, die Luft eine Mischung aus Qualm, Branntwein und Bier. Eine Gruppe von Männern spielte Roemsteken und ließ zwischendrin die Fäuste auf die Tischplatte donnern, dass die Gläser hin und her hüpften.

Ein paar Kinder neckten einen braun-weiß gefleckten Hund, ließen ihn auf den Hinterbeinen tanzen, während sie an einer Angel ein Stück Wurst über seine Nase hielten. Ein Geiger und ein Rommelpottspieler unterhielten die Gäste mit Melodien, in denen mehr Inbrunst als Wohlklang lag. Zwei zahnlose alte Frauen fassten sich an den Händen, drehten sich unter lautem Gekreische immer schneller im Kreis, bis sie schließlich außer Atem innehielten und sich zitternd aneinanderklammerten. Ein junger Mann in der hintersten Ecke des Saals rauchte dumpf und in tiefen Zügen Pfeife. Seine weit aufgerissenen, glasigen Augen und der Speichel, der ihm aus den Mundwinkeln auf das offen stehende Hemd tropfte, waren deutliche Anzeichen dafür, dass er seinen Tabak mit Hanf aufgebessert hatte.

»Heh, Emmanuel, hier hinten sitzen wir!«, rief ein Mann am anderen Ende der Stube und schwenkte die Arme über dem Kopf. Es war Gabriel Doomer, der mit drei weiteren Mitgliedern der Lukas-Gilde an einem Tisch in Fensternähe saß.

»Bernardina, mein Täubchen, bring für meine Freunde und mich eine Runde feinsten italienischen Tresterbrand. Und dass mir die Gläser auch bis zum Rand gefüllt sind!«, rief de Codde einer jungen Frau zu, die am Nachbartisch

Wein ausschenkte, während ein einäugiger Alter sie an den Schürzenbändern packte und zu sich heranzuziehen versuchte. Die Magd wehrte die plumpen Annäherungsversuche des Gastes geschickt ab. Sie war eine hübsch aussehende junge Frau mit blauem Mieder und einem hellgrünen Rock, der nur bis zur Wade reichte und ihre purpurroten bestickten Strümpfe hervorblitzen ließ.

Sarah und de Codde setzten sich zu den Männern an den Tisch, deren Mienen bei Sarahs Anblick augenblicklich frostig wurden. Ihre Stimmung hellte sich erst wieder auf, als der Trester serviert wurde.

»Auf dein Wohl, Emmanuel«, grölte Simon Arienszoon Samuel, ein Steinmetz und Nachbar Vermeers vom Oude Langendijk, »mögest du hundert Jahre alt werden und zu jedem Geburtstag an diesem Ort mit uns anstoßen.«

Die nächste Runde Tresterbrand wurde serviert, und plötzlich schlug die Laune Samuels um. Er stieß Gabriel Doomer, der neben ihm saß, mit dem Ellenbogen an, räusperte sich und zog die Mundwinkel verächtlich nach unten.

»Seit Tagen spricht die ganze Stadt ja von nichts anderem mehr als von der großen Jahresfeier. Möchte bloß wissen, welcher Teufel die hohen Herren geritten hat, dass ausgerechnet ein Weibsstück das Gedenkbild für unser Stadhuis malen soll.«

Sarah setzte sich kerzengerade hin und ließ ihre grünen Augen funkeln. Gerade wollte sie sich eine barsche Antwort zurechtlegen, als de Codde ihr zuvorkam.

»Oho, höre ich da etwa Neid aus diesen Worten? Dir würde ein solcher Auftrag jedenfalls schlecht anstehen, Simon Samuel. Der große Brand von Delft soll schließlich nicht in Stein gemeißelt werden.«

»Nun gut«, grummelte Samuel mürrisch, »aber ich finde,

wir haben genügend Männer in unserer Zunft, die weitaus besser geeignet wären.«

Doomer nahm einen tiefen Zug aus seiner Pfeife und blies grinsend den Rauch in Richtung Sarah, die so tat, als bemerkte sie sein herausforderndes Benehmen gar nicht.

»Genau so ist es. Obwohl ich es sehr wohl bedaure, dass ich ebenfalls nicht in Frage komme. Meine Disziplin sind nun einmal Fayencen. Aber hätte man nicht Leonaert Bramer fragen können? Jeder in Delft kennt ihn, es gibt kaum ein Haus, in dem nicht wenigstens eins seiner Bilder hängt. Der wäre der Richtige gewesen.«

»Ausgerechnet Leonaert«, entgegnete de Codde und verzog den Mund zu einem spöttischen Lächeln. »Der ist fast siebzig und sieht so schlecht, dass er nicht einmal mehr einen Pinsel von einem Spachtelmesser unterscheiden kann.«

Cornelis de Man meldete sich lispelnd zu Wort, ein hagerer Mann mit schütterem rötlichem Haar und einem Kneifer auf der Nase, deren Wölbung an den Schnabel eines Adlers erinnerte.

»Warum hat man denn nicht mich gefragt? Ich feiere in diesem Jahr meine zehnjährige Mitgliedschaft in der Gilde. Genau eine Woche vor dem Donderslag bin ich in die Zunft eingetreten. Von Rechts wegen hätte mir der Auftrag zugestanden.«

Sarah zerknüllte ein Taschentuch in der Hand, fühlte Zorn und Ratlosigkeit und schwieg dennoch verbissen.

»Du hast doch in deinem Leben nie etwas anderes gemalt als Früchte-Stillleben. Wieso solltest ausgerechnet du ein Bild malen, in dem es um die unbegreifliche Tragödie unserer Stadt geht?«, ereiferte sich Pieter Janszoon van Asch, ein blasser, glatzköpfiger Mann. Über seinem kugeligen Bauch spannte sich ein viel zu enges, fleckiges Wams, dessen untere Knöpfe abgerissen waren. »Es geht doch hier vor allem um menschliche Schicksale und um die Personen, die das Unglück erlebt und überlebt haben. Folglich hätte ich den Auftrag bekommen müssen.«

»Welch wundersame Wandlung! Vor uns sitzt ein Porträtist, der nunmehr den *pictor doctus* gibt, den gelehrten Maler, der sich dem *decorum* verpflichtet sieht. Ganz wie es der große Karel van Mander einst als die vornehmste Aufgabe der Kunst bezeichnet hat«, rief de Codde aus und deutete mit theatralischer Geste auf van Asch, der verlegen den Kopf einzog und sich hinter seinem Tresterglas zu verstecken suchte. »Offensichtlich bin ich der Einzige an diesem Tisch, der sich nicht zur Historie berufen fühlt. ›Emmanuel, bleib bei deinen Kirchenbildern‹, hat mein Vater immer gesagt, und ich bin ihm für diesen Ratschlag dankbar. Glaubt ihr ernsthaft, dass die Ratsherren über die Vergabe eines Auftrags nicht selbst entscheiden können? Denkt ihr etwa, sie würden vorher eine Volksbefragung durchführen? Aber vielleicht solltet ihr die, die ihr so offenkundig schmäht, einmal selbst zu Wort kommen lassen.«

In dem Moment, als Sarah zu sprechen ansetzte, traten der Geiger und der Rommelpottspieler zu ihnen an den Tisch und ließen lautstark ihre Instrumente erklingen. De Codde griff rasch in die Tasche seines Wamses und steckte ihnen eine Münze zu, woraufhin die beiden Musiker unter zahlreichen Verbeugungen an einen der Nachbartische weiterzogen. Sarah holte tief Luft und zwang sich zu einem gelassenen Tonfall und einem milden Lächeln.

»Die Gründe, die die Ratsherren zu dieser Entscheidung veranlasst haben, kann ich euch leider nicht nennen. Aber ich darf dennoch behaupten, dass ich das malen kann, was gefordert ist: ein Historienbild nämlich. Und was diese

Bildgattung angeht, bin ich die Einzige hier in Delft. Oder kann mir jemand von euch noch einen anderen Namen nennen?«

Fragend blickten die Männer sich an und schüttelten schulterzuckend den Kopf. Gabriel Doomer klopfte seine Pfeife aus und hob kämpferisch das Kinn.

»Es muss ja nicht unbedingt jemand von hier sein. Wie wäre es mit Rembrandt van Rijn? Man wird im ganzen Land keinen bekannteren Maler finden. Überlegt nur, welchen Glanz eine Stadt wie Delft durch diesen großen Namen erhalten würde.«

»Lebt der überhaupt noch?«, fragte de Man und runzelte die Stirn.

»Ich glaube ja, aber er malt nicht mehr«, entgegnete van Asch.

»Rembrandt lebt, und er arbeitet auch noch. Bis vor einem halben Jahr hatte er sogar noch einen Schüler«, wusste Emmanuel de Codde zu berichten. »Im letzten Herbst war ich in Amsterdam und hatte die Ehre, den berühmten Meister in seinem Atelier an der Rozengracht zu besuchen. Dieser Mann ist zweifelsohne ein Genie. Aber wollt ihr ernstlich, dass ein Maler aus Amsterdam die Geschichte von Delft darstellt? Welchen Eindruck bekäme dann die Nachwelt von unserer Stadt? Würde sie nicht annehmen müssen, dass es bei uns keinen fähigen Maler gab?«

Die Männer kratzten sich verlegen am Kopf, blickten unsicher von einem zum anderen, suchten nach einer Ausflucht.

»Trotzdem, es muss jemand aus unserer Gilde sein, das wird man doch zumindest verlangen können«, beharrte Simon Samuel trotzig.

Sarah rollte einen Zipfel ihrer Schürze auf und presste

ihn mit beiden Händen zusammen. Sie konnte sich nicht länger mäßigen. Ihre Worte kamen schärfer und schneidender, als es ihre Absicht war.

»Es stimmt, ich bin kein Mitglied eurer ehrenwerten Zunft! Und das aus einem einzigen Grund. Weil Ihr keine Frauen zulasst! Wie oft habe ich mich schon beworben. Aber jedes Mal ist mein Antrag abgelehnt worden. Ihr solltet Euch an den Lukas-Brüdern in Haarlem ein Beispiel nehmen. Die haben schon vor dreißig Jahren eine Frau bei sich aufgenommen. Ich erinnere nur an Judith Leyster. Dieser Name dürfte sogar euch bekannt sein.«

»Sarah hat recht«, kam Unterstützung von de Codde. »Johannes Vermeer und ich haben wiederholt dafür plädiert, die Satzung zu ändern. Trotzdem sind wir jedes Mal überstimmt worden. Ich für meinen Teil habe nichts gegen eine Frau in der Gilde einzuwenden. Dann hätte unsere Vereinigung nicht nur ein Gesicht, sondern auch ein Profil.«

De Codde schwenkte seinen Hut in der Luft und machte Bernardina ein Zeichen, dass sie noch eine dritte Runde Tresterbrand bringen sollte, doch die vier Männer ihm gegenüber erhoben sich wie auf ein vereinbartes Zeichen von ihren Sitzen und schickten sich an zu gehen.

»Ich habe eine Frau und fünf Töchter. Und die wissen sehr wohl, wer der Herr im Haus ist. Ich lasse mir doch nicht von einem unverheirateten Maulhelden, einem Schürzenjäger sondergleichen, sagen, wie ich mit Weibern umzugehen habe«, zischelte de Man, blickte griesgrämig auf de Codde hinunter und tippte sich mit dem Finger an die Stirn.

»Schon manch einer wollte zu hoch hinaus. Aber Hochmut kommt vor dem Fall«, meinte Samuel mit drohendem Unterton, und sein faltiges Gesicht wirkte noch zerfurchter.

Für einen Moment hatte Sarah wieder die Zeichnung an ihrer Haustür vor Augen, sah die Figur des herabstürzenden Ikarus, der ihre Gesichtszüge trug, spülte die Erinnerung mit einem tiefen Zug Trester fort. »Ich jedenfalls werde beim Rat der Stadt eine schriftliche Eingabe machen und mich über die Vergabe des Auftrags beschweren«, setzte Samuel nach und blickte angestrengt über Sarahs Kopf hinweg.

»Tu das, werter Kollege, aber lass dir von deiner Frau dabei helfen. Wie ich deinem letzten Sitzungsprotokoll entnehmen konnte, nimmst du es mit der Rechtschreibung nicht so genau. Die Ratsherren sind allesamt gebildete Leute. So etwas könnte einen schlechten Eindruck machen. Und womöglich ganz allgemein Rückschlüsse auf deine geistigen Fähigkeiten zulassen.«

De Codde lachte unbekümmert, während die Männer brummig davonzogen und dabei heftig weiterdiskutierten. Dann beugte er sich über den Tisch zu Sarah hinüber, sah sie beschwörend an. Sein Tonfall wurde ernst, war nunmehr ohne jede Spottlust und Ironie.

»Du darfst dich von diesen alten Holzböcken nicht beeindrucken lassen, *cara mia*. Von denen kann dir kein einziger das Wasser reichen.«

Sarah lockerte die zusammengeballte Faust unter ihrer Schürze, verwünschte den Kloß in ihrem Hals und räusperte sich. Mit gespieltem Erstaunen blickte sie de Codde an.

»Ich kann mich nicht daran erinnern, dass einer von ihnen etwas gesagt hat, was die Bezeichnung ›beeindruckend‹ verdient hätte.«

»Meine Füße sind eingeschlafen und brauchen dringend Bewegung! Spielt endlich etwas, wonach man tanzen kann!«, lallte von irgendwoher eine tiefe Männerstimme. Die beiden Musiker wechselten den Takt und beschleunigten das

Tempo. Die ersten Paare sprangen von den Bänken, drehten sich umeinander und warfen die Beine hoch. Immer mehr Gäste gesellten sich dazu, klatschten in die Hände und sangen aus voller Kehle mit.

Emmanuel de Codde erhob sich, hielt seinen Hut vor die Brust und verbeugte sich leicht.

»Also, wie wäre es mit uns beiden, *gentilissima*? Ich wollte schon immer einmal mit dir einen Wiegeschritt üben. Schenkst du mir einen Geburtstagsreigen?«

»Heute leider nicht, Emmanuel. Ich hätte schon längst wieder zu Hause sein müssen. Und danke für den Tresterbrand.«

»Kaum verweiltest du für die Dauer eines flüchtigen Augenblicks an meiner Seite, schon entfliehst du mir wieder. Wie soll ich diese tiefe Enttäuschung nur jemals überwinden? Vermutlich werde ich mich mit irgendeiner verlorenen Seele trösten müssen ... Ich fand es übrigens ganz hinreißend, wie du vorhin unseren Fayencenmaler mit deinem vernichtenden Blick gestraft hast. Wenn du wütend bist, siehst du noch bezaubernder aus, *bella ragazza*.«

Während Sarah zur Tür ging, beobachtete sie aus dem Augenwinkel, wie de Codde seinen Arm um Bernardinas Taille schlang und mit ihr fröhlich quer durch den Saal hüpfte.

Cornelis Keizerwaard, der sein Geschäft in der Donkerstraat führte, verfügte über die größte Auswahl an Malerwerkzeug in der Stadt. Sarah kaufte ein Dutzend neuer Pinsel, dünne, deren feine Haare in abgeschnittenen Federkielen steckten, und dickere mit Haaren, die direkt an einem Holzstil angebunden waren. So war sie gerüstet, um am nächsten Tag mit ihrem bisher schwierigsten Auftrag zu beginnen.

Vor dem Hauseingang in der Choorstraat lauerte schon Vosje auf seine Herrin. Er lief Sarah entgegen und ließ sich, vor Freude grunzend, den Hals tätscheln, bevor er die Treppe hinaufhastete. Sarah legte die Dachshaarpinsel in das Regal zu den Farben und steckte ihr Skizzenheft in die Rocktasche.

»Komm mit, Vosje, wir machen jetzt einen Ausflug«, rief sie dem Hund zu, der vor Aufregung bellte, sich mehrmals um sich selbst drehte und seine Schwanzspitze zu fangen versuchte.

Über die Vlamingstraat marschierte sie in Richtung Osten, passierte die hohe Brücke, die die Schie überspannte, und wanderte auf einem schmalen Feldweg stadtauswärts. Vor ihr breiteten sich saftig grüne Wiesen und Gemüsefelder aus, auf denen Schößlinge heranwuchsen. Dahinter lagen dicht aneinandergereiht Getreidefelder, deren erste zarte Halme sich im Wind bogen. Vögel flogen über die Äcker, die Schnäbel vollgestopft mit Grashalmen, Astwerk und Blättern, die sie zu ihren Nestern brachten. In der Ferne lenkte ein Bauer seinen Pferdekarren zu einer Tränke. Hinter einer Weggabelung, umrahmt von knorrigen Weiden, tauchte das massige, gedrungene Gebäude des Pestkrankenhauses auf, das man nach dem großen Brand hier, außerhalb der Stadtmauern, neu aufgebaut hatte.

Kurz vor einer Weggabelung drehte Sarah sich um und blickte zurück auf die Stadt, hinter deren rotbraunen Befestigungsmauern die drei Wahrzeichen Delfts in den nachmittäglichen Himmel emporragten: die Türme der Oude und der Nieuwe Kerk sowie, dicht daneben, der Stadhuisturm. Zu ihrer Linken sah sie die Windmühlen am Ufer der Schie und zu ihrer Rechten, im Nordosten der Stadt, die Flussbiegung, an der einst die Mauern des Klarissenklosters gestanden hatten. Dort hatte sich auch das Hauptquartier der Delfter Bürgerwehr befunden mit dem Munitionslager tief im Inneren des Turms. Damals, als die Stadt noch eine andere war und die Menschen argloser.

Ihr Hals wurde trocken und eng. Sie kniff die Augen zu Schlitzen zusammen, vergaß Zeit und Raum. An genau dieser Stelle hatte sie auch am Morgen des zwölften Oktober 1654 gestanden, als der Himmel erst feuerrot, dann schwarz wurde und die Erde sich spaltete. Sie versuchte, die Silhouette der Stadt so zu sehen, als wäre es das erste Mal, nahm ihr Skizzenbuch und klammerte sich an den Kreidestift. Träge ließ Vosje sich neben ihr im Gras nieder, schnappte nur hin und wieder nach einem Insekt.

Allmählich hatte sie ihren Atem wieder unter Kontrolle, ihre Hand folgte den Anweisungen des Verstandes und glitt, nach einigem Stocken, mechanisch über das Papier. Vosje hob den Kopf und spitzte die Ohren, irgendwo in der Ferne erklang Hundegebell. Die glühende Sonne versank hinter den Dächern der Stadt. Sarah klappte ihr Skizzenbuch zu und machte sich müde und erschöpft auf den Heimweg.

II

Die Ratsherren hatten sich äußerst zufrieden mit Sarahs Entwurf gezeigt. Van Suyten ließ es sich nicht nehmen, zwei kräftige Burschen damit zu beauftragen, den schweren Rahmen samt eingespannter Leinwand bei einem Händler in der Doelenstraat abzuholen und zu Sarah ins Atelier zu transportieren. Zwischen der rechten Rahmenleiste und dem Bett blieb ihr jetzt nur noch ein schmaler Durchgang. Aber die Enge störte sie nicht. Außerdem würde dieser Zustand nicht länger als fünfeinhalb Monate dauern. Diesmal blieben allerdings die Vorfreude und die Spannung, die sie sonst beim Anblick einer noch leeren Leinwand empfand, aus. Stattdessen verspürte sie einen eigenartigen Druck in der Magengegend.

Sie nahm einen Klumpen Rötel, entfernte mit einem scharfen Messer die äußeren, verwitterten Schichten und schnitt sich kleine vierkantige Stifte zurecht. Einen davon steckte sie auf einen hölzernen Stifthalter. In Gedanken lobte sie den Erfinder dieses simplen Werkzeugs, das verhinderte, dass sich Finger und Handinnenflächen rot verfärbten, während die Vorzeichnung auf die Leinwand aufgetragen wurde. Sorgfältig reinigte sie ihre Hände und füllte die Schüssel mit frischem Wasser nach.

Dann suchte sie nach einem Stückchen Mandelkuchen, das Trientje Anslo ihr vom Sonntag übrig gelassen hatte, klappte das Tischchen am Fenster auf und betrachtete kauend das zartgrüne Blätterdach der Platane vor dem Haus. Vosje legte seine Schnauze auf ihren Schoß und erbettelte mit flehenden Augen seinen Anteil. Sie kraulte ihn unter dem Kinn und hinter den Ohren, klopfte ihm sacht auf den Rücken und vernahm ein zufriedenes Gähngeräusch. Ihr Blick fiel auf ein Paar hellblauer Strümpfe, die noch vom Vorabend neben dem Bett auf dem Boden lagen. Sie stand auf, faltete die Strümpfe zusammen und öffnete den Deckel ihrer Kleidertruhe. Sonst hatte sie dieser Anblick nie gestört, doch jetzt missfiel ihr, was sie sah, und so räumte sie den gesamten Inhalt aus und ordnete alle Teile neu. Die Röcke in die linke Ecke, daneben die Mieder, in die Mitte Hemden und Strümpfe und rechts Umhänge und Bettwäsche. Die am besten erhaltenen Kleidungs- und Wäschestücke für besondere Anlässe jeweils zuunterst, die alten, geflickten Teile, die sie täglich benutzte, nach oben.

Mit einem kläglichen Winseln erinnerte der Hund sie daran, dass er einen Spaziergang machen wollte. Sie ging mit ihm nach unten in die Diele und öffnete die Haustür. In Windeseile hastete Vosje bis ans Ende der Gasse und setzte kläffend einer großen Hündin nach, deren schwarzes Zottelfell ihr bis über die Augen reichte. Einen Moment noch blieb Sarah stehen, wartete auf das vertraute Geräusch schlurfender Schritte. Heute hätte sie sich sogar gefreut, von ihrer Vermieterin in eine belanglose Plauderei verwickelt zu werden, aber die alte Frau war offenbar schon in die Stadt zum Einkaufen gegangen.

Sarah postierte sich vor die Staffelei, schaute sich nach allen Seiten um, doch sie konnte nichts mehr entdecken, was es gerechtfertigt hätte, den Beginn ihrer Arbeit erneut hinauszuzögern. Fast unwillig griff sie nach der Holzleiste, die neben dem Bilderrahmen lehnte, drückte sie gegen die Leinwand und zeichnete mit dem Rötelstift ein gleichförmiges, quadratisches Raster auf die Grundierung. Danach legte sie die Fluchtlinien fest. Sie trafen eine Handbreit rechts neben der Mittelachse zusammen, im unteren Drittel des Bildes. In der einen Hand hielt sie die Skizze, die ebenfalls ein Raster mit derselben Anzahl von Vierecken aufwies, allerdings in einem wesentlich kleineren Maßstab. Mit der anderen übertrug sie den Entwurf, Quadrat für Quadrat. Ab und zu tauchte sie die Rötelspitze in die Wasserschale, wenn sie weiche, fließende Linien brauchte.

Von nun an würde sie bis zur Fertigstellung ihres Bildes eine Rolle spielen. Die Rolle der objektiven Beobachterin und gewissenhaften Chronistin, die von außen betrachtete und ihre persönlichen Empfindungen im Zaum halten musste. Erst am Abend, als die ersten Häuser in Umrissen auf der Leinwand erkennbar waren, bemerkte sie, wie schwer ihr der Arm geworden war. Sie ließ sich auf ihr Bett fallen und schlief gleich darauf ein.

Es waren quälende Tage, die folgten. Tage, an denen sie manchmal nur einen Dachfirst, ein paar Äste einer Kastanie oder einen Pflasterstein malte. Zwei Wochen vergingen, und noch immer waren auf der Leinwand kaum mehr als ein paar Linien und einige wenige Farbfelder zu sehen. Sie konnte weder richtig arbeiten, noch essen oder schlafen. Voller Schrecken stellte Sarah sich vor, welche Folgen es haben würde, wenn sie an diesem bisher wichtigsten Auftrag scheiterte. Sie würde ihren guten Ruf als Malerin verspielen, wäre von nun an ohne finanzielle Zukunft. Aber vor allem würde sie ihre Selbstachtung verlieren.

Nachdem sie eines Morgens eine quälend lange Stunde auf einen Einfall gewartet hatte, leuchtete auf einmal die Sonne durch das Atelierfenster und setzte goldene Lichter auf die Leinwand. Sarah legte Pinsel und Palette zur Seite und ging, vorbei an der Oude Kerk, bis zum Schoolsteeg. Maatje, die haselnussfarbene Stute, erkannte Sarah bereits am Klang ihrer hölzernen Schuhe auf dem gepflasterten Innenhof der Schmiede. Das Tier wieherte ein freudiges Willkommen, knabberte an ihrer Schulter, während Sarah den seidig weichen Hals klopfte und zärtliche Worte in ihr Ohr flüsterte. Hercules Metsu, der alte Schmied, legte dem Tier Zaumzeug an, und Sarah trabte über die Schie-Brücke Richtung Westen. Zuerst langsam, dann immer schneller. Sie spürte, wie sich die Kraft und die ungestüme Freude der Stute auf sie übertrug. Sie galoppierte vorbei an Wiesen, sprang über Gräben, sog den Geruch von feuchter Erde und wilder Kamille ein, wurde eins mit der Natur. Mit einem Mal fühlte sie sich unbeschwert und frei.

Als Sarah in ihr Atelier zurückkehrte, hatte sie ihre alte Stärke und Energie wiedergefunden. Bis in die Dämmerung hinein arbeitete sie an der Staffelei, mühelos und voller Konzentration. Sie rief sich die Worte Vermeers ins Gedächtnis, der an die moralische Verpflichtung der Überlebenden erinnert hatte. Und dass mit ihrem Bildnis die Toten Wiedergutmachung erlangen würden. Dieses Ziel wollte sie verfolgen und mit Beharrlichkeit weitermalen. Die nächsten Tage, Wochen und Monate. Bis schließlich das Bild fertig und das Unbegreifliche fassbar geworden wäre.

12

Kurz vor Pfingsten zogen Torwächter, Trommler und Ausrufer in der ganzen Stadt umher und kündigten die Frühjahrskirmes an. Jung und Alt fieberten diesem Ereignis entgegen, wenn der Markt sich in eine farbenprächtige Arena verwandelte, Gaukler und Artisten ihre Künste vollführten, Wundärzte und Zahnbrecher fragwürdige Dienste anpriesen, die Menschen fast ununterbrochen von Sonnenaufgang bis -untergang aßen, tranken und tanzten. Es war die Stunde der Pastetenbäcker, der Fleischer, Bierbrauer und Taschendiebe.

Die Frühjahrssonne überzog die Stadt mit einem goldfarbenen Hauch. In den Gärten blühten die ersten Rosenstöcke, dufteten Flieder und Jasmin. Sarah überquerte die Brücke zum Oude Langendijk und näherte sich dem Haus der Familie Vermeers. Freudestrahlend kam ihr Maria schon auf der Straße entgegengelaufen. Ihre kleinen Füße wirbelten über den gepflasterten Gehsteig, die frisch gestärkte Haube rutschte in den Nacken. Ein Anblick, bei dem sich Sarahs schlechtes Gewissen meldete. Einen Moment lang hatte sie daran gedacht, die Verabredung mit ihrer Patentochter abzusagen, weil jegliche Unterbrechung den Rhythmus ihrer Arbeit störte. Nur widerwillig hatte sie sich von der Staffelei losgerissen, war auch jetzt in Gedanken noch immer bei der Szene mit der alten blinden Frau, die von Helfern aus ihrem brennenden Haus getragen wurde. Schuldbewusst umarmte sie Maria, verspürte die Wärme und Sanftheit des kleinen Körpers, rückte die mit gelben Rosen bestickte Haube gerade und band sie unter dem Kinn zusammen.

»Da bist du ja endlich, Sarah. Ich habe vor Aufregung gar nicht schlafen können. Hoffentlich sehen wir auch wirklich einen Elefanten.«

Der Eifer des Kindes brachte Sarah wieder in die Gegenwart zurück. Sie reichte Maria die Hand und spazierte mit ihr Richtung Markt. Über dem Zentrum der Stadt schwebte eine Dunstglocke, die sich aus den unterschiedlichsten Gerüchen zusammensetzte. Allenthalben gab es zu essen und zu trinken: Suppe, Pasteten, Pfannkuchen, geräucherten Fisch, Wein, Bier oder Wacholderschnaps. Vor dem Rathaus wetteiferten Artisten und Gaukler um die Gunst des Publikums.

»Sieh nur, Sarah, da vorne! Die Seiltänzerin!«

Aufgeregt wies Maria mit dem Finger auf ein junges Mädchen, das auf einem Seil balancierte, fast in Augenhöhe der Leute. Es war kaum älter als sie selbst, trug ein hellblaues Spitzengewand und hielt in einer Hand einen Fächer. Graziös und scheinbar mühelos bewegte es sich von einem

Ende des Seils zum anderen, drehte sich um die eigene Achse, sprang durch einen Reifen und setzte zu einem Salto rückwärts an. Dem Publikum stockte der Atem. Doch die kleine Artistin landete sicher mit beiden Füßen auf dem Tau, das kaum dicker war als ein Aal. Mit einem eleganten Satz sprang sie zu Boden, verbeugte sich nach allen Seiten und nahm stolz den Applaus der Zuschauer entgegen.

Vor der Nieuwe Kerk hatte eine Wandertruppe ihre Bühne aufgebaut. Ein Hanswurst mühte sich, die Aufmerksamkeit eines jungen, hübschen Mädchens zu erregen. Leichtfüßig hüpfte er über das Podest, drehte Pirouetten und schlug Purzelbäume. Aber das Mädchen wandte sich gelangweilt von ihm ab und bändelte mit einem würdig einherschreitenden Edelmann an. Traurig kniete der Harlekin nieder, zog die rot geschminkten Mundwinkel weit nach unten und hob die Hände beschwörend zum Himmel. Dann sprang er unvermutet auf und äffte mit wilden Grimassen und übertriebenen Gebärden die Haltung des Edelmannes nach, der die Nase in die Luft reckte und mit dem Mädchen eilig in den Kulissen verschwand. Das Publikum grölte und verlangte nach weiteren Darbietungen, doch der Hanswurst zog winkend den Vorhang zu.

Sarah wandte sich um und blickte in die entgegengesetzte Richtung hinüber zum Stadhuis, und auf einmal entdeckte sie ganz hinten das, worauf Maria schon die ganze Zeit gewartet hatte.

»Da ist er. Ich habe den Elefanten gesehen!«, rief sie. Aufgeregt kletterte Maria auf ein leeres Heringsfass, stützte sich auf Sarahs Schulter und reckte den Hals, so weit es ging.

»Wo? Ja, jetzt sehe ich ihn auch. Lass uns schnell hinlaufen.«

Sie zwängten sich durch die Menschenmenge bis dicht vor ein Eisengitter. Mit offenem Mund starrte Maria auf das Tier. An dessen rechtem Vorderbein war eine Kette mit einer riesigen Eisenkugel befestigt. Ein schnauzbärtiger Mann in einem langen Brokat-Mantel und einem Turban hielt ihm ein Bündel Gräser hin. Der Elefant reckte seinen Rüssel und stopfte sich das Gras ins Maul.

»Aufgepasst, Herrschaften, umsonst ist nur der Tod. Jeder von Euch greift jetzt in seinen Geldbeutel und zeigt mir, was ihm der Anblick dieses prachtvollen Rüsseltiers wert ist.«

Ein kleinwüchsiger Mann in einem roten Umhang und mit roten Stiefeln schritt an den Reihen der Zuschauer vorbei und hielt seinen Hut in die Höhe. Von allen Seiten flogen Münzen hinein. Eine Bettlerin in zerlumpter Kleidung und mit Schorf an Gesicht und Händen machte sich von hinten an einen gaffenden Alten heran und schnitt ihm blitzschnell mit einem Messer die Geldtasche vom Gürtel. Noch ehe der Mann etwas bemerkt hatte, war die Landstreicherin wieder in der Menschenmenge verschwunden.

»Warum hat denn der Elefant kein Fell, sondern nur diese schrumpelige Haut?«, meldete Maria sich nach einer Weile des Staunens wieder zu Wort. »Er muss doch frieren, wenn es Winter wird.«

»Da, wo er herkommt, ist es so warm, dass er keinen Pelz braucht. Und wenn es bei uns schneit, werden ihm seine Wärter bestimmt eine Decke umhängen«, hörte Sarah hinter sich eine vertraute Männerstimme. Es war die von Nicolaes van Leeuwenhoek. Er zog seinen Hut und neigte leicht den Kopf. Zum ersten Mal begegneten sie sich außerhalb seines Geschäftes. Erst jetzt, im Tageslicht, bemerkte Sarah, dass er ein Muttermal über dem linken Mundwinkel und unterhalb des linken Auges hatte. Sein glatt rasierter Teint war leicht gebräunt, wie mit einer Spur erdigem Ocker versetzt. Offensichtlich hielt er sich öfters im Freien auf. Wahrscheinlich in seinem Kräutergarten hinter dem Haus, von dem er ihr einmal erzählt hatte, dachte Sarah und erwiderte seinen Gruß. Maria plapperte sofort munter drauflos.

»Guten Tag, Mijnheer. Erinnert Ihr Euch an mich? Ich war schon einmal in Eurem Laden. Letzten Monat. Mit Tanneke. Das ist unsere Magd. Wir haben eine Medizin für meinen kleinen Bruder gekauft, weil er Fieber hatte und nichts mehr essen wollte. Johannes ist von dem Saft ganz schnell wieder gesund geworden.«

»Das freut mich zu hören, Mejuffrouw Vermeer. Selbstverständlich erinnere ich mich an dich. Du bist deinem Vater wie aus dem Gesicht geschnitten. Leider weiß ich deinen Vornamen nicht.«

»Ich heiße Maria. Ich bin vor ein paar Wochen zehn geworden. Und wie alt seid Ihr?«

Van Leeuwenhoek lachte. »Wenn du mich so direkt fragst … Wie gut bist du im Rechnen, Maria? Ich bin viermal so alt wie du und zwei Jahre dazu.«

Maria rechnete angestrengt nach und nahm dabei ihre Finger zu Hilfe. Doch dann gab sie es auf und wechselte schnell das Thema.

»Und das hier ist Sarah. Sarah ist meine Patentante. Sie ist eine ganz berühmte Malerin.«

Sarah lachte und drückte Marias Hand.

»Aber, Kind, was erzählst du denn da?«

Van Leeuwenhoek blickte schmunzelnd auf Maria, die sich zwischen Sarahs Rockfalten schmiegte.

»Ist es wahr, dass Ihr ein Gerät erfunden habt, mit dem man kleine Dinge ganz groß sehen kann?«, fragte Maria neugierig. »Das hat meine Mutter mir erzählt.«

»Du bist eine wissbegierige junge Dame. Allerdings habe nicht ich dieses Gerät erfunden, sondern mein Bruder Anthonis. Eigentlich ist er Tuchhändler, aber seine Leidenschaft ist die Erforschung der Natur. Das Gerät nennt sich Mikroskop. Ein Haar von dir sieht darunter fast so groß und so dick aus wie ein Schiffstau.«

Maria zerrte ungeduldig an Sarahs Arm. »Jetzt habe ich aber einen Riesenhunger. Wollen wir Zuckerwaffeln essen?«

»Eine ganz hervorragende Idee«, befand van Leeuwenhoek. »Danach ist mir jetzt auch zumute. Es wäre mir eine große Ehre, wenn ich meine beiden reizenden Begleiterinnen einladen dürfte.«

Maria kicherte und lief geradewegs zum Verkaufsstand eines Waffelbäckers, wo sie selbstsicher ihre Bestellung aufgab. Gestärkt und in angeregter Unterhaltung, zogen sie zu dritt weiter, amüsierten sich über einen Affen, der eine goldene Jacke trug und zu Dudelsacktönen tanzte. Staunten über einen Feuerschlucker, der zum Abschluss seiner atemberaubenden Vorstellung über eine Platte glühender Kohlen ging, ohne eine Miene zu verziehen.

Plötzlich schlug sich etwas in Sarahs Nase nieder, etwas, was sich unauslöschlich in ihr Gedächtnis eingebrannt hatte und ihren Magen in Aufruhr versetzte. Neben dem Rathaus wurde ein ganzer Ochse am Spieß geröstet, eine Wolke aus heißem Fett und Rußteilchen wehte zu ihr herüber. Rasch hielt sie sich die Hand vor den Mund, würgte einige Male, drehte sich und machte ein paar Schritte in die entgegengesetzte Richtung. Van Leeuwenhoek folgte ihr und reichte ihr seinen Arm.

»Was ist mit Euch, Mevrouw Meulemeester? Ihr seid auf einmal so blass.«

Sarah rang nach Luft, machte mit einem knappen Handzeichen deutlich, dass sie keine Stütze benötigte, wehrte sich gegen das beklemmende Gefühl zwischen Bauch und Hals. Sie hustete, und ein paar Tränen rannen über ihr Gesicht. Van Leeuwenhoek reichte ihr ein Taschentuch, mit dem Sarah ihre Wangen trocknete.

»Danke, Mijnheer, mir fehlt nichts. Es war nur plötzlich dieser Geruch von Fleisch … und von Feuer …«

»Ihr mögt kein Fleisch?«

»Ich esse niemals Fleisch«, antwortete Sarah und hielt unschlüssig das duftige weißblaue Batistgewebe in der Hand.

»Ihr gestattet?«, fragte van Leeuwenhoek und ließ das Tuch schnell und ohne eine Antwort abzuwarten in seinem Wams verschwinden. »Als Erinnerung an einen wunderschönen Nachmittag. Erlaubt mir, dass ich Euch nach Hause begleite – nachdem wir die junge Dame bei ihren Eltern abgesetzt haben.«

»Das ist nicht nötig«, entgegnete Sarah eilig und straffte die Schultern. »Mir geht es gut. Außerdem müsst Ihr doch in eine ganz andere Richtung gehen.«

»Euch könnte unterwegs schwindelig werden. Und ich habe heute keine wichtigen Termine mehr.«

Sarah schüttelte so energisch den Kopf, dass sich einer ihrer Zöpfe über der Schläfe löste. Mit ein paar sicheren Handgriffen steckte sie ihn wieder fest. »Bitte macht Euch um mich keine Gedanken. Die Waffeln waren übrigens vorzüglich.«

Die Falte zwischen den Augenbrauen van Leeuwenhoeks war nicht zu übersehen. Er setzte an, etwas zu sagen, schwieg jedoch.

»Sarah kommt mit zu uns. Da kann sie sich ausruhen. Ich passe auf sie auf«, schlug Maria vor und machte sich so lang wie möglich.

»Dann bin ich beruhigt. Jetzt weiß ich deine Patentante in den besten Händen.« Van Leeuwenhoek zog den Hut und verabschiedete sich. In seinen Augen und auf seinen Lippen lag ein Hauch von Wehmut.

Hand in Hand marschierten Sarah und Maria zurück zum Oude Langendijk. Die Kleine hüpfte fröhlich über das holprige Pflaster. »Also, ich finde, der Apotheker ist nett, auch wenn er nicht so groß ist wie du. Meinst du nicht?«

Viel zu spät bemerkte Sarah, dass ein Stein auf dem Gehsteig sich gelockert hatte. Sie stieß mit der Fußspitze dagegen und stolperte. Erst in letzter Sekunde fand sie Halt am Stamm einer knorrigen Ulme. Maria lachte und war abgelenkt, weswegen Sarah ihr ohne Gewissensnot eine Antwort vorenthalten konnte. Im Gleichschritt marschierten sie weiter.

13

Dann und wann tauchte es aus dem Nebel auf, das Gespenst der Vergangenheit, meistens in den frühen Morgenstunden, wenn der Schlaf leichter wurde. Doch bevor ihre Erinnerungen an die Geschehnisse des Schreckenstages Gestalt annehmen konnten, zwang Sarah ihre Gedanken in eine andere Richtung.

Immer deutlicher nahm das Bild auf der Staffelei Konturen an. Es zeigte den Moment kurz nach der Explosion. Der Pulverturm und die umliegenden Häuser lagen bereits in Trümmern, eine Rauchwolke stieg zum Himmel auf. Hinter den Fenstern und Dachstühlen der weiter entfernt liegenden Bauten loderte das Feuer. Auf den Straßen rannten Menschen in Panik schreiend durcheinander, stolperten über Tote, beugten sich zu den Verletzten hinunter, gruben mit bloßen Händen in Ziegelsteinhaufen.

Der Betrachter sollte sich als unmittelbarer Zeuge des Geschehens fühlen und denselben Standort einnehmen wie sie selbst, als sie ein paar Wochen zuvor mit Vosje über die Felder gewandert war, um die Stadt zu skizzieren. Sie hatte beschlossen, Teile der Stadtmauern mit den Wachtürmen wegzulassen – völlig entgegen den tatsächlichen Verhältnissen. Doch durch diesen Kunstgriff war ihr ein unmittelbarer Blick in die Gassen von Delft geglückt. Ganz so, als wäre der Vorhang zu einem Theaterstück zur Seite gezogen worden.

Sarahs Tagesablauf folgte einem strengen Rhythmus. Nach der Morgenmahlzeit, wenn der Hund zu fressen bekommen hatte und seiner eigenen Wege ging, rührte sie die Farben, die sie am Vortag frisch gerieben hatte, mit Leinöl an und begann mit der Arbeit. Wenn die Glocken der Oude Kerk die zwölfte Stunde schlugen, legte sie eine Pause ein, lief durch die engen Gassen bis zur westlichen Stadtmauer und wieder zurück, um den Beinen Bewegung und den Augen Erholung zu gönnen.

Einmal begegnete ihr auf ihren mittäglichen Ausflügen Samuel Simon, einer der Gildekollegen, mit denen Emmanuel de Codde im ›Mechelen‹ seinen Geburtstag gefeiert hatte. Als Sarah nur noch wenige Schritte von ihm entfernt war, schaute er angestrengt über sie hinweg und wechselte hastig die Straßenseite. Sie wollte ihre Verärgerung hinunterschlucken, doch sie saß wie ein Kloß in ihrem Hals. Sie musste an die Worte denken, die Simon ihr damals zugezischelt hatte. Es waren die gleichen, die auch auf der Ikarus-Zeichnung an ihrer Haustür gestanden hatten: »Hochmut kommt vor dem Fall.« Beim Weitergehen trat sie so hart auf, dass die hölzernen Sohlen ihrer Schuhe auf dem Pflaster widerhallten.

Wieder zu Hause, trank Sarah einen Humpen Bier oder Buttermilch und arbeitete weiter bis kurz vor Sonnenuntergang. Sie befand sich in einer seltsam unwirklichen Stimmung, so als würde nicht sie das Bild malen, sondern als würde sie eine Person ihres Aussehens beim Malen beobachten.

Wenn am Abend der Magen zu knurren begann, ging sie hinunter in die Küche, die sie sich einvernehmlich mit Trientje Anslo teilte, und bereitete gebratene Eier zu, dünstete Rüben und Zwiebeln oder kochte süßen Reis mit getrockneten Apfelringen. Das Essen nahm sie dagegen in ihren eigenen vier Wänden ein, setzte sich dazu an das aufgeklappte Tischchen am Fenster und schaute hinaus in die Dämmerung. Sie fühlte sich müde und ausgebrannt, sehnte einen langen und traumlosen Schlaf herbei.

Tief in ihrem Inneren wusste sie, dass sie dem Schicksal Dank für diesen Auftrag schuldete. Schon bald würde sie so viel Geld wie niemals zuvor in den Händen halten, endlich wieder einen Notgroschen für schlechte Zeiten zurücklegen können. Und wieder glitt sie von der Gegenwart in eine andere Welt, träumte von Pigmenten in bester Qualität, die sich in ihrem Regal stapelten, von einem neuen Kleid für Maria und von süßen Pasteten, die sie täglich beim Bäcker kaufen würde. Ihr zu Füßen lag Vosje, halb dösend, halb lauernd, jederzeit bereit aufzuspringen, sollte etwas Essbares für ihn auf den Boden fallen.

Seit Tagen schon brannte die Julisonne erbarmungslos auf die Stadt herab. Ein penetranter Geruch von Verwesung stieg aus den Grachten auf, deren achatgrüne Farbe sich durch breite Algenteppiche in ein helles Purpur verwandelt hatte. Die drückende Schwüle ließ ein Abendgewitter vorausahnen. Sarah bog in den Oude Langendijk ein. Vermeer hatte sie gebeten, sich seine neueste Anschaffung anzuschauen, eine Camera obscura. Sarah hasste jegliche Unterbrechung ihrer Arbeit und vermied es nach Möglichkeit, für mehr als eine Stunde der Staffelei fernzubleiben. Dennoch hatte sie zugesagt. Aus einem Gefühl der Dankbarkeit heraus, weil Vermeer immer für sie da war, wenn sie ihn brauchte, und auch, weil sie neugierig auf die wundersame Technik war, von der sie schon häufig hatte reden hören.

In dem großen Haus herrschte eine angenehme Kühle. Aus keinem der elf Zimmer drang ein Laut. Wahrscheinlich war Çatharina mit Tanneke und den Kindern in der Stadt unterwegs. Zu Besuch bei einer Freundin oder um am Ufer der Schie aus Zeitungspapier gefaltete Schiffchen auf dem Fluss schwimmen zu lassen.

Sarah stieg die knarrende Wendeltreppe hinauf in das obere Stockwerk und klopfte an die Tür zum Atelier. Von innen erklang ein dumpfes »Herein«. An der Wand links neben der Tür stand, dicht an das Fenster gerückt, ein Tisch, auf dem sich ein Holzkasten befand, etwa so groß wie eine Kleidertruhe. An der Vorderseite war ein zweiter, kleinerer Kasten angebracht, aus dem etwas Rundes herausragte. An der Rückseite beugte sich Vermeer über den Apparat, den Oberkörper von einem dunklen Tuch verdeckt. Er blickte nur kurz auf und winkte Sarah zu sich heran. Wortlos legte er ihr das Tuch über Kopf und Schultern und forderte sie auf, durch eine kleine Linse in den Kasten zu schauen.

Sarah starrte hinein, blinzelte … und hielt den Atem an. Sie hatte Schwärze erwartet, war auf etwas so Fantastisches überhaupt nicht gefasst. Wie von Zauberhand erschienen vor ihren Augen die sich gegenüber befindliche Wand des Ateliers und die Landkarte, ebenso der rechteckige Tisch mit dem daraufliegenden gemusterten Teppich, schräg davor der blaue Lederstuhl mit den geschnitzten Löwenköpfen an der Rückenlehne, das geöffnete Fenster, in dem sich die gleißend hellen Strahlen der Sonne spiegelten. Eigenartigerweise wirkten die Dinge im Vordergrund größer als die im Hintergrund. Und erschienen zudem seitenverkehrt. Sie war versucht, ihre Hand auszustrecken, alles war zum Greifen nahe, modelliert von Licht und Raum, in einer Klarheit und Schärfe, wie sie es nie zuvor erlebt hatte. Mit flirrenden Lichtpunkten, als wären sie mit einem dünnen Pinsel aufgetupft, der zuvor in Goldlack getaucht worden war.

»Es ist großartig, Johannes«, flüsterte sie und rührte sich nicht von der Stelle, um sich diesen Anblick noch für einen Moment zu bewahren. »Ich sehe ein Bild, aber es erscheint nicht auf einer Fläche, so wie ein Gemälde oder eine Zeichnung. Es hat eine eigenartige Tiefenwirkung, wie auf einer Bühne.«

»Ja, genau so empfinde ich es auch. Ich habe vor ein paar Jahren schon einmal mit einer Camera obscura experimentiert. Damals standen die Bilder noch auf dem Kopf. Die Linsenschleifer haben inzwischen beachtliche Fortschritte gemacht. In diesem Kasten ist ein Spiegel eingebaut. Die Szene ist zwar immer noch seitenverkehrt zu sehen, doch ich bin sicher, es wird nicht mehr lange dauern, bis man auch dieses Problem gelöst hat.«

Sarah streifte das Tuch ab, ihr war heiß darunter geworden. Vermeer stand da mit den leuchtenden Augen eines Kindes, das ein lang ersehntes Spielzeug geschenkt bekommen hat. Seine sonst so sorgsam gekämmten Locken standen in allen Richtungen vom Kopf ab.

»Jacob Dissius, der Druckereibesitzer, hat mir die Camera anstelle eines Honorars für sein letztes Bild überlassen«, fuhr Vermeer fort. »Sie ist ein Wunderwerk. Ich habe mich schon gefragt, ob man wohl auch draußen damit arbeiten kann. Am liebsten würde ich einmal eine Ansicht von Delft malen. Vom gegenüberliegenden Ufer des Kanals aus mit Blick auf das Schiedam- und das Rotterdam-Tor. Leider ist der Apparat zu groß und zu schwer. Stell dir nur vor, wie fantastisch es wäre, wenn es eine tragbare Ausführung gäbe. Wir Maler könnten in die Natur gehen und unmittelbar an Ort und Stelle zeichnen. Ein Abbild der Wirklichkeit schaffen, so exakt und so objektiv, wie kein menschliches Auge es erfassen kann.«

Sarah hörte die Begeisterung aus seinen Worten, dachte gleichzeitig daran, dass sie an diesem Tag noch eine Hausfassade fertig malen musste, um ihren Zeitplan einzuhalten. Bevor er ihr weitere technische Details erläutern konnte, verabschiedete sie sich. Sofort verschwand Vermeer wieder unter dem Tuch. Leise schloss sie die Tür hinter sich, wartete noch einen Augenblick, ob aus einem der Zimmer Kinderstimmen zu hören waren, und trat den Heimweg an.

Sie ließ das soeben Erlebte in sich nachwirken, sann darüber nach, ob sich dieses faszinierende Instrument auch für ihre Arbeit eignen würde. Doch schnell ließ sie den Gedanken wieder fallen, denn Vermeer und sie verfolgten unterschiedliche Ziele. Ihm ging es vor allem darum, die Außenwelt abzubilden, die einen Menschen umgab. Sie dagegen wollte eine innere Welt darstellen, nur durch Gebärde und Mimik den Charakter einer Person deutlich machen. Dem Betrachter die Vielfältigkeit, Mehrdeutigkeit und auch Gespaltenheit menschlicher Gefühle aufzeigen. Da, wo bei Vermeer Stille herrschte, waren bei ihr Konflikt und Spannung. Wo er das Licht in Szene setzte, benutzte sie Hell und Dunkel, um das Wesentliche vom Unwesentlichen zu trennen.

Und doch hatte der Blick in den hölzernen Kasten sie verwirrt. Weil es nämlich offensichtlich nicht nur eine einzige Wahrheit gab, sondern noch eine weitere, die sich dem Auge und dem Verstand des Betrachters entzog.

14

Mitten in der Nacht wachte Sarah auf. In ihrem Kopf hämmerte es, ihr Magen krampfte sich zusammen. Sie zündete eine Kerze an, schlich in die Kammer und schenkte sich einen halben Becher Wacholderschnaps ein. Die Flüssigkeit brannte ihr in der Kehle. Sie schleppte sich zum Bett zurück, sah in dem schwachen Lichtschein, wie Vosje verschlafen den Kopf hob, und legte sich wieder hin. Ein Schauer lief ihr über den Rücken und ließ sie frösteln, obwohl milde Sommerluft durch die offenen Fensterluken in ihr Zimmer drang. Ganz tief rutschte sie unter die Decken, rollte sich wie ein Igel zusammen und wartete auf den Schlaf, der irgendwann kam und sich gleich wieder verflüchtigte, im stetigen Wechsel.

Am Morgen fühlten sich ihre Arme und Beine bleischwer an, die Haut am ganzen Körper juckte quälend. Sie zwang sich aufzustehen, wankte und hielt sich am Bettpfosten fest. Bei dem Gedanken an eine Scheibe Brot oder etwas Käse verspürte sie Übelkeit. Sie kleidete sich an, schlürfte einen Becher Bier und begann mit der Arbeit. Der Pinsel wog schwer in ihrer Hand. Sie konnte nicht länger stehen, zog einen Stuhl vor die Staffelei, malte im Sitzen weiter, keuchte, die Farben vor ihren Augen flimmerten. Am Nachmittag legte sie sich erneut hin, dämmerte ein, bat in Gedanken Vosje um Verzeihung, dass er die Nacht unter freiem Himmel verbringen müsste, weil sie zu schwach war, hinunterzugehen und ihn ins Haus zu lassen.

Am nächsten Morgen fühlte sie sich noch elender. In den Tagen zuvor hatte sie viel Schwarz verbraucht. Sie musste dringend zu van Leeuwenhoek gehen und Nachschub besorgen. Unten auf der Straße rief sie mit matter Stimme nach Vosje, doch der ließ sich nicht blicken. Vielleicht, weil er seiner Herrin gram war. Frierend schlich sie an Häusern entlang, deren Ziegelwände von der Sonne aufgewärmt waren, stützte sich mit den Händen ab, befürchtete, niemals am Ziel anzukommen.

Als sie nach einer endlos erscheinenden Zeit in die Apotheke stolperte, war Nicolaes van Leeuwenhoek gerade im Begriff, einen Kunden zu verabschieden, einen jungen Soldaten in Uniform, der sich beim Klang der Türglocke verlegen umdrehte und augenblicklich ein Arzneifläschchen in seinem Mantel verschwinden ließ.

»Und vergesst nicht, zusätzlich zu den Tropfen jeden Tag ein Stückchen frischen Speck auf die erkrankten Hautstellen zu legen«, rief der Apotheker ihm hinterher. Mit hochrotem Kopf stolperte der Soldat hinaus auf die Straße. Van Leeuwenhoek warf Sarah einen besorgten Blick zu. Er umfasste ihren Arm und geleitete sie hinter die Ladentheke, ohne dass ihr Zeit für einen Einspruch blieb.

»Ihr seid krank, setzt Euch dort vorne hin, Mevrouw Meulemeester. In einem solchen Zustand hättet Ihr den weiten Weg überhaupt nicht alleine gehen dürfen.«

»Mir fehlt nichts, ich bin vollkommen gesund«, schnaufte

Sarah und rieb sich mit der flachen Hand über die juckenden, durch das viele Kratzen schon ganz wund gescheuerten Schultern, Arme und Beine. »Ich brauche neues geschwärztes Elfenbein. Die gleiche Menge wie beim letzten Mal«, krächzte sie.

»Was Ihr braucht, ist Bettruhe«, entgegnete van Leeuwenhoek höflich, aber bestimmt, beugte sich zu ihr hinunter und sah ihr nachhaltig in die Augen. »Eure Haut ist braun verfärbt. Das Weiß in Euren Augen zeigt gelbe Ablagerungen. Darf ich einmal Eure Zunge sehen?«

Sarah war so verblüfft, dass sie seiner Aufforderung augenblicklich und widerspruchslos nachkam. Doch ebenso schnell zog sie die Zunge wieder zurück. Van Leeuwenhoek nickte wissend.

»Auch braun. Das dachte ich mir. Ihr habt ein übles Leberleiden, das oftmals mit einem juckenden Hautausschlag einhergeht. Ich werde eine Kutsche kommen lassen und Euch nach Hause bringen. Habt Ihr jemanden, der nach Euch sieht und mehrmals am Tag einen Tee kochen kann?«

»Trientje Anslo, meine Vermieterin«, murmelte Sarah schwach und hatte dabei das Gefühl, als wäre ihre Haut eine einzige riesige Wunde. »Aber ich muss unbedingt arbeiten. Mir bleiben nur noch sechs Wochen, um das Bild für das Stadhuis zu Ende zu malen.«

»Zunächst einmal müsst Ihr gesund werden. Alles Weitere findet sich dann von selbst.«

Van Leeuwenhoek achtete nicht auf Sarahs Protest und trat hinaus auf die Straße. Er steckte zwei Finger in den Mund, ließ einen lauten Pfiff ertönen und winkte vom Ende der Gasse einen Kutscher heran, der sein Pferd gemächlich in Trab setzte. Unterdessen sammelte der Apotheker einige

Flaschen und Töpfchen aus den Regalen zusammen und steckte sie in eine Ledertasche mit festem breitem Boden. Er ließ Sarah als Erste in die Kutsche steigen und wies den Fuhrmann an, so vorsichtig wie möglich zu fahren und allzu heftige Erschütterungen zu vermeiden.

Trientje Anslo schlug die Hände über dem Kopf zusammen, als sie Sarah, halb in sich zusammengesunken, am Arm des Apothekers erblickte.

»Du meine Güte, Sarah, was ist mit Euch geschehen? Ihr seht ja aus wie frisch aus dem Gerberbottich gezogen.«

Van Leeuwenhoek machte sich bekannt, und gemeinsam brachten sie Sarah hinauf ins Atelier. Sie ließ sich auf der Bettkante nieder, zitterte, wischte sich mit einem Zipfel ihres Bettlakens den Schweiß von der Stirn.

»Könnt Ihr Euch für ein paar Tage um die Kranke kümmern, Mevrouw Anslo?«, fragte van Leeuwenhoek, holte die Essenzen aus der Tasche und stellte sie in einer Reihe auf das Tischchen unter dem Fenster.

»Aber natürlich, Mijnheer. Sagt mir, was ich tun soll.«

»Als Erstes muss das Zimmer regelmäßig gelüftet werden. Die Kranke braucht strenge Bettruhe. Sie darf nichts essen, in dem Fett enthalten ist, nur ein wenig frisches Obst oder Gemüse. Auch keinen Alkohol. Legt ihr zwei Mal am Tag einen feuchtheißen Wickel auf die Leber, am besten morgens und abends. Ich habe Euch verschiedene Arzneien mitgebracht. Löwenzahnwurzel, Lavendel und Schöllkraut. Daraus kocht Ihr drei Mal täglich einen kräftigen Sud. Ihr könnt die Kräuter auch untereinander mischen. Und gegen das Hautjucken reibt Ihr Arnika- oder Kamillensalbe auf die befallenen Stellen. Die Salbe kann mehrmals am Tag angewendet werden.«

»Dann seid Ihr also ein Medicus. Wo haltet Ihr Eure Sprechstunden ab?«

Nicolaes van Leeuwenhoek berichtigte sie. »Nein, Mevrouw, ich bin Apotheker, ich betreibe das Geschäft in der Kromstraat. Aber ich habe auch ein Jahr lang Medizin studiert. Weil ich nicht nur über die Behandlung von Krankheiten, sondern auch über deren Ursachen Bescheid wissen wollte … Habt Ihr Euch meine Anweisungen merken können?«

»Ich werde alles strikt befolgen, Mijnheer, so wie Ihr es gesagt habt«, antwortete Trientje Anslo und krempelte sich ungelenk mit ihren knotigen Fingern die Ärmel hoch. »Ihr könnt jetzt gehen. Ich muss der Kranken beim Auskleiden helfen.«

Sarah warf van Leeuwenhoek mit fiebrigem Blick einen stummen Dank zu.

»Ich werde morgen wiederkommen und nach Euch sehen«, verabschiedete er sich und wandte sich zur Tür. Dabei fiel sein Blick auf die Staffelei. Im Hinausgehen drehte er sich noch einmal um und lächelte Sarah anerkennend zu.

»Aber, wer versorgt denn Vosje?«, flüsterte Sarah beunruhigt, während Trientje Anslo die Fenster öffnete und die ockerfarbenen Holzläden zum Schutz gegen Zugluft zuklappte.

»Um den braucht Ihr Euch keine Gedanken zu machen. Der findet draußen genug Ratten und Vögel zum Sattwerden. Außerdem darf er ausnahmsweise bei mir in der Diele schlafen. Aber nur, wenn er abends rechtzeitig nach Hause kommt. Dann habt Ihr Eure Ruhe und könnt umso schneller gesund werden.«

Sarah fiel in einen Dämmerzustand, wusste nicht, ob sie wachte oder schlief. Dachte an das Bild, von dem so viel für sie abhing und an dem so manches noch fehlte. Sie stellte sich das hämische Grinsen der Maler aus der Lukas-Gilde vor, wenn sie den Auftrag nicht rechtzeitig erfüllen könnte, malte sich aus, wie die Leute hinter ihrem Rücken die Köpfe zusammensteckten, hörte geradezu, wie sie miteinander tuschelten. Wo war nur ihr eiserner Wille geblieben, der doch bisher immer über ihren Körper gesiegt hatte?

Schemenhaft nahm sie ein Gesicht über sich wahr, mit schwarzsilbernen Haaren, fühlte einen Blick, in dem Lapislazuli glänzte, liebevoll auf sich ruhen, verspürte fürsorgliche Hände, die mit sanftem Druck ihren Nacken massierten und ihr das Haar aus der feuchten Stirn strichen, sie behutsam aufrichteten, damit sie ihre Kräuteressenzen trinken konnte. Manchmal schob sich verschwommen ein anderes Gesicht dazwischen, das Gesicht eines noch jungen Mannes mit Kinnbart, flachsfarbenen Haaren und lachenden braunen Augen … Was war Gegenwart, was Erinnerung?

Irgendwann merkte sie, wie sie in die Wirklichkeit zurückkehrte, ihr Körper leicht und ihr Verstand klar wurde. Nicolaes van Leeuwenhoek stand neben ihrem Bett, reichte ihr einen Becher Tee, lächelte. Er wirkte erleichtert.

»Welchen Tag haben wir heute?«, murmelte sie, schlürfte das Getränk, das die Kehle hinunterrann und in ihrem Magen ein wohliges Wärmegefühl auslöste.

»Es ist der zehnte September.«

Ruckartig setzte Sarah sich auf.

»Was? Aber das ist ja furchtbar! Dann habe ich also … wie viele Tage im Bett verbracht?«

»Es waren fast zwei Wochen. Ihr habt meine Bewunderung, Ihr seid sehr robust. In den meisten Fällen dauert diese Krankheit mehr als doppelt so lange.«

»Mein Bild … ich muss sofort weitermalen.« Lediglich

die Anwesenheit des Apothekers hinderte Sarah daran, nur mit ihrem Hemd bekleidet aus dem Bett zu springen und den Malerkittel überzustreifen.

»Ihr seid noch nicht vollständig genesen. Wenn Ihr Euch in diesem labilen Zustand übernehmt, könntet Ihr leicht einen Rückfall erleiden. Ich muss Euch dringend anraten, Euch noch für eine Weile zu schonen.«

Sarah seufzte, lehnte sich in das Kissen zurück, hin und her gerissen zwischen Ungeduld, Dankbarkeit und Schuldgefühl.

»Seid Ihr … öfter hier gewesen, Mijnheer?«

»Jeden Tag. Morgens und abends. Ich wollte mich vergewissern, dass die Essenzen, die ich Euch verabreichen ließ, auch ihre Wirkung taten.«

»Das haben sie. Und sobald ich völlig wiederhergestellt bin, werde ich Eure Dienste angemessen vergüten.«

»Bitte sprecht jetzt nicht von Geld«, widersprach Leeuwenhoek heftig, und ein Schatten verschleierte seinen Blick. »Ich habe zum Allmächtigen gebetet, dass er seine Hand über Euch hält und Euch so schnell wie möglich gesunden lässt. Sein Anteil ist bei Weitem größer als meiner.«

Sarahs Hände zitterten, suchten Halt an dem Becher mit dem Tee, hielten ihn umklammert. Sie senkte den Kopf, ihr Blick sog sich an der bräunlichen Flüssigkeit fest.

»Sagt mir bitte, auf welche Weise ich Euch danken kann, Mijnheer.«

»Ihr würdet mir eine besondere Freude bereiten, wenn Ihr eine Zeichnung von meinem Sohn anfertigt – nachdem Ihr Euren großen Auftrag beendet habt. Ihr seid in meinem Haus jederzeit willkommen.«

15

Als sie das erste Mal nach den Tagen des Dahindämmerns wieder vor der Leinwand stand, war es, als hätte die Krankheit ihr neue Kräfte verliehen. Ohne das geringste Zögern konnte sie jetzt vollenden, was ihr zuvor wie eine Zentnerlast erschienen war. Ihr Bild glich einem Dreiklang der Farben mit dem beherrschenden Schwarz, dem Symbol der Trauer, Verzweiflung, Zerstörung, der Finsternis und des Todes. Daneben regierte Rot, die Farbe des Feuers und der Sonne, der Liebe, Leidenschaft und Wildheit, dem Sinnbild des Blutes, des Martyriums und der Rache. Und letztlich Weiß, die Farbe der Einfachheit und Reinheit, der Unschuld und Erleuchtung sowie des Lebens.

Drei Tage vor Ablauf der festgesetzten Frist mischte Sarah Leinöl mit Venezianer Terpentin und Bernsteinkolophonium und fertigte das Gemisch für die letzte, transparente Schicht, die das Bild vor Staub schützen sollte. Bevor sie den Schwamm in die Flüssigkeit tauchte, um den Firnis aufzutragen, schritt sie noch einmal durch das Atelier, stellte sich hinter das Kopfende des Bettes, um das Gemälde aus der größtmöglichen Distanz zu prüfen. Noch hatte sie die Gelegenheit zu einer letzten Korrektur. Ihr Blick blieb in der linken Bildhälfte hängen. Sie hatte es bisher mehr geahnt als tatsächlich wahrgenommen. Doch an genau dieser Stelle herrschte ein Ungleichgewicht, fehlte ein Detail, das die Komposition in die endgültige fehlerlose Balance bringen würde.

Von irgendwo drängte sich eine ferne Begebenheit in ihr Gedächtnis. Sarah kniete sich vor dem Regal nieder, in dem zuunterst ihre alten Skizzenbücher lagerten, alle sorgsam nach Jahren geordnet. Sie suchte die Hefte mit der Aufschrift »1654« heraus, blätterte durch die Seiten. Und dann fand sie, was sie damals, am zwölften Oktober vor zehn Jahren, kurz nach Sonnenaufgang und nur wenige Stunden vor der unvorhersehbaren Explosion, mit dem Kreidestift festgehalten hatte.

Es war in der Nähe des Oostpoort gewesen, dem östlichen Tor innerhalb der mittelalterlichen Stadtbefestigung, unmittelbar vor der Brücke über die Schie. Zwei Männer standen, in ein Gespräch vertieft, vor dem grünlichen Holztor eines Lagerhauses, die Köpfe so dicht beieinander, dass ihre Körper zu einer einzigen Silhouette verschmolzen. Der jüngere von ihnen, auf der Schwelle zwischen Kind- und Erwachsensein, trug die braune, schmucklose Kleidung eines einfachen Bürgers. Der andere, ein kleiner hagerer Mann mittleren Alters, gehörte zweifelsohne einem höheren Stand an, wie sein ausladender Hut und der üppig gefältelte weiße Kragen deutlich machten. Auf seiner rechten Wange, direkt über dem Kinn, zeichnete sich ein leuchtend rotes Feuermal in Form eines Halbmonds ab, eine Eigentümlichkeit, die sofort Sarahs Aufmerksamkeit und Neugierde erregt hatte. Argwöhnisch blickte er sich um, so, als wolle er sich vergewissern, dass niemand ihr Beisammensein beobachte. Unwillkürlich hatte Sarah einen Schritt zur Seite gemacht und war hinter den mächtigen Stamm einer Kastanie getreten. Seitlich äugte sie am Holz vorbei und zeichnete dabei weiter. Doch plötzlich waren beide Männer wie vom Erdboden verschluckt.

Erst als sie diese kleine Szene in das Bild eingefügt hatte, wusste Sarah, dass es vollendet war. Nachdem die Farbe getrocknet war, trug sie den Firnis auf, schlüpfte in ihre hölzernen Überschuhe und lief durch das Stadttor im Westen, wanderte über die Felder jenseits des großen Kanals, ohne

Empfinden für Raum und Zeit. Sie hatte ihr Ziel erreicht. In wenigen Tagen würde ganz Delft das Gemälde in Augenschein nehmen. Sogar in Hunderten von Jahren noch würden Menschen diesem Bildwerk gegenübertreten und durch ihr Betrachten an das schreckliche Geschehen erinnert werden. Endlich würde der Tod der Menschen, die sie so sehr geliebt hatte, doch noch einen Sinn bekommen. Und der vieler anderer auch. Denn sie, Sarah Meulemeester, hatte ihnen ihre Würde zurückgegeben.

Bei diesen Gedanken fühlte sie, wie sich nach und nach etwas zu lösen begann, das sich seit dem Schreckenstag wie ein eiserner Ring um ihr Herz gelegt hatte. Ihr war, als könne sie mit einem Mal freier atmen. Beschwingt eilte sie zurück, kaufte beim Fleischer den größten Rinderknochen, der in seinem Geschäft aufzutreiben war, und stellte sich vor, wie Vosje bei diesem Anblick vor Freude an ihr hochspringen würde. Auf einmal musste sie an Nicolaes van Leeuwenhoek denken und dass sie seinen Sohn porträtieren sollte. Diese Vorstellung ließ ihr Herz plötzlich schneller schlagen.

Das Haus am Oude Langendijk

Im Kamin verglühten die letzten Torfziegel vom Tag, ein paar Holzscheite knisterten und versprühten winzig kleine Funken. Johannes Vermeer hatte sein Tageskleid gegen einen dunkelgrünen seidenen Hausmantel ausgewechselt. Er saß an dem mächtigen ovalen Tisch in der Stube, an dem sich die neunköpfige Familie drei Mal am Tag zu den Mahlzeiten einzufinden pflegte. Ein fünfarmiger silberner Leuchter erhellte die Seiten eines ledergebundenen Heftes mit seinem warmen Licht. In dem Buch wurden seit Jahrzehnten die Belange der Lukas-Gilde bewahrt, der größten Zunft in Delft. Zu ihr gehörten neben den Malern auch Bildhauer, Buchbinder, Töpfer, Kunsthändler, Steinmetzen, Glasbläser und Fayencenhersteller. Ihren Namen hatte die Gilde nach ihrem Schutzpatron gewählt, dem heiligen Lukas. Satzung und Sitzungsprotokolle, ebenso die Mitgliederliste sowie die jährlichen Ein- und Ausnahmen waren hier zur Dokumentation für die Zeitgenossen und zur Erinnerung für künftige Generationen festgehalten. Mit seiner schnörkellosen, leicht nach rechts geneigten Schrift füllte Vermeer die verschiedenen Spalten, rechnete erneut nach, schrieb einige weitere Zeilen und legte schließlich erschöpft den Federkiel aus der Hand.

Catharina Vermeer betrat die Stube. In ihrem hellblauen Kleid und mit den am Hinterkopf aufgesteckten Haaren erinnerte sie an die jungen Frauen auf den Bildern ihres Ehemannes, die gedankenverloren ihren häuslichen Tätigkeiten nachgingen. Doch Catharina wirkte bei Weitem lebhafter, war zudem zartgliedriger und schmaler. In der Hand balancierte sie ein Tablett mit zwei Gläsern und einer Weinkaraffe. Sie stellte alles auf einer dunklen Eichentruhe ab, über der ein Gemälde hing, in dem fein abgestimmte Braun- und Grüntöne miteinander harmonierten. Es zeigte eine Ansicht des Oude Langendijks, der Straße, die sich direkt vor ihrem Haus, unterhalb des Ateliers befand. Schöpfer dieses Bildes war Carel Fabritius, der Lehrer ihres Mannes, den sie zwar persönlich nie kennengelernt hatte, dessen Schicksal ihr aber durch Erzählungen bestens vertraut war. Fabritius, der talentierteste Maler der Stadt, hatte am Morgen des Donderslags in seinem Atelier, das in der Doelenstraat, in unmittelbarer Nachbarschaft des Pulverturms lag, an einem Porträt gearbeitet. Der Küster der Oude Kerk saß ihm Modell. Plötzlich war der Dachstuhl durch Funkenflug in Brand geraten, die Decke stürzte ein und begrub die beiden Männer unter sich. Man konnte sie erst nach Stunden bergen. Der Küster musste auf der Stelle tot gewesen sein. Fabritius selbst wurde schwer verletzt in das überfüllte Hospital gebracht, wo er noch am selben Abend starb. Seine Frau und die beiden Kinder hatten sich zum Zeitpunkt der Explosion in der Küche im Untergeschoss befunden und waren durch herabfallende Holzbalken zu Tode gekommen.

Bei dem Geräusch ihrer Schritte hob Johannes Vermeer den Kopf und blickte zur Tür. »Catharina, Liebes«, sagte er und winkte sie zu sich heran. In seine Augen trat ein seidiger Glanz. Ihre ungekünstelte Schönheit hatte ihn gleich bei ihrer ersten Begegnung verzaubert. Hatte ihn zum glühenden Bewunderer einer jungen Frau gemacht, die mehr Verehrer hatte als ein Mensch Finger zweier Hände. Männer mit klangvollen Namen hatten um Catharina Bolnes' Gunst gebuhlt, namhafte Bankiers, reiche Erben, geistvolle Akademiker. Er hatte sich oftmals gefragt, warum diese lebenslustige Frau mit den veilchenblauen Augen und dem honigfarbenen Haar ausgerechnet ihn zum Mann genommen hatte. Einen zum Zeitpunkt der Hochzeit unbedeutenden Maler und Kunsthändler, der Theater, Feiern und die Gesellschaft scheute. Der lange und tief in die Stille seines Ateliers eintauchen konnte und an Tagen intensiver Arbeit nur schwer in das Alltagsleben zurückfand. Er lächelte ihr zu und auch ein wenig über sich selbst, weil sein Herz bei ihrem Anblick auch nach elf Jahren Ehe immer noch schneller schlug.

Catharina trat von hinten an ihn heran, schlang ihre Arme um seinen Hals und drückte ihre Lippen sanft gegen seine Schläfe. Sie ließ die Finger durch seine Haare gleiten, küsste versonnen auch diese.

»Du siehst müde aus, Liebster. Es ist schon spät, hör endlich auf zu rechnen. Habe ich dir schon erzählt, dass Hendrick van Buyten letzte Woche eine Kiste Wein hat schicken lassen? Als Anzahlung für das Bild mit der Frau in der gelben Jacke und der Laute. Komm, lass uns zusammen ein Glas trinken.«

Vermeer senkte den Kopf, wandte ihn langsam von links nach rechts. »Nur noch ein paar Zahlen. Ich bin schon fast fertig. Aber wenn du mir in der Zwischenzeit den Nacken massieren würdest … Ich bin von dem langen Sitzen schon ganz steif geworden.«

Catharina legte die Hände auf seine Schultern, ließ die Daumenkuppen mit leichtem Druck neben der Wirbelsäule bis zum Haaransatz auf- und abgleiten, rieb spiralförmig kleine Kreise auf die Haut, verharrte einen Moment auf der Stelle, knetete und drückte erneut, arbeitete sich seitwärts bis zu den Ohren vor. Vermeer stöhnte kurz auf, hielt seine Frau aber gleichzeitig dazu an, die Prozedur fortzusetzen. Nach einer Weile fuhr sie mit den Fingerkuppen an seinem Schlüsselbein entlang Richtung Brustkorb, ließ die Hände in den Ausschnitt seines Hausmantels gleiten. Sie streichelte das weiche Haar, wanderte mit der linken Hand hinunter bis zu der Stelle, wo sie den kräftigen und rascher werdenden Schlag seines Herzens fühlen konnte. Vermeer bog den Kopf zurück, lehnte ihn mit geschlossenen Augen gegen ihre weiche Brust.

Ein knarrendes Geräusch ließ die beiden innehalten. Maria Thins stand in der Tür, eine mittelgroße magere Frau, deren schwarze Haube die fahle Gesichtshaut noch heller erscheinen ließ. Ihr Rücken war leicht gekrümmt, sie stützte sich auf einen Stock, dessen silbern geschwungener Griff die Form eines fliehenden Leoparden hatte mit Augen aus Saphiren. Dieses fast spielerische Dekor milderte ein wenig den Eindruck von Strenge, der von ihrer in schlichtes Schwarz gekleideten Gestalt ausging. Maria Thins zögerte einen kurzen Moment. Als sie schließlich die Szene begriffen hatte, die sich ihren Augen bot, wandte sie sich zum Gehen.

»Komm doch herein, Mutter.« Catharina richtete sich auf und zupfte liebevoll den Ausschnitt von Vermeers Hausmantel zurecht. »Möchtest du etwas Wein mit uns trinken? Ich hole schnell noch ein Glas.«

Maria Thins überlegte einen kurzen Moment, ließ sich aber dann in einem Sessel neben dem Kamin nieder und lehnte ihren Gehstock gegen den marmornen Sims. Mit einiger Mühe beugte sie sich vor und holte aus einem Korb zu ihren Füßen einen Stickrahmen heraus.

»Danke, Catharina, keinen Wein. Du weißt ja, ich schlafe in letzter Zeit so schlecht. Ich will auch gar nicht lange stören. Mich nur für einen Moment am Kamin aufwärmen.«

Catharina schenkte zwei Gläser Wein ein und trat an den Esstisch. Vermeer griff nach seinem Glas, streifte dabei mit Absicht ihren nackten Unterarm. Sie kräuselte die Lippen und schenkte ihm ein Augenzwinkern. Beide prosteten sich zu, nahmen einen tiefen Schluck.

»Unterhaltet euch nur und nehmt keine Rücksicht auf mich. Ich will vor dem Zubettgehen noch die Beihilfen für die mittellosen Mitglieder kontrollieren. Danach stehe ich euch ganz zur Verfügung«, sagte Vermeer und versenkte sich augenblicklich wieder in seine Akten.

Catharina nahm einen Schemel und setzte sich neben ihre Mutter, sah ihr zu, wie sie langsam und mit geübten Handbewegungen die Nadel durch den Stoff führte. Am unteren Stoffrand war in blauem Garn eine Taube zu erkennen, die einen Ölzweig im Schnabel hielt.

»Glaubst du, dass die Stola Pfarrer Goltzius gefallen wird? Er ist ein so liebenswerter Mensch. Und noch ganz jung. Bestimmt nicht älter als du und Johannes. Ich kenne übrigens seine Tante von früher. Wir sind zusammen in die katholische Lateinschule gegangen.«

»Bestimmt wird der Pfarrer sie mögen, Mutter. Wenn du bis Weihnachten damit fertig wirst, kann er die Stola vielleicht während der Christmette tragen. Leider hast du mir dein Talent nicht vererbt, sonst würde ich dir bei deiner Arbeit helfen.«

»Dafür hast du andere Begabungen. Du spielst wundervoll Mandoline und hast eine Stimme wie ein Engel. Was meinst du, ist das Blau kräftig genug? Oder hätte ich doch lieber einen dunkleren Ton nehmen sollen?«

»Aber nein, du hast richtig gewählt. Das Blau erinnert mich an das Bild mit der Gottesmutter, das in unserer Kirche neben dem Altar hängt. Die Farbe bildet einen sehr schönen Kontrast zu dem hellen Untergrund.«

Maria Thins nickte ihrer Tochter dankbar zu und setzte ihre Arbeit fort. Einige Male streckte sie den Arm vor und begutachtete den Stickrahmen mit zusammengekniffenen Augen.

»Möchtest du nicht lieber morgen bei Tag weitermachen?«, schlug Catharina vor. »Das Kerzenlicht ist viel zu schwach. Du solltest deine Augen nicht so anstrengen.«

»Lass nur, es geht schon. Außerdem weiß man in meinem Alter ja nie, wie viel Zeit einem noch bleibt. Wenn ich nicht so eitel wäre, hätte ich mir schon längst Augengläser zugelegt … Und denk an mein Gelübde. Ich muss Abbitte leisten, damit Gott mir meine Sünden vergibt.«

»Aber, Mutter, wann wirst du diese alte Geschichte endlich vergessen? Gott vergibt denen, die Buße tun.«

»Eine Scheidung ist ein Frevel. Was Gott zusammengefügt hat, soll der Mensch nicht trennen, heißt es in der Heiligen Schrift. Doch ich hatte solche Angst um Cornelia und um dich … Ihr Mädchen wart ja noch klein … Und wie hätte ich Euch schützen können? Ich habe keinen anderen Ausweg gesehen.«

»Ein Mann, der über Jahre seine Frau und seine Töchter schlägt, hat es nicht anders verdient. Wer weiß, was noch alles passiert wäre, wenn du mit uns in Gouda geblieben wärest … Bestimmt hätte Vater irgendwann eine von uns zu Tode geprügelt. Oder uns alle drei.«

Maria Thins Mundwinkel zuckten, sie blickte wie in weite Ferne. Leise und traurig fuhr sie fort. »Ich habe Reynier Bolnes einmal geliebt. Aber jetzt fühle ich nichts mehr für ihn, er hat alles in mir zerstört … Habe ich dir schon erzählt, dass wieder ein bitterböser Brief von Willem gekommen ist? Er verlangt seine sofortige Freilassung und droht uns allen mit Vergeltung. Dieser Junge hat den Jähzorn seines Vaters geerbt. Er wird mich noch vorzeitig ins Grab bringen.«

Catharina nahm gedankenverloren einen Schluck Wein, ihre Finger spielten mit der Perlenkette. Sie warf einen verstohlenen Blick zu ihrem Mann hinüber.

»Wenn ich mir vorstelle, dass mein Sohn, mein eigener Sohn, in einer Besserungsanstalt lebt … nur wenige Straßen von hier entfernt …« Maria Thins stöhnte auf und starrte zitternd auf ihre schmalen, schmucklosen Hände, deren Fingerkuppen von den Nadeln zerstochen waren. »Seit einem Jahr habe ich immer wieder den gleichen Albtraum. Dann wache ich mitten in der Nacht auf, und ich sehe Willem vor mir, wie er diesen Stock nimmt und unten in der Diele auf dich losgeht … und wie du hochschwanger und völlig schutzlos vor ihm stehst …«

Ihre Schultern zuckten, die Hand konnte die Nadel nicht mehr führen. Ein paar Tränen rannen über die faltigen Wangen, tropften auf den blütenweißen, gefältelten Kragen.

Catharina legt ihr die Hand auf den Arm. »Beruhige dich, Mutter. Es ist ja vorbei. Der kleine Johannes und ich hatten einen Schutzengel. Ich weiß bis heute nicht, woher Tanneke den Mut genommen hat, als sie zwischen Willem und mich gegangen ist …« Sie zog ein Taschentuch aus der Rocktasche und tupfte ihrer Mutter die Tränen ab. »Komm, nimm einen Schluck aus meinem Glas. Und denk nicht mehr an diese schlimmen Dinge … Übrigens, ich habe den neuen Pfarrer für nächsten Sonntag zum Essen eingeladen. Backst du für uns deine herrliche Apfelpastete?«

»Was höre ich da?«, kam unvermittelt die Frage von Vermeer. Er klappte das Buch zu und sah erwartungsvoll zu den Frauen hinüber. Catharina stand auf und strich ihm lachend mit dem Zeigefinger über die Nase.

»Du hast richtig gehört, du Feinschmecker. Mutter will deinen Lieblingskuchen backen. Allerdings wirst du dich noch ein paar Tage gedulden müssen.«

Maria Thins fand langsam ihre Fassung wieder. Sie legte ihre Sticksachen in den Korb, griff nach dem Gehstock und erhob sich aus dem Sessel.

»Meinen beiden Töchtern war ich in meiner Ehe wohl kein gutes Vorbild. Umso mehr danke ich Gott, dass wenigstens ihr miteinander glücklich seid. Ich bete jeden Tag dafür, dass es immer so bleibt. Sagt den Kindern, dass sie morgen Früh zu mir kommen und mich wecken dürfen. Es wird Zeit für mich, Gute Nacht.«

Schwerfällig stützte Maria Thins sich auf den Stock und schloss leise die Tür hinter sich. Vermeer legte beide Hände auf Catharinas Hüften und zog sie zu sich heran. Als hätte sie nur auf diese Berührung gewartet, setzte sie sich zu ihm auf die Knie, schlang ihre Arme um seinen Hals und küsste ihn zärtlich und lange.

»Du riechst heute so anders«, murmelte Vermeer und erwiderte ihren Kuss. Einmal und noch ein weiteres Mal. Er schnupperte zuerst an ihrem Ohrläppchen, dann an ihrer Halsbeuge. »Ich rieche Zitrone … und noch etwas. Hm, ich glaube, es ist Vanille. Hast du ein neues Parfum?«

»Du hast es also doch bemerkt? Es ist ein französischer Duft. Gefällt er dir? Angeblich wurde das Parfum für Madame de la Vallière kreiert, die Geliebte Ludwigs XIV. Vermutlich hat der Händler diese Geschichte nur erfunden, um den hohen Preis zu rechtfertigen. Allerdings habe ich jetzt ein schlechtes Gewissen. Ich habe viel zu viel Geld für mich ausgegeben. Und das, obwohl wir in letzter Zeit weniger Einnahmen hatten als sonst. Die Leute kaufen nicht mehr so viele Bilder wie früher. Und seit dem vorigen Monat sind auch noch Bier und Fleisch teurer geworden … Aleydis und Beatrix brauchen neue Schuhe und Maria und Cornelia neue Kleider für den Winter. Dieses Parfum ist ein Luxus, den ich mir an und für sich gar nicht leisten dürfte.«

Vermeer legte ihr den Zeigefinger auf den Mund. »Sag so etwas nicht, Liebes. Ich bestehe darauf, dass du dir etwas kaufst, wenn es dir gefällt. Außerdem habe ich gerade einen Sonderauftrag bekommen. Ich soll demnächst als Gutachter nach Den Haag reisen und einige Gemälde italienischer Meister untersuchen. Der Kurfürst möchte sie für seine Sammlung ankaufen. Man wird mir ein fürstliches Honorar für meine Dienste zahlen. Mach dir also keine Sorgen wegen unserer Haushaltskasse. Die ist bald wieder gut gefüllt.«

Catharina vergrub ihr Gesicht in dem Kragen seines Hausmantels, küsste seine Wangen, seine Stirn. »Ich will immer nur dir gefallen, Johannes. Jeden Tag. Und jede Nacht.«

Er löste die Bänder ihres Mieders, raffte geschickt die beiden Hälften auseinander. »Du bist wundervoll, Catharina … Manchmal denke ich, ich habe eine Frau wie dich gar nicht verdient«, murmelte er und fuhr mit seinen Lippen den Ausschnitt ihrer Bluse entlang. Sie seufzte leise auf, spürte seinen Atem auf ihrer Haut, ließ das Feuer bis tief in ihr Inneres vordringen.

Vermeers Stimme vibrierte. »Habe ich dir schon einmal

gesagt, wann du am schönsten aussiehst? Wann du besonders begehrenswert bist?« Er ließ seine Hand vom Hals abwärts über ihre Brust bis zur Taille gleiten, verharrte dort, streichelte den fülligen Seidenstoff. »Wenn die Falten an deinem Kleid weit auseinanderstehen. Weil sich darunter dein Bauch zu einer Kugel wölbt. Und in dir neues Leben entsteht. Als Beweis für unsere Liebe …«

Mit einem langen Kuss hinderte Catharina ihn daran, weiterzusprechen. Ohne ihren Mund von dem seinen zu lösen, erhob sie sich von seinen Knien, tastete nach seinen Händen.

»Komm«, flüsterte sie schließlich sanft und schmeichelnd, »lass uns schlafen gehen.«

Zweites Buch

16

Am Morgen des elften Oktober 1664, einen Tag vor der großen Gedenkfeier, kamen zwei Männer im Auftrag des Bürgermeisters in das Atelier in der Choorstraat und holten das Gemälde ab. Sarah räumte die nunmehr leere Staffelei zur Seite, und mit einem Mal kam ihr der Raum ungewohnt groß vor. Leichtfüßig eilte sie zum Bäcker in der Oude Kerkstraat, kaufte ein extra großes Stück Walnusspastete und eine Zuckerwaffel. Als sie gerade den Laden verlassen wollte, sah sie auf dem Gehsteig einen Bettler, wie er sich an den Stamm einer Ulme lehnte. Er mochte nur wenig älter sein als sie selbst, sein Gesicht war von eitrigen Pusteln übersät. Die fleckige Kleidung wies Flicken und Löcher auf und der linke Ärmel hing schlaff herunter, da der Arm fehlte. Sein sehnsuchtsvoller Blick fiel auf den Korb, den Sarah in den Händen hielt. Speichel tropfte aus seinem Mund. Sarah wollte sich schon in Richtung Voorstraat wenden, doch irgendetwas hinderte sie daran weiterzugehen. Sie griff in den Korb und reichte dem Bettler die Zuckerwaffel. Ungläubig starrte er sie an, riss im nächsten Moment die Waffel an sich und steckte sie sich gierig in den Mund, verschlang sie, ohne zu kauen, in großen Stücken.

Wieder zu Hause, öffnete Sarah die Flasche mit dem Wein, die van Suyten ihr als Zeichen seiner Verehrung bei der Unterzeichnung des Vertrags überreicht hatte. Sie schenkte sich ein Glas ein, hielt es gegen das Licht und schwenkte behutsam die brombeerfarbene Flüssigkeit, begutachtete die Spuren, die am Innenrand des Glases ein filigranes Muster bildeten. Dann ließ sie sich am Fenster nieder. Ganz langsam kaute sie, trank genüsslich in winzigen Schlucken, sah den sich verfärbenden Blättern der Platane nach, die ein leiser Herbstwind über die Gracht wirbelte, warf Vosje ein Stückchen Kuchen zu und lachte, als er es im Sprung verfehlte und dabei fast auf ihrem Bett landete.

»Wacht auf, Sarah Meulemeester, schnell, Ihr müsst sofort ins Stadhuis mitkommen«, hallte eine Männerstimme von draußen, begleitet von einem energischen Pochen. Vosje richtete sich in seinem Korb auf, spitzte die Ohren und knurrte.

»Wartet einen Augenblick, ich muss mich zuerst ankleiden«, rief Sarah noch schlaftrunken und suchte hastig ihre Kleider zusammen, die der Hund während der Nacht in allen Ecken des Raumes auf dem Boden verstreut hatte. Da ihr ganz offensichtlich keine Zeit zum Zöpfeflechten blieb, knotete sie die Haare mit einem Band im Nacken zusammen und öffnete.

Gerrit Poortvliet, der junge Ratsdiener des Bürgermeisters, stand vor ihr. Er riss den Mund auf und starrte sie, wie schon bei ihrer ersten Begegnung, mit unverblümter Bewunderung an. Doch dann wurde seine Miene ernst, und er schaute verlegen zu Boden, drehte die Schuhspitzen zueinander.

»Was ist passiert? Ist es der Bürgermeister, der Euch schickt? Warum will van Suyten mich schon um diese frühe Uhrzeit sprechen?«, fragte Sarah erstaunt. »Die Feier beginnt doch erst in drei Stunden.«

»Tja, ich weiß nicht, wie ich es sagen soll, es ist alles so schrecklich, aber Euer Gemälde …«, stammelte der Diener und kreuzte, wie um Entschuldigung bittend, die Hände vor der Brust, »… es ist verschwunden.«

Obwohl Sarah seine Worte sehr deutlich verstanden hatte, begriff sie zunächst gar nichts. Sie stand einfach nur da, wie betäubt, reglos wie eine Statue. Irgendwo aus weiter Ferne drang die aufgeregte Stimme des Dieners an ihr Ohr.

»… weswegen der Bürgermeister Euch dringend ersucht, den Ort des Geschehens persönlich in Augenschein zu nehmen.«

»Der Bürgermeister wird bestimmt schon überall nach dem Bild gesucht haben. Ich fürchte, ich kann ihm auch nicht helfen«, hörte Sarah sich sagen und lehnte sich entkräftet gegen den Türrahmen. Doch Poortvliet rang die Hände und sah sie so eindringlich und flehentlich an, dass sie schließlich nachgab.

»Gut also, ich komme. Gebt mir zehn Minuten Zeit, damit ich mich vollständig ankleiden kann.«

In der Eingangshalle des Stadhuis' liefen Ratsherren, ihre Assistenten und Diener aufgeregt hin und her. Alle redeten laut und diskutierten lebhaft miteinander. Hendrick van Suyten löste sich aus einer Gruppe von schwarz gekleideten, zumeist dickleibigen Honoratioren und trat mit ausgebreiteten Armen und verzweifelter Miene auf Sarah zu.

»Meine liebe Sarah Meulemeester, was soll ich nur machen? Ich bin verloren! Dieses wunderbare Werk. Es ist fort! Einfach verschwunden! In weniger als einer Stunde soll der Adjutant des Prinzen Frederik Hendrick hier erscheinen. Er wird annehmen, dass ich, der ranghöchste Bürger Delfts, nicht Manns genug bin, das Stadhuis vor dreisten

Dieben und Plünderern zu schützen. Welch eine Schmach! Es ist in der Dunkelheit geschehen. Ein Fenster wurde von außen eingeschlagen, und niemand hat etwas bemerkt. Ich frage mich, wo denn die Wachen der Bürgerwehr ihre Augen und Ohren hatten! Wahrscheinlich saßen sie weinselig mit ein paar Weibern in der ›Gouden Venus‹ und haben auf ganz andere Dinge geachtet. Und dabei hatte ich mir doch schon Hoffnung auf die Nachfolge des Generalsekretärs in Den Haag gemacht …«

Die Stimme des Bürgermeisters wurde weinerlich. Er reckte seinen Arm in die Höhe, mit einer theatralischen Geste deutete er hinter sich auf die Wand, die das Bild hätte schmücken sollen. Langsam wendete Sarah den Kopf und starrte ungläubig auf den großen geschnitzten Ebenholzrahmen mit der kahlen weiß getünchten Wand dahinter. Sie zitterte, konnte zwar mit Mühe die Tränen zurückdrängen, nicht aber den Gedanken an die Folgen dieser schändlichen Tat. Wie würde sie jetzt in der Öffentlichkeit dastehen? Und wie bei den Malerkollegen, die sich vor Schadenfreude und Genugtuung auf die Schenkel schlagen würden? Fragen, die dem Bürgermeister offensichtlich ganz und gar nicht in den Sinn kamen, da er nur sein eigenes Fortkommen im Blick hatte. Das Gespenst der Armut tauchte fern und verschwommen auf, kroch näher, immer näher zu ihr heran, umkreiste sie bleich und mit leeren Augenhöhlen, streckte seine knöchernen Finger nach ihr aus. Sarah fürchtete, ohnmächtig zu werden, suchte Halt an einer Säule.

»Er hat das Bild einfach herausgeschnitten und ist dann geflohen. Dieser hinterhältige Feigling«, jammerte van Suyten und verzog qualvoll das Gesicht.

»Aber wir können doch gar nicht wissen, ob es eine Person war oder eine ganze Bande«, gab ein weißhaariger Ratsherr hüstelnd zu bedenken und schwenkte mahnend seinen Krückstock.

»Eins ist klar. Es kann nur jemand gewesen sein, der nicht aus Delft stammt«, meinte ein anderer, dessen zernarbtes Gesicht die Spuren einer früheren Blatternerkrankung zeigte. Die Umstehenden pflichteten ihm bei und nickten.

»Ihr sprecht ein wahres Wort«, rief ein hagerer, schielender Amtsschreiber und erhob den Zeigefinger, um seiner Rede Nachdruck zu verleihen. »Vermutlich war es ein gedungener Dieb, der für seine Arbeit königlich bezahlt wurde. Wir wissen doch alle, wie die Rotterdamer auf uns herabsehen, wie sie uns immer wieder weismachen wollen, dass sie, nach Amsterdam, die bedeutendste Handelsstadt im Land bewohnen. Doch insgeheim sind sie missgünstig, weil wir die ältere, die ehrwürdigere Kultur haben. Nehmt nur einmal unsere Fayencen.« Er hielt einen Moment inne, um sich zu vergewissern, dass auch jeder seinen Worten mit gebührender Aufmerksamkeit lauschte. »Sie sind in ganz Europa gefragt. Wir Delfter sind sogar in der Lage, chinesisches Porzellan so perfekt nachzuahmen, dass wir uns bald die teure Einfuhr aus Ostindien schenken können. Das passt natürlich einigen Rotterdamer Herren nicht, die mit dem Schiffshandel große Geschäfte machen. Sie fürchten um ihre Pfründe. Doch ich kann nur alle warnen. Wir dürfen uns nicht einschüchtern lassen!«

Der Bürgermeister verdrehte die Augen und machte eine abwertende Handbewegung. »Das ist doch alles nur Spekulation, lieber Freund. Ich glaube vielmehr, dass der Anschlag mir persönlich galt, weil mir jemand meine Stellung neidet und mein weiteres Fortkommen behindern will …« Er presste beide Hände gegen die Schläfen, holte tief Luft und fuhr mit trotziger Stimme fort: »Aber ein van Suyten lässt sich auch in scheinbar auswegslosen Situationen nicht aus der Fassung bringen. Und deswegen sage ich: Die Zeremonie muss stattfinden! Wir werden auch ohne Gedächtnisbild der unschuldigen Toten gedenken und an die tapferen Männer und Frauen erinnern, die damals unter Aufbietung aller Kräfte unsere Stadt aus Schutt und Asche neu errichtet haben.« Der Bürgermeister legte eine Hand auf die Brust und erhob seufzend den Blick zur Decke. Plötzlich wurde er lebhaft. »Rasch, beeilt euch, entfernt den Rahmen, räumt ihn in die Kammer mit den alten Konvoluten und Stadtplänen. Und hängt stattdessen die Fahnen der Bürgerwehren auf. Alle Kompanien sollen umgehend auf dem Marktplatz Stellung beziehen. Der Adjutant wird jeden Augenblick erwartet.«

Ein paar Diener schafften eilends Leitern heran und erledigten die Anweisungen des Bürgermeisters. Sarah löste sich von der Säule und ging, ohne sich noch einmal umzudrehen, aus der Halle. Draußen vor dem Stadhuis hatte sich das Volk versammelt und wartete ungeduldig auf die Ankunft des Regierungsvertreters. Doch weitaus mehr interessierte die Leute der Empfang, in dessen Anschluss es Freibier und Hutsepot mit reichlich Speckschwarten geben würde. Jeder, der gesunde Beine hatte und laufen konnte, war hierhergekommen. Die Alten, die nicht mehr gut zu Fuß waren, wurden auf Handkarren oder in Pferdewagen herbeigeschafft. Bettler in zerlumpten, übel riechenden Kleidern schleppten sich an Krücken oder auf hölzernen Stümpfen heran, die ihnen den Fuß oder ein fehlendes Bein ersetzten. Sie standen für sich, abseits der Menge, die ihnen naserümpfend den Rücken zuwandte.

Erst als Sarah den Marktplatz hinter sich gelassen und in

die menschenleere Voldersgracht eingebogen war, ließ sie ihren Tränen freien Lauf. Schrie ihre ganze Verzweiflung laut aus sich heraus, hämmerte wild mit den Fäusten gegen eine Hauswand. Sie hatte sich umsonst gemüht. Die Toten würden keine Wiedergutmachung erlangen. Und zu alledem hatte ihr guter Ruf Schaden genommen. Blieb noch zu klären, wie es die Stadtväter mit dem verbleibenden Honorar halten würden. Einhundert Gulden hatte sie als Anzahlung bekommen, weitere vierhundert standen ihr noch zu. Geld, das sie sich härter erarbeitet hatte als je zuvor und das sie dringend zum Leben benötigte. Sie würde selbst nachfragen müssen, konnte bei diesem Geschäft nicht den Kunsthändler Vermeer vorschicken, weil dieser Auftrag mit ihr persönlich vereinbart worden war.

17

*I*hr hättet dabei sein sollen, Sarah Meulemeester. Diese Jahresfeier war ganz und gar ergreifend. Die Trompeter der Cloveniersgilde haben wunderbar gespielt. Die Männer der Bürgerwehren sahen herrlich aus in ihren bunten Uniformen und mit den Federbüscheln an den Helmen. Und der Statthalter ist wirklich ein beeindruckender Mann. Der Bürgermeister hat eine Ansprache gehalten, die uns alle gerührt hat. Viele haben sogar geweint«, erzählte Trientje Anslo und wischte sich in Erinnerung an das soeben Erlebte mit dem Schürzenzipfel die Augen.

In einem Zug trank Sarah ein ganzes Glas von dem selbst gemachten Kräuterlikör, den Trientje Anslo mitgebracht hatte, und starrte aus dem Fenster auf die lichter werdenden

Äste der Platane vor dem Haus. Sie überlegte, wie es wäre, wenn sie einfach davonlaufen würde, irgendwohin, wo es keinen Bürgermeister, keine Diebe und keine Gedenkfeier gab.

Eine feuchte Hundeschnauze legte sich auf ihren Schoß. Vosje sah sie aus sanften Augen an, wedelte freudig mit dem Schweif, drückte seine Schnauze fest gegen ihr Knie. Beschämt beugte Sarah sich zu dem Tier hinunter, rieb mit beiden Händen seine Flanken, kraulte das lockige Fell hinter den Schulterblättern, strich über die seidenweichen Ohren. Vosje brummte zufrieden, legte den Kopf zur Seite und verlangte nach weiteren Streicheleinheiten. Sie gab seiner Forderung nach, merkte, wie allmählich die Spannung in ihr nachließ.

»Wir beide gehören doch zusammen«, flüsterte sie ihm zu, hob ihn an den Vorderpfoten hoch und presste ihre Wange gegen seinen Kopf. Der Schweif tanzte stürmisch hin und her, schlug rhythmisch gegen das Tischbein. Trientje Anslo kommentierte die Liebkosung mit einem missfälligen Räuspern.

»Ihr verhätschelt den Hund viel zu sehr, Sarah Meulemeester. Vergesst nicht, es ist nur ein Tier. Tiere haben keine Gefühle. Sie sind einzig und allein dazu da, dem Menschen zu nutzen. Vosje sollte lieber draußen auf der Straße herumstöbern und die Ratten fernhalten. Und aufpassen, dass hier keine Einbrecher ins Haus kommen. Oder sonstiges Gesindel.«

»Woher wollt Ihr wissen, dass ein Tier keine Gefühle kennt? Vosje jedenfalls genießt es, wenn er gestreichelt wird. Ob er allerdings einen Einbrecher vertreiben würde, will ich lieber nicht beschwören. Er ist eben kein Wachhund, sondern ein Streuner, aber einer, der viel Zärtlichkeit braucht.

Doch davon abgesehen, wer sollte in unserem Viertel etwas stehlen wollen? Hier leben keine reichen Leute, nur solche wie wir, die jeden Tag aufs Neue zusehen müssen, wie sie über die Runden kommen.«

Trientje Anslo rümpfte die Nase und füllte mit zittriger Hand ein zweites Mal die Gläser, achtete dabei penibel darauf, dass kein einziger Tropfen danebenging. »Auf die Gesundheit. Das Rezept für den Kräuterlikör stammt noch von meiner Großmutter. Sie hat jeden Tag drei Gläser davon getrunken. Und ist über achtzig Jahre alt geworden. Was wird denn nun aus Euch, jetzt, da das Bild verschwunden ist? Wird man Euch wenigstens eine Entschädigung zahlen?«

»Ich werde gleich morgen mit van Suyten darüber reden müssen. Ich kann nur hoffen, dass die hohen Herren anerkennen, dass ich ihren Auftrag erfüllt habe. Schließlich muss ich von irgendetwas meine Miete, Brot und Bier bezahlen«, antwortete Sarah bekümmert und ließ die herbwürzige Flüssigkeit die Kehle hinunterrinnen.

Trientje Anslo erhob sich erst, als der ganze Krug geleert war. Kichernd und mit rot glänzender Nase, wankte die Vermieterin die Treppe hinunter. Mit angezogenen Beinen hockte Sarah auf dem Bett, senkte den Kopf auf die Knie. Plötzlich meinte sie, ihren Vater nach ihr rufen zu hören. Sie hatte ihn nur wenige Stunden vor seinem Tod im Siechenhaus besucht, hatte seine eindringlichen Warnungen in den Wind geschlagen, weil sie spürte, dass seine Krankheit ihr nichts anhaben würde. Sie wollte ihn noch einmal sehen, seine Stimme hören, die plötzlich heiser und dünn klang. »Ich bin immer stolz auf dich gewesen, meine Tochter. Bleib, wie du bist. Du bist stark, denn du bist eine Meulemeester.« Das waren seine letzten Worte.

18

Der folgende Tag war kühl und nass. Über der Stadt lag ein trüb-grauer Schleier. Sogar die Gesichter der Menschen in den Straßen schienen düsterer als sonst, die Rufe der Händler auf dem Markt kraftloser. Sarah betrat das Stadhuis. Sie hatte schlecht geschlafen in der Nacht, ihr Kopf schmerzte von dem Genuss des Kräuterlikörs. Mit nervösen Händen band sie sich die Schürze auf und wieder zu. Sie musste unbedingt in Erfahrung bringen, ob der Bürgermeister Neues über den Verbleib ihres Bildes zu vermelden hätte. Und auf welche Zahlung sie hoffen durfte nach monatelanger Arbeit. Wenn auch ohne das sichtbare Ergebnis dieser immensen Anstrengung.

Sarah hielt Ausschau nach Gerrit Poortvliet, dem jungen Ratsdiener, konnte ihn aber inmitten der hin und her eilenden Menschen nirgendwo entdecken. Ein hagerer, älterer Diener mit Buckel schlurfte an ihr vorbei. Sie erklärte ihm, dass sie den Bürgermeister auf der Stelle in einer dringenden Angelegenheit sprechen müsse. Wortlos machte der Mann ihr mit der Hand ein Zeichen, und sie folgte ihm bis zu der dunklen hohen Eichentür, hinter der das Ratszimmer lag.

»Gibt es irgendwelche Neuigkeiten, Mijnheer van Suyten? Ist mein Bild gefunden worden?«, fragte Sarah ungeduldig, kaum dass sie den Raum betreten hatte. Ohne aufzublicken, hob der Bürgermeister als Zeichen der Entschuldigung eine Hand, während er mit der anderen seine Unterschrift unter ein Dokument setzte. Dann erhob er sich blasswangig aus seinem Sessel. Er bot Sarah den mit grünem Samt gepolsterten Besucherstuhl an, sein rechtes Augenlid zuckte. »Ihr müsst mir glauben, meine Teuerste, nichts wäre mir lieber, als Eure Frage mit einem klaren Ja zu beantworten. Wir haben in diesem Moment zwar noch keine Spur von dem Gemälde, aber dennoch bin ich guten Mutes. Erst vor einer halben Stunde habe ich mit unserem Polizeipräsidenten ein Vier-Augen-Gespräch geführt. Victor de Konink ist ein alter Schulfreund von mir. Er wird seine Leute mit Nachdruck anweisen, alle ungewöhnlichen Vorgänge umgehend zu melden. Hausierer, Bettler und Lumpengesindel sind der Polizei schon seit Langem ein Dorn im Auge. Ab sofort werden alle streunenden und stinkenden Subjekte innerhalb des Stadtgebietes strengstens kontrolliert und gegebenenfalls sofort in Gewahrsam genommen«, erklärte van Suyten mit Nachdruck und schnippte ein unsichtbares Staubkorn von seinem makellosen gebauschten Taftärmel.

Sarah nickte erleichtert. Die Polizei würde somit alles daransetzen, um ihr Bild zu finden. Sie durfte nicht ungeduldig sein, bestimmt würde man ihr bald eine Erfolgsmeldung übermitteln. Doch dann kamen ihr Zweifel. War es rechtens, einen Menschen auf einen bloßen Verdacht hin festzunehmen, bloß weil er arm war und sich keine saubere Kleidung leisten konnte? »Was, wenn ein Unschuldiger hinter Gitter kommt?«

Der Bürgermeister suchte nach einem Taschentuch in seiner Jacke und tupfte sich die schweißnasse Stirn ab. Ohne auf Sarahs Frage einzugehen, fuhr er mit seiner Wehklage fort. »Diese Gedenkfeier sollte der Höhepunkt meiner bisherigen Amtszeit werden. Alles war genau geplant, bis ins letzte Detail. Und dann geschieht eine Schandtat, die einen Schatten auf meinen makellosen Ruf wirft. Wie wird die Nachwelt über mich sprechen?«

Sarah ballte die Faust unter ihrer Schürze und schluckte mehrmals heftig. Offensichtlich hatte der Bürgermeister in seinem Selbstmitleid noch keinen einzigen Gedanken daran verschwendet, was der Verlust des Bildes für sie, seine Schöpferin, bedeutete. Sie senkte die zitternden Lider, konnte nicht verhindern, dass ihre Stimme bebte.

»Mijnheer, mehr als sechs Monate lang habe ich an diesem Bild gearbeitet. Von früh bis spät habe ich meine ganze Kraft dafür eingesetzt. Ihr hattet mir einen Auftrag erteilt, und ich habe ihn erfüllt. Und nun bin ich ohne eigenes Verschulden in eine Lage geraten, dass ich …«

»Ich verstehe, ich verstehe vollkommen. Es ist wegen des Honorars, das Ihr nach Ablieferung des Bildes erhalten solltet. Der Rat der Stadt hat gestern Abend bereits eine Krisensitzung abgehalten und diese Frage diskutiert. Nun, was soll ich dazu sagen …? Das Objekt, für das die Vertreter der Stadt eine festgelegte Summe zu zahlen bereit waren, ist ja bedauerlicherweise nicht mehr da. Hätte es sich um ein Schiff oder um eine wertvolle Fracht gehandelt, so hätte man gewiss Vorkehrungen getroffen und eine Versicherung abgeschlossen. Und mit einiger Geschicklichkeit sogar einen Gewinn machen können …« Erneut betupfte sich der Bürgermeister die Stirn, wedelte mit dem Taschentuch in der Luft herum. »Doch hier ist ein Stück bemalten Leinens verschwunden. Tja, Ihr könnt es Euch sicherlich denken, denn das sagt einem ja bereits der gesunde Menschenverstand … für so etwas gibt es keine Haftung.«

»Wollt Ihr damit sagen, dass sich niemand für den Diebstahl verantwortlich fühlt und ich die Folgen alleine zu tragen habe? Dann sage ich Euch, dass Ihr Eure Sorgfaltspflicht verletzt habt, weil Ihr das Bild nicht besser bewacht habt«, hielt Sarah ihm verbittert vor.

»Nicht doch! So etwas dürft Ihr nicht einmal denken«, rief van Suyten und sah sich besorgt nach allen Seiten um, als befürchte er, dass Sarahs Worte durch die dicken holzvertäfelten Wände nach draußen dringen könnten. Aufgeregt lief er zwischen Tisch und Fenster hin und her. Die harten Sohlen seiner Spangenschuhe hallten auf den schwarzweißen Schachbrett-Fliesen. »Ich jedenfalls bin mir keiner Schuld bewusst. Noch niemals ist während meiner Amtszeit in diesem ehrwürdigen Haus irgendetwas abhandengekommen. Folglich gab es auch keinen Anlass für besondere Sicherheitsmaßnahmen. Im Übrigen könnt Ihr ganz unbesorgt sein. Ich habe den Polizeipräsidenten zu größter Eile angehalten, zumal ich nach wie vor einen Anschlag gegen meine Person vermute. Ein persönlicher Racheakt gewissermaßen. Sobald das Bild gefunden ist, werdet Ihr das restliche Honorar erhalten. Ich glaube, das wird recht bald der Fall sein.«

Der Bürgermeister verschränkte die Arme vor der Brust, wippte mit den Hacken und schaute selbstzufrieden zu Sarah hinüber. Wütend erwiderte sie seinen Blick, musste plötzlich an den Schulkameraden von damals denken, wie sie ihn bei den Schultern gepackt und geschüttelt hatte. Er hatte eine ihrer Rosen-Zeichnungen zerrissen und die Papierschnipsel auf dem Schulhof in den Wind gestreut. Sie musste obendrein eine Strafarbeit machen, weil der Lehrer nicht glauben wollte, dass sie ihre Hausaufgaben ordnungsgemäß erledigt hatte.

»Und wenn nicht? Wie wollt Ihr in einem solchen Fall verfahren?« Sarah machte einen Schritt auf van Suyten zu. Erschrocken wich er vor ihr zurück, suchte Schutz hinter seinem mächtigen Schreibtisch. Mit erhobenen Händen und beschwichtigender Miene redete er auf sie ein.

»Ich bitte Euch, verehrte Meisterin, Ihr müsst auch meine Situation verstehen. Mir sind die Hände gebunden. Wie soll ich unsere Ratsmitglieder davon überzeugen, für etwas zu zahlen, das es gar nicht gibt? Ich weiß, Ihr hattet Ausgaben, habt Leinwand, Farben und Pinsel besorgt. Zu diesem Zweck gab es ja den Vorschuss, der sicherlich noch nicht ganz aufgezehrt ist. Selbstverständlich dürft Ihr den Rest behalten. Und damit Ihr seht, wie sehr mich Euer Schicksal bewegt, will ich Euch weitere zehn Gulden aus meiner Privatschatulle zahlen.«

Ich ertrage so viel Großzügigkeit nicht, Ihr könnt den Vorschuss bis auf den letzten Stuiver zurückhaben, schrie sie in stummer Verzweiflung, da die Worte ihr in der Kehle stecken blieben. Hastig knotete sie ihr Schultertuch und verließ grußlos den Raum.

19

Wie benommen passierte Sarah den Marktplatz, lief über die Brücke zum Oude Langendijk und lehnte sich an den Stamm einer Ulme, stöhnte laut auf. Schämte sich in diesem Augenblick nicht ihrer Rachegelüste. Am liebsten wäre sie ins Stadhuis zurückgelaufen und hätte das Amtszimmer des Bürgermeisters gestürmt. Hätte alles Mobiliar mit einer Axt in Stücke geschlagen, den Gobelin heruntergerissen und sämtliche Gläser und Fayencen gegen die Wand geworfen. Sie wollte Genugtuung und Gerechtigkeit, wünschte dem Bürgermeister und sämtlichen Ratsmitgliedern die Pest, Lepra oder eine der vielen anderen unheilbaren Krankheiten. In ohnmächtiger Wut krallten sich ihre Finger in die Baumrinde, rissen sie in Stücken herunter. Ein Hausierer mit seinem Bauchladen kam an ihr vorbei, erkundigte sich nach dem Grund ihrer Verzweiflung und bot zur Beruhigung des Gemütes Rattenfallen und Arsenküchlein an. Sarah winkte ab und torkelte weiter, versuchte, einen klaren Gedanken zu fassen. Was wäre, wenn sie einfach aus dieser Welt verschwinden würde? Vielleicht mit Maatje, der sanften Stute, der untergehenden Sonne folgen, irgendwann am Meer ankommen und ihren Körper den Wellen überlassen würde? Oder wenn sie selbst einen Arsenkuchen essen würde …?

Ohne auf ihre Schritte zu achten, lief sie den Oude Langendijk weiter in östlicher Richtung. Plötzlich bemerkte sie von Weitem die drei jüngsten Mädchen der Vermeers. Cornelia, Aleydis und Beatrix spielten mit Murmeln vor dem Haus. Als die Kinder Sarah erkannten, winkten sie aufgeregt und liefen ihr entgegen, merkten gar nicht, dass sie in Pfützen tapsten und das Wasser bis zu ihren Hüften spritzte.

»Stell dir vor, Sarah, Mutter ist mit Maria und Elisabeth bei der Schneiderin. Sie brauchen neue Kleider für den Winter. Und wenn sie herausgewachsen sind, müssen wir die alten Sachen auftragen. Ist das nicht ungerecht?«, beschwerte Cornelia sich und stampfte heftig mit dem Fuß auf.

Sarah brauchte eine Weile, um die kindliche Beschwerde zu begreifen. Doch dann war sie fast dankbar für diesen Zornesausbruch, der sie von ihrem eigenen Kummer ablenkte. Sie zog ein Taschentuch aus dem Rock, beugte sich zu Cornelia hinunter und wischte ihr die triefende Nase ab.

»Aleydis auch neue Kleider haben«, plapperte die Zweitjüngste, die von allen Töchtern ihrer Mutter am ähnlichsten sah. Beatrix, die kleinste von allen, hatte erst kürzlich das Laufen gelernt. Sie klammerte sich fest an Sarahs Rock und zerrte an den Schürzenbändern. Dabei verlor sie das Gleichgewicht und purzelte hintenüber, lag wie ein kleiner Käfer auf dem Rücken und strampelte mit Armen und Beinen. Sofort fing sie an zu schreien, dicke Tränen liefen über das honigverschmierte Kindergesicht. Sarah nahm sie auf den Arm, strich ihr über die dunklen Locken, die ganz unverkennbar ein Erbe ihres Vaters waren.

»Ist ja gut, meine kleine Beatrix. Es ist nichts passiert. Du hast nur einen Schrecken bekommen.«

Beatrix schniefte und hielt Sarah wortlos ihren Ellenbogen entgegen. Sarah pustete so lange, bis das Kind wieder lächelte und seine schmutzigen Ärmchen um ihren Nacken schlang. Sie setzte die Kleine auf der untersten Stufe im Hauseingang ab und nahm ein paar Murmeln in die Hand, ließ sie gegen eine große silberne mitten auf dem Gehsteig kullern. Die Mädchen gingen in die Hocke und verfolgten aufmerksam die Bahn der bunten Kugeln. Sie kicherten, weil Sarah zunächst das Ziel verfehlte und erst nach mehreren Versuchen traf. Schließlich musste Sarah wegen ihrer eigenen Ungeschicklichkeit lächeln.

»Ich bin wohl ein wenig aus der Übung gekommen. Als ich so alt war wie ihr, war ich in meiner Straße die Murmelkönigin. Jetzt will ich aber sehen, wie gut ihr zielen könnt.«

Sofort wandten sich die drei wieder den Glaskugeln zu, wetteiferten mit leuchtenden Augen und glühenden Wangen. Bald achteten die Mädchen gar nicht mehr auf Sarah und waren nur noch in ihr Spiel vertieft.

Sarah betrat das Haus und rief Tanneke einen Gruß zu, die in der Diele auf den Knien hockte und mit einem feuchten Lappen den Boden wischte. In diesem Augenblick kam Johannes Vermeer aus der Küchentür und hielt eine Schale mit Trauben, Äpfeln und Walnüssen in der Hand. Versonnen betrachtete er das herbstliche Stillleben.

»Ich störe dich doch hoffentlich nicht, Johannes? Aber

ich muss unbedingt mit jemandem reden. Es geht um etwas Wichtiges.«

»Du bist hier immer willkommen, Sarah. Und wir können uns heute so lange miteinander unterhalten, wie du magst. Bei dem Nieselregen werde ich ohnehin nicht zum Malen kommen. Das Licht ist viel zu trüb. Mir fehlt die Sonne, die Glanzpunkte auf die Gegenstände zaubert.«

Sie folgte Vermeer ins Atelier. Zu ihrer Freude brannte ein Feuer im Kamin. Vermeer wies ihr einen Stuhl am Fenster zu und setzte sich ihr gegenüber.

»Ich kann dir gar nicht sagen, wie schrecklich Catharina und ich es finden, dass dein Bild verschwunden ist«, sagte er, und in seinen Augen erkannte Sarah Bestürzung und Mitgefühl. »Diese Tat hat etwas so Absurdes.« Johannes Vermeer hob ratlos die Schultern und schüttelte den Kopf. »Wer auch immer das Bild in seinem Besitz hat und es zu Geld machen will, wo will er es verkaufen? Jeder Händler in ganz Holland erkennt schon auf den ersten Blick, dass es sich um die Explosion des Delfter Pulverturms handelt. Und folglich weiß er auch, dass es Diebesgut ist.«

Sarah lehnte kraftlos den Rücken gegen die hohe Lehne des Stuhls, sah über den Kopf Vermeers hinweg auf die Landkarte an der Wand gegenüber. Ließ ihre Augen von der winzig kleinen Zuidersee über den weiten Ozean Richtung Westen wandern bis zu dem neu entdeckten großen Kontinent, aus dessen südlichem Teil Zucker, Kaffee und Tabak nach Holland verschifft wurden.

Vermeer sah über seine Schulter, folgte ihrem Blick. »Ja, möglich wäre es, dass jemand das Bild außer Landes bringen ließ, irgendein Mensch, der früher einmal hier gelebt hat und jetzt seine Erinnerungen pflegen will. Aber würde er deswegen eine Straftat begehen?«

»Du hast recht, Johannes, ein solcher Gedanke ist viel zu abwegig. Wer eine Ansicht von Delft haben möchte, geht auf den Markt oder zu einem der vielen Kunsthändler in der Stadt. Und wer ein Gemälde eines bestimmten Malers besitzen möchte, gibt es direkt bei ihm in Auftrag.«

Vermeer reichte Sarah die Schale. Sie nahm zwei Walnüsse, drückte sie in ihrer Handinnenfläche gegeneinander, bis die harten Schalen aufplatzten, und steckte sich die frischen aromatischen Kerne in den Mund.

»Denken wir einmal scharf nach. Wem könnte solch ein Diebstahl nutzen?«, fuhr Vermeer fort und biss in einen rotwangigen Apfel, kaute nachdenklich auf dem saftigen süßen Fruchtfleisch.

»Ich weiß es nicht, ich habe seit gestern schon so viel nachgedacht, mein Kopf fühlt sich inzwischen ganz leer und taub an. Übrigens war ich vorhin bei van Suyten.« Sarah spürte wieder die bittere Enttäuschung in sich aufsteigen. Sie erzählte, was ihr im Stadhuis widerfahren war.

»Glaubst du auch, dass es dem Dieb vor allem darum ging, den Bürgermeister in einem schlechten Licht erscheinen zu lassen?«, fragte sie Vermeer. »Jemand in seiner Position hat sicherlich eine Menge Neider.«

»So etwas kann man nicht ausschließen. Aber man muss auch bedenken, dass van Suyten sehr von sich eingenommen ist und seine Karriere über alles stellt. Vielleicht redet er sich das alles nur ein.«

»Stell dir vor, der Bürgermeister wollte mir sogar zehn Gulden aus eigener Tasche dazuzahlen …« Sarah lachte verächtlich, schlug unvermittelt mit der Faust auf den Tisch. »Aber ich habe sein Geld nicht nötig! Und ich werde ihm auch den Vorschuss zurückgeben, die ganze Summe!«, brach es aus ihr heraus.

»Ruhig, Sarah! Genau das solltest du nicht tun!« Vermeer sah sie erschreckt an. Fast hätte er sich an einem Stückchen Apfel verschluckt und begann zu husten. »Du hast Leinwand, Farben und jede Menge Pinsel verbraucht. Ein halbes Jahr lang hast du tagtäglich an diesem Bild gearbeitet und konntest währenddessen keine anderen Aufträge annehmen. Wenn man jetzt noch die Kosten für Miete, Essen, Heizen dazurechnet … Von dem Geld, das van Suyten dir zu Anfang gegeben hat, wird vermutlich nicht viel übrig geblieben sein, oder?«

»Drei Gulden«, stieß Sarah hervor und verlor sich wieder in ihren düsteren Gedanken. Doch dann strafften sich ihre Schultern, sie hob den Kopf und reckte kämpferisch das Kinn vor. »Ich brauche keine Almosen! Wenn man mir meine ehrliche Arbeit nicht bezahlen will, will ich auch nichts geschenkt haben.«

»Hör mir bitte gut zu, Sarah. Dein Stolz in Ehren, aber es handelt sich hier nicht um irgendwelche milden Gaben, sondern um ein Geschäft unter gleichberechtigten Partnern. Das sage ich dir als Kaufmann und als dein Freund. Beschämend genug, dass der Stadtrat keine rechtmäßige Entschädigung bewilligt hat. Vermutlich hat unser werter Herr Bürgermeister aber auch keine große Anstrengung unternommen, seine Kollegen umzustimmen.« Vermeer verzog den Mund zu einem verächtlichen Lächeln. »Aber zurückzuzahlen brauchst du keinen Stuiver. Und die zehn Gulden darfst du ruhigen Gewissens annehmen. Als Schmerzensgeld sozusagen. Van Suyten wird diese lächerliche Summe nicht ärmer machen. Außerdem kann dir niemand vorhersagen, ob das Bild jemals gefunden wird.«

Sarah griff erneut zu den Walnüssen, knackte sie auf und zerkaute die Kerne. Vermeer nahm einen zweiten Apfel, wog ihn in der Hand, musterte die Schale, die an der einen Hälfte rot, an der anderen grün war. Er hielt den Apfel gegen das Fenster, durch das ein fahlgraues Licht fiel. Sie schwiegen eine Weile. Es war still in dem spärlich möblierten Atelier, nur das Knacken im lodernden Kaminfeuer war zu hören. Sarah schaute hinüber zum Turm der Nieuwe Kerk, auf dessen Dach sich eine Schar von Tauben und Möwen einträchtig nebeneinander versammelt hatte. Der Zeiger rückte auf die volle Stunde, und das Glockenspiel setzte sich in Gang, das bis weit in die Stadt hinein zu hören war.

»Es war alles umsonst«, sagte sie und fuhr sich mit der Hand über die Augen, um die aufkommenden Tränen zurückzudrängen. »Ich konnte den Toten keine Wiedergutmachung schenken. Und man hat mir obendrein nur ein Fünftel der Summe gezahlt, die mir zusteht. Du kannst dir nicht vorstellen, wie sehr ich mir gewünscht habe, morgens mit dem Gefühl aufzuwachen, dass ich niemandem auf der Welt etwas schuldig bin. Dass ich unabhängig bin …«

»Die Toten sind bei Gott. Um die brauchen wir uns keine Gedanken zu machen. Aber wir leben hier und jetzt, wir müssen unseren Weg erst zu Ende bringen … Es wäre so vieles einfacher, wenn du in unserer Gilde wärest, denn dann könntest du Unterstützung aus der Armenkasse beantragen.« Vermeer übersah Sarahs abweisende Miene und fuhr unbeeindruckt in seinen Erklärungen fort. »Ein Drittel unserer Einnahmen wird regelmäßig zurückgelegt. Mit diesem Geld unterstützen wir in Not geratene Mitglieder.«

Sarah schüttelte heftig den Kopf. Eher hätte sie gehungert, als von jemandem finanzielle Hilfe anzunehmen. Außerdem hatte sie nicht mehr viel Hoffnung, jemals in die Gilde aufgenommen zu werden. Sie verschränkte die Hände ineinander, presste sie so lange zusammen, bis die Knöchel knirschten und der Druck zum Schmerz wurde. Gleichzeitig wurde ihr Kopf klar, die Gedanken flossen wieder leicht und frei.

»Danke, dass du mir zugehört hast, Johannes. Ich werde deinen Rat annehmen und den Vorschuss des Bürgermeisters behalten. Und auch seine zusätzlichen zehn Gulden annehmen. Obwohl ich ihm die Münzen am liebsten einzeln vor die Füße werfen würde …«

Vermeer lachte leise auf. Zufrieden mit sich, steckte er sich ein paar Trauben in den Mund und begleitete Sarah vor die Tür.

»In drei Tagen findet unsere nächste Versammlung statt. Ich werde noch einmal auf deinen Antrag zu sprechen kommen. Bisher hat mir noch kein einziges Gilde-Mitglied einen plausiblen Grund dafür nennen können, weshalb eine Malerin, die bei einem Meister gelernt hat, anders behandelt werden sollte als ein Maler. Simon Samuel ist derjenige, der sich am heftigsten gegen solche Neuerungen wehrt. Dieser Mann ist ebenso engstirnig wie großmäulig. Er versteht es, die anderen auf seine Seite zu ziehen …« Ein zufriedenes Lächeln umspielte plötzlich sein Gesicht. »Übrigens, ich habe eine gute Nachricht für dich, Sarah. Ein italienischer Diplomat, der schon häufiger Historien bei mir gekauft hat, interessiert sich für deine ›Susanna im Bade‹. Übermorgen treffe ich mich mit seinem Mittelsmann.«

20

Sarah kniete vor der großen Holztruhe neben ihrem Bett. Sie klappte den Deckel hoch und grub sich mit ihren Händen durch Lagen von Stoff bis ganz nach unten, wo die am besten erhaltenen Kleidungs- und Wäschestücke lagerten. Sie hielt ein dunkelblaues Mieder gegen das Licht. Im Rückenteil klaffte ein dreieckförmiger Riss, die Stoffränder waren ausgefranst. Sie erinnerte sich vage an einen morschen Holzzaun, unter dem Maria und sie im letzten Sommer hindurchgeklettert waren, als sie zusammen einen Ausflug nach Delfshagen gemacht hatten und auf dem Rückweg eine Abkürzung über eine Kuhweide nehmen wollten. Bisher hatte sie sich noch nicht die Zeit genommen, die Stelle zu reparieren. Aber auch das würde das Mieder wohl nicht mehr retten, denn das Vorderteil war an mehreren Stellen von Motten zerfressen. Der Duft der getrockneten Melissenblättchen, die sie zwischen die Wäschestücke gelegt hatte, hatte die Tierchen offensichtlich nicht fernhalten können.

Ihr Lieblingskleidungsstück, ein grüner Winterrock, den sie schon zu Zeiten ihrer Lehre getragen hatte, war vom vielen Tragen und Waschen schon ganz dünn geworden. Selbst ihre guten Hemden und Strümpfe hatten hier und da Flickstellen. Schon längst hätten sie durch neue ersetzt und zu den gewöhnlichen Alltagskleidern aussortiert werden müssen.

Sarah seufzte, machte sich ein Brot mit Käse und Buttermilch und bat Vosje in Gedanken um Nachsicht, weil sie ihm seit ein paar Tagen keinen Knochen mehr gekauft hatte und er sich sein Fressen auf der Straße selbst beschaffen musste. Zum Glück bestand kein Grund zur Sorge, denn der Hund sah keineswegs magerer aus als sonst. Offenbar fand er genügend Ratten in den Gassen und Kanälen.

Eine milde Herbstsonne schien über der Stadt, als Sarah am Nachmittag über den Marktplatz schritt. Mit einem Gefühl der Dankbarkeit schaute sie hoch in den wolkenlosen Himmel. Wenn es noch ein paar Tage so warm bliebe, würde sie den Kamin nicht anheizen müssen. Zwar hatte sie noch einen kleinen Vorrat Torfziegel vom letzten Winter, aber sie wollte den Zeitpunkt des ersten Anfachens so weit wie möglich hinauszögern. Mit ein paar warmen Kleidern, mehrere übereinandergetragen, konnte sie vielleicht noch eine Weile so auskommen.

»Männer und Frauen, hergehört! Bei der alten Griet gibt es alles, was der Mensch zum Anziehen braucht. Ich führe nur erstklassige Qualität. Eine größere Auswahl werdet Ihr in ganz Delft nicht finden«, pries eine dürre, hakennasige Frau lautstark ihre Waren an. Sarah wühlte sich durch einen Berg von Kleidungsstücken, die auf einem langen breiten Tisch übereinandergestapelt waren. Ein brauner Rock gefiel ihr besonders gut, der Stoff war leicht und gleichzeitig warm. Sie ließ ihre Finger über den fein gewebten Stoff gleiten, hielt den Bund gegen ihre Taille, prüfte die Länge.

»Der sitzt ja wie maßgeschneidert, Mevrouw«, rief die Händlerin lebhaft. »Und die Farbe passt hervorragend zu Euren grünen Augen … Wenn Ihr zwei Röcke nehmt, bekommt Ihr sogar ein Paar Strumpfbänder umsonst dazu. Wie wäre es mit einem Wams für den Ehemann? Hier, fühlt einmal, das ist allerfeinstes französisches Tuch. Seht Ihr den Riegel am Rücken? Und die Seitentaschen? Ja, die Franzosen verstehen etwas von Mode. Wie sieht denn Euer Mann aus? Ist er kräftiger und größer als Ihr?«

Sarah zuckte zusammen und wandte sich wortlos zum Gehen. Ihr missfielen derartige Fragen. Und schließlich gab es noch andere Kleiderhändler, die alle ihren angestammten Platz direkt vor dem Portal der Nieuwe Kerk hatten. Ein alter, dickleibiger Mann war gerade dabei, seine Ware auf einen Pferdekarren zu türmen. Mit einem lauten Schnalzen musterte er Sarah von oben bis unten, nahm seine Kappe ab und kratzte sich an seinem spärlich behaarten Kopf, der voller Schorf war.

»Habe die Ehre, schöne Frau. Möchtet Ihr etwas anprobieren? Ihr könnt nach hinten auf den Karren steigen. Ich lasse die Plane seitlich herunter, dann seid Ihr vor neugierigen Blicken sicher. Wie gefällt Euch mein Angebot? Das meiste kommt aus Deutschland oder England. Ich pflege allerbeste Kontakte zu hoch stehenden Kreisen. Seht Euch einmal diese bestickte Jacke hier an. Die hat einer Gräfin aus Wales gehört.«

Sarah blickte auf einen fleckigen blauen Lappen, den die Dienstmägde der Gräfin vermutlich nur zum Scheuern des Küchenbodens benutzt hatten. Sofern die Jacke überhaupt aus England stammte und nicht aus dem Besitz irgendeiner armen holländischen Bauersfrau, die die Pest dahingerafft hatte. Dankend schüttelte sie den Kopf und ging weiter. Sie erinnerte sich wieder, dass ihre Eltern sie vor den Gefahren gebrauchter Kleidungsstücke gewarnt hatten. Denn wer konnte schließlich wissen, ob die Vorbesitzer nicht Ungezieferlarven oder die Rückstände von Krankheiten in den Stoffen zurückgelassen hatten? Sicher wäre es besser zu warten, bis sie genügend Geld für neue Kleider zusammengespart hätte.

Sie könnte sich aber auch bei Rebekka Bol umhören, der Schneiderin aus der Peperstraat, überlegte Sarah. Möglich, dass sie etwas von einer Auftraggeberin aufbewahrt hatte, die vorzeitig verstorben war. Oder dass die Lehrlinge bei einem Kleid einen Fehler gemacht hatten, weswegen sie es nicht zum vollen Preis verkaufen konnte … Doch dann kam ihr ein Gedanke, der ihr sogar noch besser gefiel. Der alte grüne Rock ließe sich mit etwas Geschick bestimmt an ein paar Stellen ausbessern. Mit einer Schürze darübergetragen würden die Flicken gar nicht mehr auffallen.

Zufrieden mit diesem Einfall, machte Sarah sich auf den Heimweg. Als sie neben der Gracht am Verwersdijk entlangging, hörte sie plötzlich Schritte hinter sich, in dem gleichen Tempo, in dem auch sie ging. Ein merkwürdiges Gefühl beschlich sie. Sarah schritt weiter aus, die Sohlen ihrer hölzernen Überschuhe schlugen hart auf dem Straßenpflaster auf. Ganz unzweifelhaft folgte ihr jemand in der sonst menschenleeren Straße. Als sie an einer Schusterwerkstatt vorbeikam, sah sie, dass die Haustür offen stand. Mit einem Satz sprang sie in den Eingang, wartete. Hinter ihr blieb alles ruhig. Sie lauschte in das Haus hinein. Stille. Offenbar waren die Besitzer gerade beim Essen oder hielten Mittagsruhe. Aber vielleicht hatte sie sich auch nur eingebildet, dass ihr jemand gefolgt war. Sie trat wieder auf den Gehsteig und setzte ihren Heimweg fort. Und plötzlich war das Geräusch wieder da, unüberhörbar und drohend. Sie zwang sich, nicht zurückzublicken, raffte ihren Rock und rannte los. Hörte ein Keuchen hinter sich, das leiser wurde, je schneller sie lief. Irgendwann erreichte sie die Choorstraat und hastete um die Straßenecke zum Haus von Trientje Anslo. Mit zitternden Händen öffnete sie die Haustür, spähte unter dem Schutz ihres Schultertuchs zurück zum Verwersdijk, doch es war niemand zu sehen.

21

Ein Geruch von Kräutern und Tabak schlug Sarah entgegen, als sie den Verkaufsraum der Apotheke betrat. Für einen winzigen Moment schloss sie die Augen und sog den Duft ein, spürte seiner wohltuenden Wirkung nach. Nicolaes van Leeuwenhoek gab den Lehrlingen im angrenzenden Laboratorium ein paar Anweisungen und geleitete Sarah über eine breite Treppe in das obere Stockwerk.

Das Haus musste mindestens dreimal so groß sein wie das, in dem sie wohnte, schätzte Sarah. Die Möbel waren Meisterwerke der Schreinerkunst und bewiesen den erlesenen Geschmack ihres Besitzers. Sarahs Blick fiel auf einen hohen doppeltürigen Schrank aus Ebenholz an der Wand gegenüber dem Fenster. Gedrechselte Säulen rahmten die Längsseiten ein. Daneben stand eine Truhe aus dem gleichen kostbaren Holz. Blüten aus schillerndem Perlmutt zierten die Front. Über der Truhe hing ein exquisit gemaltes Stillleben mit Porzellandose, ein Werk des Amsterdamer Malers Willem Kalf, wie Sarah sogleich erkannte.

Ein Teppich, der ausschließlich aus Rot- und Blautönen gewebt war und ein orientalisches Muster zeigte, bedeckte einen großen rechteckigen Tisch. Direkt neben dem Fenster befand sich ein Stehpult. Ein Glas mit Tinte und mehrere Schreibfedern ließen vermuten, dass van Leeuwenhoek hier häufiger arbeitete. Satinvorhänge in den Farben des Tischteppichs umrahmten die Fenster.

Aus dem Augenwinkel heraus bemerkte Sarah ein Virginal, das dem ihrer Kindheit ähnelte. Der hochgeklappte Deckel zeigte auf der Innenseite eine arkadische Landschaft in italienischer Manier. Sie verspürte Lust, an das Instrument zu gehen, um ihm ein paar Töne zu entlocken.

»Das ist mein Sohn. Daniel, ich möchte dir Sarah Meulemeester vorstellen. Sie ist gekommen, um dich zu zeichnen«, sagte van Leeuwenhoek und deutete in die hintere linke Ecke des Zimmers. In einem Lehnstuhl unterhalb einer Karte der Vereinigten Niederlande saß ein Junge mit kurzen blonden Haaren, der mit gekrümmten Fingern einen Holzstab durch verschieden große Ringe zu schieben versuchte. Sarah bemerkte ihn erst jetzt, sah einen schief stehenden Mund und hervorquellende Augen unter zusammengekniffenen Brauen.

»Er ist sehr scheu. Er braucht etwas Zeit, um sich an Euch zu gewöhnen. Darf ich Euch einen Tee anbieten, Sarah? Letzte Woche habe ich eine neue Lieferung aus Indien bekommen. Eine sehr feinmundige Teesorte, die nur in großer Höhe wächst.«

Van Leeuwenhoek wies ihr einen Stuhl zu und nahm ihr gegenüber Platz. Eine chinesische Kanne mit Blüten und fliegenden Vögeln stand schon vorbereitet auf einem Stövchen, und der Apotheker füllte den Tee in zwei Tassen aus dünnwandigem, fast durchsichtigem Porzellan.

»Hier ist etwas Kandis. Damit schmeckt er am besten.«

Sarah griff nach einem Stückchen, das van Leeuwenhoek in einer Silberschale reichte, und steckte es in den Mund. Erwartungsvoll kostete sie von dem honigfarbenen, mildwürzigen Getränk. Tee war erst seit Kurzem in Mode gekommen und leider für sie, wie so viele andere Köstlichkeiten auch, unerschwinglich. Langsam ließ sie den Zucker auf der Zunge zergehen.

»Ich möchte Euch sagen, wie leid es mir tut, dass Euer Bild verschwunden ist. Es muss ein harter Schlag für Euch gewesen sein. Gibt es schon irgendwelche Hinweise?«

Sarah zerdrückte den Rest Kandis zwischen Zunge und

Gaumen und nahm einen weiteren Schluck Tee. »Nein, keinen einzigen. Niemand weiß, wer das Bild gestohlen haben könnte und vor allem – warum.«

»Hat man Euch denn eine angemessene Entschädigung gezahlt? Ich weiß, dass die Stadtväter oftmals sehr knauserig sind. Viele von ihnen sind Kunden bei mir. Ich könnte einmal nachfragen …«

»Nein, nein, vielen Dank, Nicolaes«, antwortete Sarah hastig und zwang ein überzeugendes Lächeln auf ihre Lippen. »Es ist alles geregelt. Der Bürgermeister persönlich hat sich für mich eingesetzt.«

Van Leeuwenhoek schenkte erneut Tee nach, zwischen seine dichten, dunklen Augenbrauen schlich sich eine steile Falte. »Bleibt also nur zu hoffen, dass Ihr Euer Werk so bald wie möglich zurückerhaltet. Und die Delfter das Zeugnis ihrer Erinnerungen.«

Hinter sich hörte Sarah einen eigentümlichen Laut, der von einer Katze hätte stammen können. Daniel hatte seine Spielsachen zu Boden geworfen und hämmerte mit den Fäusten gegen die Wand. Van Leeuwenhoek ging zu ihm hin, strich ihm zärtlich übers Haar. »Ganz ruhig, Daniel. Es ist alles in Ordnung. Ich habe mir gewünscht, dass Sarah ein Porträt von dir zeichnet. Du musst gar nichts weiter tun, nur hier sitzen bleiben. Ich bin in der Zwischenzeit wieder unten im Laden.«

Ein dumpfer Schrei ließ Sarah zusammenzucken. Daniel schüttelte den Kopf, stieß ihn wütend gegen die Wand. Über sein Gesicht liefen Tränen.

»Gut, dann bleibe ich bei dir«, beschloss van Leeuwenhoek seufzend, »aber nur, wenn du jetzt artig bist. Ich möchte nicht, dass du unseren Gast vergraulst. Dann arbeiten wir eben gemeinsam.«

Der Junge lächelte schief und zog die Nase hoch. Van Leeuwenhoek reichte ihm einen Stoffhund und machte Sarah ein Zeichen, dass sie mit dem Skizzieren beginnen könne. Während sie Zeichenblock und unterschiedlich dicke Kreide- und Kohlestifte aus ihrer Tasche packte, holte van Leeuwenhoek einen Stapel Papiere aus dem Schrank, ging hinüber an das Stehpult und vertiefte sich in seine Notizen.

Sarah rückte einen Stuhl zurecht, schlug die Beine übereinander und legte den Skizzenblock auf dem Knie ab. Bald hatte Daniel seine Umgebung völlig vergessen und spielte gedankenverloren mit dem Stofftier. Mal kniff er es in die Seite, drückte es an die Wange oder wirbelte es am Schwanz durch die Luft. Sarah ließ ihre Hand über das Papier eilen, hielt inne, wenn die Finger des Jungen sich verkrampften oder sein Gesichtsausdruck düster wurde, wartete, bis die Bewegungen weicher, die Mimik sanfter wurde. Fast ein halbes Skizzenbuch zeichnete Sarah voll, alle Skizzen zeigten einen etwas seltsamen, aber fröhlichen Jungen.

Plötzlich hielt sich Daniel die Hände vors Gesicht, brummte in sich hinein und rutschte unruhig auf dem Stuhl hin und her.

»Du darfst jetzt aufstehen und dich bewegen, Daniel«, sagte Sarah und klappte ihr Heft zu. »Ich bin für heute fertig. Du warst ein sehr geduldiges Modell.«

Der Junge glitt von seinem Stuhl. Mit ruckartigen Seitwärtsbewegungen schlurfte er zur Tür. Dort drehte er sich noch einmal um, ballte die Faust in der Luft und verschwand.

Van Leeuwenhoek blickte Sarah entschuldigend an und begann, von Daniel und seinem Schicksal zu erzählen. Sie lauschte seinem warmen Timbre, fühlte fast körperlich die Sorgen, die er sich um seinen Sohn machte, seitdem er festgestellt hatte, dass dieser sich körperlich und geistig nicht so entwickelte wie andere Kinder. Sie ahnte, wie sehr ihn der Gedanke beunruhigte, dass irgendwann die Zeit kommen würde, dass der Sohn ohne den Vater auf der Welt zurückbliebe und auf die Hilfe fremder Menschen angewiesen wäre.

»Ihr kümmert Euch um Euren Sohn … ganz alleine?« Ihre Augenlider flackerten, ihr Herz geriet für einen Augenblick aus dem Takt.

»Meine Frau hat mich verlassen, als Daniel sechs Jahre alt war. Die Krankheit unseres Sohnes hat sie sehr belastet. Aber wir waren wohl auch nicht füreinander geschaffen. Lena ist nach England gegangen, hat dort wieder geheiratet und zwei weitere Kinder bekommen. Die Gott sei Dank gesund sind«, fügte van Leeuwenhoek hinzu.

Mit dem neugierig-kritischen Blick der Malerin beobachtete Sarah ihr Gegenüber. Ihr entging nicht der schmerzliche Zug um seinen Mund und die Trauer in seinen Augen. Am liebsten hätte sie diesen flüchtigen Augenblick in einer Skizze eingefangen, konnte aber gerade noch rechtzeitig ihre Hände zurückhalten, die wie von selbst nach dem Zeichenstift greifen wollten. Ganz fest brannte sie sich seine Mimik in ihr Gedächtnis ein, um sie später, wenn sie wieder zu Hause war, zu Papier zu bringen. Völlig unerwartet fielen ihr Fragen ein. Fragen, die van Leeuwenhoeks Leben und Vorlieben, seine Hoffnungen und Enttäuschungen betrafen. Doch mit welchem Recht hätte sie jemandem Fragen stellen können, die zu beantworten sie selbst nie bereit gewesen wäre?

»Ich werde Euch die fertige Zeichnung nächste Woche vorbeibringen, Nicolaes«, sagte sie stattdessen und erhob sich, denn ihr war eingefallen, dass sie auf dem Nachhauseweg bei einem Händler in der Donkerstraat noch neues Skizzenpapier und Kreide kaufen wollte. Sie reichte van Leeuwenhoek die Hand, merkte, wie er den Moment hinauszögerte, sie loszulassen.

»Ich habe Euer Angebot angenommen, weil Ihr Euch mit dem Porträt meines Sohnes für meine Krankenbesuche revanchieren wolltet. Daniel bedeutet mir alles in meinem Leben. Ich erhalte weitaus mehr von Euch zurück, als ich je gegeben habe. Folglich stehe jetzt ich in Eurer Schuld. Kann ich Euch vielleicht einen speziellen Wunsch erfüllen?«

Sarah blickte an ihrem Rock hinunter, dessen Löcher sie inzwischen ausgebessert hatte. Glücklicherweise blieben die Flickstellen tatsächlich von ihrer Schürze verborgen. »Wenn Ihr darauf besteht … Ich brauche einen fachkundigen Rat. Wisst Ihr ein Mittel gegen Motten? Bisher habe ich es mit Melissenblättern in meiner Kleidertruhe versucht. Geholfen haben sie allerdings nicht.«

»Umso mehr hoffe ich, dass ich Euch helfen kann«, antwortete van Leeuwenhoek vergnügt und untermalte seine Erklärungen mit lebhaften Gebärden. »Wascht zuerst die Truhe mit heißem Wasser aus, damit die Larven vernichtet werden. Füllt danach getrocknete Lavendelblüten in ein Leinensäckchen. Dieser Stoff ist luftdurchlässig und lässt das Aroma sich entfalten. Ich gebe Euch einige Handvoll davon mit. Die Pflanzen stammen übrigens aus meinem Garten. Schon die römischen Legionäre kannten *lavendula officinalis* und trugen das Kraut auf ihren Kreuzzügen mit sich. Sie wussten, dass Lavendel bei vielen Beschwerden hilft. Es vertreibt nicht nur Insekten, sondern sorgt auch für einen ruhigen Schlaf, wenn Ihr eine Handvoll Blüten in Euer Kopfkissen steckt. Bei Magenbeschwerden hilft ein Tee, den Ihr fünf Minuten ziehen lassen müsst. Ihr könnt

Lavendel sogar zum Kochen verwenden, als Würze zu Fisch, Eintopf oder Lammfleisch. Nicht zu vergessen dieser wunderbare Duft …«

Sarah hörte ihm aufmerksam zu, schmunzelte wegen der Begeisterung, mit der er sprach. Abrupt stoppte van Leeuwenhoek seinen Redefluss, musste plötzlich lachen. »Seht Ihr, jetzt fange ich schon wieder an zu dozieren. So geht es mir immer, wenn ich über meine Kräuter oder über Pigmente rede. Entschuldigt, ich wollte Euch sicher nicht langweilen.«

»Aber nein, mir gefällt es, wenn jemand sich für ein Thema begeistern kann. Jedem Eurer Worte kann man entnehmen, dass Ihr Euch für den richtigen Beruf entschieden habt.«

Vor dem Zubettgehen trank Sarah einen Becher Lavendeltee und legte ein Säckchen mit Lavendelblüten in das Innere ihres Kopfkissens. Als sie am nächsten Morgen aufwachte, fühlte sie sich frisch und voller Tatendrang. Sie hatte das Gefühl, als hätte sie schon lange nicht mehr so tief und fest geschlafen.

22

Das milde Herbstwetter hielt auch in den darauffolgenden Tagen an. Gemächlich flanierte Sarah über den Marktplatz, betrachtete die Auslagen der Händler, die ihre Waren unter bunten Planen vor Sonne, Wind und Regen schützten, während über ihnen das stündliche Glockenspiel der Nieuwe Kerk ertönte. Heute hatte sie keine Eile, prüfte hier einen

Kürbis, wog da einen Kohlkopf in ihrer Hand. Das Stimmengewirr der Passanten und die Schreie der Händler mischten sich mit dem Duft orientalischer Kräuter und gebackener Brezeln und Pfannkuchen. Sie schnupperte und bekam plötzlich Lust, sich etwas Schmackhaftes zu kochen. Gedünstete Bohnen mit fein geriebenem Käse etwa oder gebratene Zwiebeln. Dazu ein Stückchen Brot, vielleicht sogar das feine, helle, das sie nur selten kaufte, weil es teurer war als das grobkörnige schwarze. Und als krönenden Abschluss ein Glas Wein. Sie freute sich über die Sonnenstrahlen, die ihren Körper erwärmten und ihre Stimmung erhellten, plauderte ungezwungen mit den Marktfrauen, lachte, als ein zotteliger brauner Hund sich an ihre Seite drängte und seine Schnauze in den Einkaufskorb zu stecken versuchte.

Es war ein wunderbarer Tag. Soeben hatte sie von Vermeer erfahren, dass ihre »Susanna im Bade« einen Käufer gefunden hatte. Der italienische Diplomat wollte dreihundert Gulden für das Bild zahlen, so viel, wie sie noch nie für ein Gemälde bekommen hatte. Von dieser Summe würde sie bis zum nächsten Sommer gut leben können, bräuchte im Winter nicht an Torfziegeln zu sparen, könnte ab und zu süßes Gebäck kaufen und sich bei der Schneiderin einen neuen Rock und eine Jacke anfertigen lassen. Wenn Rebekka Bol auch eine Zeichnung als Bezahlung akzeptierte, könnte sie sich sogar noch ein neues Leinenhemd zusätzlich leisten.

Diese Aussichten minderten ein wenig ihren Schmerz über das entgangene Honorar für das »Donderslag-Bild«, nicht aber den über den Verlust des Gemäldes. Noch immer hatte die Polizei keine Hinweise auf den Täter. Die Menschen in der Stadt diskutierten hitzig in den Gaststätten über das Geschehen. Einige schlossen sogar Wetten ab, ob das Gemälde jemals wieder auftauchen würde.

Sarah schlenderte zurück nach Hause, grüßte hier einen Salzhändler, den sie einmal porträtiert hatte, und da eine Strumpfmacherin, die eine Kreuzigungsszene in Auftrag gegeben hatte. An der Gracht vor dem Verwersdijk blieb sie stehen und schaute in das dunkle, glatte Wasser, betrachtete ihr Spiegelbild. Eine große, leicht füllige Frau mit einem Korb unter dem Arm. Das Schicksal meinte es offenbar gut mit ihr. Sie hatte Grund zur Dankbarkeit.

Als Sarah ihre Einkäufe auf dem Tisch in Trientje Anslos Küche ausbreitete, wunderte sie sich, dass die Tür zum Garten offen stand. Die schnurgeraden, liebevoll angelegten Gemüse- und Blumenbeete waren der ganze Stolz der Vermieterin. Obwohl sie sich nur noch mit Mühe bücken konnte, war die alte Frau häufig in ihrem Gärtchen anzutreffen, pflanzte Setzlinge, entfernte Unkraut oder beschnitt Sträucher. Ihre besondere Leidenschaft galt den Tulpen. Wenn ihr eine neue Züchtung geglückt war, verkaufte sie die Zwiebeln an Sammler, und konnte so ihr bescheidenes Einkommen aufstocken. Einmal hatte Sarah ein besonders ausgefallenes Exemplar, eine weiße Blume mit zarten pfirsichfarbenen Längsstreifen und gewellten Blütenblättern, auf einem ihrer Bilder dargestellt. Es war das erste und einzige Mal gewesen, dass Trientje sie wegen ihrer Malerei gelobt hatte.

Sarah konnte nicht glauben, dass die alte Frau so spät am Vormittag noch in der Stadt unterwegs war. Trientje pflegte immer früh aufzustehen und gleich nach der Morgenmahlzeit ihre Einkäufe zu machen. Sarah trat nach draußen, spähte vorsichtig in den halb verfallenen Schuppen, in dem

Gartengeräte und Brennholz lagerten. Sie rief Trientjes Namen, bekam aber keine Antwort. Hoffentlich war die Vermieterin nicht auf den Schemel neben der Zisterne gestiegen und beim Wasserschöpfen hineingefallen, dachte Sarah, wagte es aber nicht nachzuschauen.

Unschlüssig ging sie über den schmalen Weg zwischen den Rabatten bis zu dem ockerfarben gestrichenen Zaun, hinter dem sich der Garten des Nachbarn anschloss, eines ehemaligen Pastors aus Alkmaar, der hier mit einer jungen Magd lebte. Eine Todsünde, wie Trientje Anslo empfand und deswegen jeglichen Nachbarschaftskontakt vermied. Es war still hinter den Häusern, nur das Gackern von Hühnern war zu hören. Sarah schaute nach links und entdeckte hinter einem Johannisbeerstrauch ein weißes Stück Stoff, über das eine knotige Gichthand strich. Vorsichtig bog Sarah die Zweige auseinander, war erschrocken und zugleich erleichtert.

»Trientje Anslo, um Himmels willen, ist Euch nicht wohl? Was macht Ihr hier?«

»Bestimmt nicht die Regenwürmer zählen«, keifte Trientje und zeigte ihre Zahnstümpfe. »Seit Stunden schon liege ich auf dem Boden, aber niemand hört mich. Jeder ist nur mit sich selbst beschäftigt. Ich könnte hier draußen verhungern und verdursten, und keiner würde etwas bemerken. Ich bin ja nur eine nutzlose alte Frau.«

Sarah beugte sich hinunter und zog die Vermieterin mit beiden Händen hoch. »So dürft Ihr nicht reden. Was ist denn passiert?«

»Was soll schon passiert sein?«, knurrte Trientje und klopfte sich den Staub aus den Kleidern. Ihre Haube war auf die Schultern gerutscht und entblößte einen fast kahlen Schädel, an dem ein paar dünne graue Strähnen klebten.

»Ich wollte die Johannisbeersträucher beschneiden, plötzlich wurde mir schwindelig, und ich bin gestürzt. Oh, meine Hüften, meine Knie. Alles tut weh.« Sie stützte sich auf Sarahs Arm und humpelte ins Haus. Fluchend ließ sie sich in einem wackeligen Armlehnstuhl nieder.

»Habt Ihr große Schmerzen? Vielleicht ist etwas gebrochen. Soll ich den Doktor holen?«, fragte Sarah besorgt und band die Haube unter dem faltigen zitternden Kinn.

»Nichts da, so ein Quacksalber kommt mir nichts ins Haus. Halsabschneider sind sie alle zusammen, bereichern sich am Leid armer Leute. Ich brauche erst mal einen doppelten Wachholderschnaps, danach sehen wir weiter. Irgendwo muss ich auch noch einen Tiegel Pferdebalsam haben.«

Sarah griff nach dem Krug mit dem Schnaps und schenkte ein Glas ein. Während die Vermieterin das Getränk schlürfte und vor sich hin grummelte, feuerte sie den Herd und begann mit den Vorbereitungen für das Essen. Sie putzte die Bohnen, hackte Petersilie und hobelte mit einem scharfen Messer kleine Stücke von einem bröseligen dunkelgelben Käse ab. Dann stellte sie einen Topf mit Wasser auf den Herd und schnitt das Brot.

»Wollen wir heute zusammen essen, Trientje? Es gibt etwas zu feiern. Johannes Vermeer hat wieder eins meiner Bilder verkauft. An einen italienischen Diplomaten. Er zahlt gut, viel mehr, als ich von einem einheimischen Käufer bekommen hätte. Ich habe so viel auf dem Gemüsemarkt eingekauft, dass es für zwei reicht. Ihr mögt doch Bohnen, oder?«

Die Augen der Vermieterin weiteten sich, sie fuhr sich mit der Zunge über die schmalen Lippen. »Natürlich mag ich die. Früher, da musste ich für meinen Jacob, Gott hab ihn selig, jeden Donnerstag Eintopf kochen. ›Du kochst den besten Hutsepot in ganz Delft‹, hat er immer gesagt. Man hat ihm auch angesehen, dass ich gut kochen kann. Er war ein stattliches Mannsbild ... Was sollen denn die Käsekrümel? Die wollt Ihr doch hoffentlich nicht zu den Bohnen geben? Igitt, das ist nichts für mich. In der Kammer ist noch ein Stückchen durchwachsener Speck, das könnt Ihr mir dazulegen. Euch kann man mit so etwas ja keine Freude machen.«

Zum Essen genehmigte Trientje Anslo sich ein zweites Glas Wacholderschnaps und vergaß dabei fast völlig ihre Schmerzen. Gierig kratzte sie mit einer Scheibe Brot die Reste vom Teller. »Hm, weißes Brot, und so weich. Schmeckt doch viel besser als das dunkle. An dem habe ich mir schon so manchen Zahn ausgebissen.«

»Mögt Ihr noch eine zweite Portion?«, fragte Sarah und ging an den Herd, doch Trientje winkte dankend ab. Sarah füllte die restlichen Bohnen in eine kleine Schale und legte ein Käsestückchen obendrauf.

»Ich weiß genau, was Ihr damit vorhabt«, knurrte Trientje mit gerunzelter Stirn. »Dieser Köter soll wieder etwas von Eurem Essen kriegen. Das ist doch viel zu schade für ein Tier. Als ob es draußen nicht genug Ungeziefer gibt. Von mir kriegt er jedenfalls keinen einzigen Bissen.«

Sarah holte Wasser aus der Zisterne im Garten und wusch das Geschirr. Dann stellte sie alles wieder an seinen Platz. Gerade wollte sie sich von Trientje Anslo verabschieden, als die Vermieterin in ihre Schürzentasche griff und einen zerknitterten Brief hervorholte.

»Hier, den hätte ich beinahe vergessen«, erzählte sie lebhaft. »Ich habe die Straße vor dem Haus gefegt, und da lag auf einmal dieser Brief auf dem Fußboden in der Diele.

Dabei habe ich gar keinen Boten gesehen. Irgendjemand muss ihn unbemerkt dorthin geworfen haben. Komisch, er hätte ihn mir doch auch persönlich geben können. Von wem ist denn die Nachricht? Kennt Ihr das Siegel?«, fragte sie und reckte ihren faltigen Hals.

Sarah drehte den Brief in ihrer Hand, weder Siegel noch Handschrift kamen ihr bekannt vor. Sie steckte ihn in ihre Rocktasche und griff nach dem Einkaufskorb, ignorierte die enttäuschte Miene ihrer Vermieterin und sagte leichthin: »Bestimmt ein Kunde, der ein Bild in Auftrag geben will. Ich will ihm gleich eine Antwort schreiben. Ruft nach mir, wenn Ihr Hilfe braucht.«

Sarah saß in ihrem Lehnstuhl unter dem Fenster und nippte an dem Wein, den sie sich als Höhepunkt des Essens aufgehoben hatte. Irgendetwas ließ sie zögern, den Brief sofort zu öffnen. Etwas Unheimliches schien von ihm auszugehen. Die Adresse war mit brauner Tinte und in zittrigen Buchstaben geschrieben, die nach links zeigten. Vosje schmiegte sich an das Bein seiner Herrin, ließ sich mit einem Grunzlaut Nacken und Ohren kraulen, legte fordernd die Schnauze zwischen ihre Rockfalten und fiepte, sobald Sarah ihre Hand zurücknahm. Schließlich stieß er ein zufriedenes Brummen aus, rutschte seitwärts auf den Boden und legte sich auf den Rücken, seiner Herrin zu Füßen. Sarah streichelte den weißen Fleck unter seinem Kinn, strich ihm über den Bauch.

Mit einem Ruck riss sie endlich das Siegel auf und entfaltete das Papier. Sie starrte auf die Zeilen, las Buchstabe für Buchstabe und konnte doch nicht begreifen. Lautlos formten ihre Lippen die Worte, die ihr das Blut in den Kopf strömen ließen: »Sarah Meulemeester, Ihr verhöhnt den heiligen Lukas, den Schutzpatron der Malergilde. Nur ordentliche Mitglieder dürfen in dieser Stadt Bilder anfertigen und verkaufen. Ich könnte veranlassen, dass man Euch wegen Missachtung dieser Vorschrift ein Bußgeld auferlegt, berechnet auf die Zeit Eurer Tätigkeit. Solltet Ihr nicht imstande sein, eine solche Summe zu zahlen, wird man mit Euch so verfahren, wie es für Gesetzesbrecher üblich ist: Man wird Euch der Stadt verweisen. Deswegen rate ich Euch: Geht fort, bevor man Euch davonjagt. Niemand wird einer hinterhertrauern, die nicht einmal hier geboren ist. Und sucht nicht länger nach Eurem Bild. Ich habe es an mich genommen. Dies soll Euch eine Warnung sein. Ein Hüter der Gesetze.«

Sarah stützte die Ellenbogen auf die Tischplatte, zitterte am ganzen Körper. Vor wenigen Minuten noch war sie so glücklich über den Verkauf eines neuen Bildes gewesen, hatte davon geträumt, ein paar Monate keine finanziellen Sorgen mehr zu haben. Und jetzt hatte ein Unbekannter mit ein paar Zeilen alle ihre Hoffnungen zerstört. Wer war er? Warum drohte er ihr?

Sie kannte die Verfügungen der Gilde nicht, doch niemand hatte bisher daran Anstoß genommen, dass sie ihre Bilder da verkaufte, wo sie lebte. Hätte sie sonst den Auftrag des Hohen Rates für das Gedenkbild bekommen? Eine Mitgliedschaft in der Zunft war ihr verwehrt. Und allein der Gedanke, Delft zu verlassen, erschütterte sie zutiefst. Niemals hatte sie an einem anderen Ort gelebt, und nirgendwo anders hätte sie leben wollen. Hier, wo sie ihre Kindheit verbracht hatte, wo sie einmal glücklich gewesen war, vor langer Zeit, wo ihre Erinnerungen begraben lagen. Wohin sollte sie gehen? Sie hatte keine Verwandten, ihre einzigen Freunde waren Johannes und Catharina Vermeer … Doch konnte man die Worte des Briefschreibers überhaupt ernst nehmen?

Ein weiteres Mal las sie die Zeilen, und auf einmal verstand sie, was sie da in den Händen hielt. Nämlich den Beweis, dass das gestohlene Bild keineswegs eine Schmähung gegen den Bürgermeister war, sondern sie treffen sollte. Endlich konnte sie der Polizei einen wichtigen Hinweis geben: Der Dieb kannte sich mit den Vorschriften der Lukas-Gilde aus, war vermutlich selbst ein Mitglied oder pflegte enge Kontakte.

Im nächsten Moment war ihre Erleichterung wieder verflogen. Denn stutzig machte sie die Behauptung, sie wäre nicht in Delft geboren. Ihre Eltern hatten oftmals erzählt, sie sei in dem großelterlichen Haus am Koornmarkt geboren. Sie sollte es einmal erben, so war es vorgesehen. Hätte nicht der Vater sein ganzes Vermögen in Schiffspapiere investiert und durch den Untergang zweier Handelsschiffe der Ostindischen Kompanie innerhalb eines Jahres die Grundlage seiner Existenz verloren, so würde sie heute dort leben. Viele Menschen hatten ein ähnliches Schicksal erlitten. Durch Verluste auf See wurden unzählige Familien um ihr Hab und Gut gebracht und in die Verzweiflung getrieben. 1652 war das gewesen. Kurze Zeit darauf starb der Vater.

Sarah suchte nach der Kanne mit dem Branntwein, trank in kleinen, langsamen Schlucken. An ihrer Hand spürte sie, wie Vosje sie mit der Schnauze anstieß. Mechanisch streichelte sie über den Rücken ihres Gefährten, gewann etwas von ihrer Selbstsicherheit zurück. Vermutlich wollte sich jemand nur einen üblen Scherz mit ihr erlauben. Ganz sicher war es so. Sie musste einen klaren Kopf behalten, durfte sich nicht beirren lassen. Sie wusste niemanden in der Stadt, der ihre Geburt hätte bezeugen können. Doch gleich am nächsten Morgen würde sie das Taufregister in der Oude Kerk einsehen. Und nachdem sich diese Behauptung des anonymen Briefschreibers als falsch erwiesen hätte, würden sich auch die anderen Vorwürfe in Luft auflösen. Dann würde sie den Brief der Polizei übergeben. Sie war eine Meulemeester und hatte nichts zu befürchten! Von niemandem!

23

Kräftige Sonnenstrahlen durchdrangen die farbigen Glasfenster der kleinen Seitenkapelle. Dieser Raum diente den Pastoren zur Vorbereitung auf den Gottesdienst und zum Gespräch mit den Gläubigen. Der Küster der Oude Kerk war ein kleiner, rundlicher Mann mittleren Alters. Unter seiner Kappe schaute ein volles Gesicht mit Schweinsaugen und einem zu klein geratenen Mund hervor. Die Ohren standen ab wie Segel, die sich im Wind blähten. Seine rote Knollennase verriet, dass er dem Alkohol mehr zugeneigt war, als es der Anstand einem Mann der Kirche gebot.

»Was führt Euch zu mir, Mevrouw?«, fragte der Küster und musterte Sarah neugierig. »Wohnt Ihr schon länger in Delft? Eine regelmäßige Kirchgängerin seid Ihr jedenfalls nicht. An jemanden wie Euch würde ich mich erinnern.«

»Mein Name ist Sarah Meulemeester, Mijnheer. Meine Eltern ließen mich in dieser Kirche taufen. Ich bin hierhergekommen, weil ich gerne einen Blick in das Taufregister werfen würde.«

»Selbstverständlich. Unsere Taufbücher lagern im Archiv, von heute an rückwirkend bis zur Entstehung dieses Gotteshauses vor vierhundert Jahren. Allerdings haben nur kirchliche Mitarbeiter Zutritt zum Magazin. Nennt mir das Jahr und den Monat, und ich werde Euch das entsprechende Register holen.«

»Ich brauche die Eintragungen von Mai 1632.«

Der Küster verschwand durch die Tür, und Sarah schaute sich um in dem engen, runden Raum, in dem sich ein Schrank, ein Stehpult und zwei Stühle befanden. Das Fußbodenmosaik zeigte eine Szene aus dem Neuen Testament: Jesus mit seinen Jüngern auf dem See Genezareth beim Fischen. Die weiß gekalkten Wände waren kahl bis auf ein einziges Gemälde. Es stellte die Gottesmutter Maria dar mit Anna und dem Jesuskind vor einer Felsgrotte. Fußboden und Bild waren unversehrt, hatten, durch welche Umstände auch immer, den Bildersturm überstanden, der fast genau einhundert Jahre zuvor über das Land gefegt war. Als die Menschen die Kirchen und Klöster stürmten und blindwütig alle Altäre, Kruzifixe, Abbildungen Gottes und der Heiligen und sogar das Chorgestühl zerstörten.

Die Tür zur Kapelle öffnete sich. Mit einer Geste des Bedauerns streckte der Küster seine leeren Hände vor.

»Es tut mir leid, Mevrouw, aber es gibt kein Register von 1632.«

»Was soll das heißen? Ihr sagtet doch vorhin, dass Ihr die Taufregister seit den Anfängen dieser Kirche aufbewahrt.«

»So ist es, aber unglücklicherweise fehlen die Bände zwischen 1630 bis 1635. Vor zehn Jahren wurde das Fundament der Kirche ausgebessert. Ihr wisst, dass der Turm sich wegen des sandigen Untergrunds über Jahre immer mehr zur Seite neigt. Er drohte einzustürzen. Deshalb wurde das Magazin ausgelagert, und die Gegenstände hat man auf mehrere Stellen in der Stadt verteilt. Einiges kam in einen Keller am Paardenmarkt, in der Nähe des Pulverturms. Beim Donderslag wurden alle Häuser in dieser Straße zerstört. Die Taufbücher gingen in Flammen auf. Auch mein Amtsvorgänger wurde Opfer dieses schrecklichen Unglücks, gerade in dem Augenblick, als er in einer Malerwerkstatt ein Porträt von sich anfertigen ließ.«

»Ich danke Euch für die Mühe«, hörte Sarah sich sagen. Sie wankte zur Tür, trat hinaus auf die Straße, geblendet vom gleißenden Sonnenlicht. An der steinernen Fassade hielt sie sich fest und wartete, bis der Taumel vorbei war.

Während Sarah sich der Hippolytusbuurt näherte, fiel ihr schon von Weitem ein großer schlanker Mann in einem schilfgrünen Anzug auf, der mit wiegendem Schritt über die bogenförmige Brücke stolzierte. Er trug lederne Stulpenhandschuhe und Stiefel in einem kleegelben Farbton. Mit elegantem Schwung lüftete er seinen Hut, grüßte mit einer übertriebenen Verbeugung zwei junge Mädchen, die errötend stehen blieben und sich kichernd nach ihm umdrehten.

»Emmanuel, so warte einen Moment!«, rief sie und beeilte sich, ihn einzuholen.

»Wer verlangt nach mir? Sarah, du meine Sonne. Was ist dein Begehren? Ich erfülle dir jeden Wunsch. Nein, lass mich raten … Du möchtest heute mit mir essen gehen, in dieses neue Gasthaus am Burgwall. Der Koch stammt aus Palermo, und es gibt dort die besten Kalbsschnitzel mit Pilzsauce in der ganzen Stadt. Oh, ich vergaß, meine *stella luminosa* bevorzugt es fleischlos. Wie wäre es stattdessen mit einem Pilzpfannkuchen? Und danach trinken wir noch ein Gläschen Wein bei mir zu Hause.«

Diesmal freute Sarah sich sogar, die vertraute, näselnde Stimme von Emmanuel de Codde zu hören. Von einem

Menschen, der das Leben leichtnahm und vor nichts und niemandem Respekt hatte.

»Ich wollte dich nur fragen, ob du nachher zur Versammlung gehst. Johannes erzählte mir, dass ihr heute wieder tagt.«

»Willst du vom Thema ablenken und mir auf diese Weise zu verstehen geben, dass du meine Einladung ablehnst? Wie bedauerlich. Trotz meiner Enttäuschung beantworte ich dir deine Frage. Ja, ich bin auf dem Weg in die Gilde. Aber falls du eine andere Richtung einschlagen möchtest, mache ich gerne einen kleinen Umweg und begleite dich noch ein Stück. Deine Stirn sieht heute so umwölkt aus. Was geht dahinter vor? Macht dir irgendetwas Kummer?«

»Aber nein, mir geht es gut. Ich habe keinen Grund zur Klage«, entgegnete Sarah betont fest und bestimmt. »Allerdings würde ich gerne etwas über eine bestimmte Regel der Lukas-Brüder erfahren. Macht es einen Unterschied, ob ein Mitglied in Delft geboren ist oder von außerhalb stammt?«

»Was die Rechte angeht, nicht, nur was den Jahresbeitrag betrifft.« Ein Pferdefuhrwerk näherte sich ihnen von hinten. Emmanuel zog Sarah in einen Torbogen, um dem Gefährt in der engen Gasse Platz zu machen. Der Kutscher knallte mit der Peitsche, und das Pferd zog wiehernd weiter, ließ seine Hufe auf dem steinernen Pflaster klappern.

Als die Gefahr vorüber war, löste de Codde mit einem Ausdruck des Bedauerns seine Hand von Sarahs Arm. »Gebürtige Delfter entrichten sechs Gulden Beitrag im Jahr. Wer außerhalb von Delft geboren wurde, zahlt das Doppelte. Leider, muss ich sagen, denn ich bin einer davon. Und für den Sohn eines Mitglieds fallen drei Gulden an. Warum fragst du danach?«

»Ach … aus keinem bestimmten Grund. Gab es zufällig

in der letzten Zeit bei euch irgendwelche Diskussionen … ich meine, solche, die etwas mit meinem Aufnahmeantrag zu tun haben?«

»Du darfst das nicht so streng sehen, *gentilissima*. Es geht gar nicht so sehr um dich als Person, sondern vielmehr darum, dass einige der Herren lieber unter sich bleiben wollen. Weil sie sich für die Krone des Universums halten. Doch warte nur. Es wird nicht mehr lange dauern, dann werden diese alten, engstirnigen Hohlköpfe abtreten, und es wird ein neuer, frischer Wind wehen. Männer und Frauen werden gleiche Rechte haben. Wir werden häufiger miteinander zu tun haben und uns regelmäßig sehen. Das allein ist schon ein Grund für mich, dir meine Stimme zu geben.«

Sarah beschleunigte ihren Schritt. Plötzlich hatte sie es eilig, nach Hause zu kommen.

»Warum sagst du nichts, *silenziosa mia*? Du bist immer so ernst. Was kann ich tun, um dich zum Lachen zu bringen? Soll ich mitten auf dem Marktplatz einen Kopfstand machen, mich wie ein orientalischer Teppichhändler kleiden? Ich würde mir sogar den Bart abrasieren lassen.«

Emmanuel de Codde stellte sich ihr in den Weg, reckte in gespielter Verzweiflung die Arme empor. Sarah seufzte und lächelte kopfschüttelnd.

»Kein Lachen zwar, aber dennoch ein verheißungsvolles Zucken deiner süßen Mundwinkel … Du bist unnahbar, *cara donna*. Dich umgibt ein Geheimnis. Aber welches? Doch gerade das macht dich besonders anziehend … Gib es zu, du verschmähst mich, weil du einen anderen liebst. Wer ist es? Was hat er, was ich nicht habe? Sag es mir, ich will ihn auf der Stelle zum Duell fordern.«

»Lass es gut sein, Emmanuel, deine Fantasie spielt dir einen Streich. Ich bin müde und möchte jetzt nach Hause gehen. Mir ein paar Gedanken über ein neues Motiv machen, das ich demnächst malen werde.«

»Was ist es? So verrate es mir, damit uns zumindest ein winziges Geheimnis miteinander verbindet.«

»Ein Thema aus der griechischen Mythologie, es liegt mir schon lange am Herzen: ›Das Urteil des Paris‹.«

»Was für eine bezaubernde Idee! Ich sehe die Szene schon vor mir. Eine Farbharmonie in Gold, Grün und Braun, wie es deiner Palette entspricht. Drei Göttinnen, von denen aber keine auch nur annähernd an deine Schönheit heranreicht, in einem Frühlingshain. Hera, die Göttermutter, Pallas Athene, die Kriegerin, und Aphrodite, die Liebliche. Sie zeigen sich von ihrer besten Seite, preisen ihre Vorzüge.« De Codde machte eine ausladende Handbewegung. »Und Paris, der Hirte, der als einer der schönsten Männer zum Schiedsrichter über die Schönheit berufen wurde. Noch zögert er, doch man ahnt bereits, welcher von den dreien er den goldenen Apfel überreichen wird. Es ist nur eine winzige Neigung seines Kopfes, ein Lächeln, das ihn verrät … Sicher brauchst du ein Modell, jemanden, der dem Helden sein markantes Gesicht und seine männliche Gestalt gibt. Du darfst auf mich vertrauen, *amica mia*. Wann immer du nach mir rufst, ich eile herbei und stehe zu deiner Verfügung.« Er ging so dicht neben ihr, dass sich ihre Schultern fast berührten. »Für dich würde ich sogar meine Kleider ablegen«, raunte er ihr ins Ohr.

Mittlerweile waren sie vor dem Haus von Trientje Anslo angekommen. Vosje lag, zusammengerollt vor sich hindösend, im Hauseingang. Als er seine Herrin sah, sprang er aufgeregt an ihr hoch, forderte beharrlich seine Streicheleinheiten. Danach versuchte er es bei Emmanuel de Codde, der jedoch erschrocken einen Schritt zurückwich und den

Hund abwehrte, damit sich keine Schmutzspuren an seiner Kleidung abzeichneten.

»Ich danke dir für dein Angebot, Emmanuel. Es ist gut zu wissen, dass es Menschen gibt, auf die man sich verlassen kann.«

»Aus deinen süßen Worten höre ich einen ironischen Unterton. Als ob du über mich spottest. Leb wohl, ich muss in die Versammlung. Und danach … werde ich wiederum mutterseelenallein sein. Es ist deine Schuld, wenn ich meinen Kummer im Haus der Venus vergessen muss. *Addio.*«

Sarah öffnete die Haustür und sah Trientje Anslo, wie sie in der Diele am Fenster stand und ganz offensichtlich hinter dem Vorhang die Szene beobachtet hatte. Sie gab sich nicht einmal die Mühe, ihre Neugierde zu verbergen.

»Um den solltet Ihr Euch nicht weiter kümmern, Sarah Meulemeester. Der ist nichts für Euch. Wer sich so geckenhaft herausputzt, taugt nicht zum Ehemann.«

»Erstens suche ich keinen Ehemann, und zweitens war das gerade Emmanuel de Codde, ein Kirchenmaler. Übrigens der erfolgreichste in Delft.«

»Ein eitler Pfau, ein Wichtigtuer. Er sollte sich schämen, die Augen einfacher Bürger mit diesen aufdringlichen Farben zu beleidigen. Und wie er beim Reden mit den Händen herumfuchtelt«, ereiferte sich Trientje und äffte seine Gestik nach. Aus der Küche zog der Geruch von gebratenen Zwiebeln und gesottenem Speck in die Diele. Sarah hielt die Luft an und wollte rasch nach oben laufen, doch die Vermieterin hielt sie am Ärmel fest.

»Wartet einen Augenblick, Sarah, jetzt hat dieser Stutzer mich völlig aus der Fassung gebracht. Ich wollte Euch doch noch erzählen, dass man heute einen Bettler gefasst hat.

Ihm wird vorgeworfen, Euer Bild gestohlen zu haben. Habt Ihr schon davon gehört?«

Sarah blieb stehen, versuchte vergeblich, den penetranten Küchengeruch zu ignorieren. »Nein, davon weiß ich nichts. Allerdings frage ich mich, was ausgerechnet ein Bettler mit einem Bild anfangen will, das er nirgendwo im Land verkaufen kann. Es würde sofort als Diebesgut erkannt werden. Und essen kann er es auch nicht.«

»Dieser Herumtreiber streitet natürlich alles ab. Ich habe das von der Halbschwester der Schwägerin des Gefängnisaufsehers gehört. Na, den wird man schon zum Reden bringen. Notfalls mit einer Wasserkur.«

»Aber Trientje, wie könnt Ihr so über einen Menschen reden, den Ihr überhaupt nicht kennt? Dessen Schuld noch gar nicht erwiesen ist?«

Die Vermieterin rümpfte die Nase und schlurfte davon. Ganz langsam ging Sarah die Stiege hinauf. Sie stellte sich einen Vagabunden vor, in Ketten gelegt, in einer dunklen, feuchten Zelle. Auf dem nackten, schmutzigen Boden. Wegen ihres Bildes, das er gestohlen hatte. Sofern er es tatsächlich gewesen war … Doch manche Richter scherten sich wenig um die lückenlose Aufklärung eines Falls, waren schnell mit einem harten Urteil zur Hand.

Ein Bild schob sich in ihre Erinnerung. Sie sah wieder die Frau mit den roten Haaren und dem wirren Blick vor sich. Man hatte sie an einem Strick durch die Straßen gezerrt. Zum Galgenplatz vor die Tore der Stadt, wo schon der Henker wartete. Niemals hatte Sarah ihre Augen vergessen können. Augen, in denen sich Verzweiflung und Todesangst spiegelten. Doch war diese Frau wirklich schuldig gewesen? Was, wenn den Bettler ein ähnliches Schicksal erwartete? Sie musste versuchen, mehr über ihn herauszufinden.

24

Mijnheer erwartet Euch bereits.« Tanneke Everpool ließ Sarah in die Diele eintreten. Dort drängten sich an den Wänden dicht neben- und übereinander zahllose Gemälde holländischer und vor allem italienischer Meister. Ein deckenhohes Regal im hinteren Teil des Raumes quoll über von Bilderrahmen und Bibeln sowie Alben mit Kupferstichen und Radierungen. Hier war der Arbeitsbereich des Kunsthändlers Johannes Vermeer, in diesen Wänden empfing er seine Kunden und regelte die geschäftlichen Dinge. Das Reich des Malers befand sich im Obergeschoss, fernab von der Hektik des Kaufens und Verkaufens.

Sie stieg die knarrende Holztreppe hinauf und sah, dass die Tür zum Atelier offen stand. »Bist du es, Sarah?«, hörte sie Vermeer von innen rufen. Er stand vor der Staffelei in seinem braunen Malerkittel, der makellos sauber und ohne einen einzigen Farbfleck war. Sarah dachte an ihren eigenen, der gleich nach dem ersten Tragen von unzähligen Tupfern und Sprenkeln übersät war, ebenso wie die durchgetretenen Holzdielen rund um ihre Staffelei. Sie selbst achtete nie auf tropfende Pinsel, arbeitete immer schwungvoll und mit weiträumigen Bewegungen.

»Lass die Tür ruhig offen. Catharina ist mit ihrer Mutter und den Kindern zum Rotterdam-Tor unterwegs«, erklärte Vermeer, ohne aufzublicken, und fuhr fort. »Eine italienische Wandertruppe spielt dort Theater. Sie kommen erst am Nachmittag zurück. Ist das nicht merkwürdig? Ich liebe meine Familie über alles, und trotzdem bin ich manchmal froh, wenn sie fort sind und ich die leeren Räume und die Stille im Haus ganz für mich allein habe.«

»Du hast etwas Neues angefangen?«, fragte Sarah gespannt und gewahrte eine Leinwand, die von Blau, Weiß und Ockertönen bestimmt wurde. Wie in fast allen seinen Bildern diente Vermeer das eigene Atelier als Kulisse. Eine junge Frau in einer blauen Jacke und mit dunklen, hochgesteckten Haaren befand sich im Mittelpunkt der Komposition. Sie wandte sich nach links zum Fenster, das man zwar nicht sehen, wegen des einströmenden Lichtes aber erahnen konnte. In ihren Händen hielt sie einen Brief, war einzig auf das Lesen konzentriert. An der Wand hinter ihr zeichneten sich auf dem hellen Putz die Umrisse einer Landkarte ab, derselben, die auch tatsächlich in diesem Zimmer hing. Ein Stuhl und ein Tisch grenzten die Figur im Vordergrund vom Betrachter ab.

Auf seiner Palette mischte Vermeer eine winzige Spur von Azurit unter das Bleiweiß und tupfte helle Lichtreflexe auf den Jackenärmel der Frau. Seine Bewegungen waren bedächtig und souverän. Sie hatten etwas Behutsames, als liebkoste er mit dem Pinsel die Leinwand. Sarah konnte keine einzige Umrisslinie erkennen, die unter dem Farbauftrag durchschimmerte. Schon während ihrer gemeinsamen Lehrzeit hatte Vermeer damit begonnen, Gegenstände und Personen aus reiner Farbe zu gestalten, während sie, wie auch die anderen Lehrlinge, den Bildaufbau durch eine Untermalung vorherbestimmte. Carel Fabritius war zunächst verwundert gewesen, hatte seinen Schüler aber darin bestärkt, diese spezielle Technik fortzusetzen und zu verfeinern. Vermeer mischte erneut etwas Bleiweiß an, setzte einige helle Streifen auf die Schulter, die augenblicklich wie in Perlmuttglanz getaucht erstrahlte.

»Ich hoffe, es stört dich nicht, wenn ich dir bei der Arbeit zusehe«, sagte Sarah, zog einen Stuhl heran und ließ den Pinsel nicht aus den Augen. »Wundervoll. Ich kenne keinen, der mit dem Licht so umgeht wie du, Johannes. Der Schein fällt von außen in das Bild, und doch hat man gleichzeitig das Gefühl, als würde die Leinwand von innen heraus leuchten.«

Vermeer schaute seufzend zum Fenster, hinter dem die Sonne inzwischen weitergewandert war. »Das Licht ist der Malpinsel der Natur. Ohne Licht kann ich nicht malen. Schade, für heute werde ich aufhören müssen, obwohl es noch nicht einmal Mittag ist. Im Winter ist es besonders schwierig. Selbst an sonnigen Tagen habe ich nur eine kurze Zeitspanne, in der ich arbeiten kann, weil die Fenster in diesem Raum nach Norden zeigen.«

Er legte Palette und Pinsel auf dem Arbeitstisch neben der Staffelei ab. Sarah kniff die Augen zusammen, taxierte die Szenerie aus schmalen Lidern.

»Am liebsten würde ich für immer hier sitzen bleiben. Wenn ich deine Bilder sehe, dann habe ich das Gefühl von Ewigkeit. Als würde die Zeit stillstehen.«

Johannes Vermeer nickte flüchtig und begann damit, die Farbe aus den Pinseln herauszuwaschen und sie nebeneinander auf ein Tuch zum Trocknen auszubreiten.

»Was allerdings die Käufer nur bedingt reizt. Andere Maler haben, jedenfalls in finanzieller Hinsicht, mehr Erfolg. Manchmal frage ich mich, warum ich so und nicht anders male … Vermutlich schaffe ich mir mit meinen Bildern eine Gegenwelt. Einen Zustand der Vollkommenheit, in dem es keine Misstöne gibt, keinen Lärm und kein Geschrei, kein Leiden und keine Tränen.«

Er fuhr mit dem Aufräumen fort, verschloss Farbtöpfe, füllte Leinöl in mehrere kleine Flaschen um. Schweigend vertiefte Sarah sich in den Anblick des halb fertigen Gemäldes, ergänzte in Gedanken die noch fehlenden Partien, stellte kontrastierende Farben einander gegenüber. Versuchte daraufhin, sich in die Gefühlswelt der jungen Frau hineinzuversetzen.

»Deine Gemälde erinnern mich an Träume, Johannes. Alles, was deine Figuren tun, ist von einem Geheimnis umhüllt.«

»Aber nein, Sarah, es gibt kein Mysterium, ich male immer nur das, was ich um mich herum sehe. Ich erfinde nichts, und ich verweise weder auf die Bibel noch auf ein Ereignis in der Vergangenheit. Im Gegensatz zu dir. Deine Bilder fordern den Betrachter heraus, denn sie verlangen umfassende Kenntnisse der Geschichte und der Religion. Nicht umsonst steht die Historienmalerei von allen Gattungen an erster Stelle.«

»Du bist viel zu bescheiden, Johannes … Erzähl mir etwas über die junge Frau. Wer ist sie? Und was steht in dem Brief, den sie gerade liest?«

»Die älteste Tochter des Druckereibesitzers Jakob Dissius hat mir Modell gestanden. Ich habe sie gebeten, ein Schriftstück mitzubringen, das ihr viel bedeutet. Sie kam mit einem Brief, den sie zufällig am selben Morgen erhalten hatte und der noch ungeöffnet war. In meiner Gegenwart hat sie das Siegel aufgebrochen, ist ans Fenster getreten und hat die Zeilen gelesen. So habe ich sie festgehalten, ganz in ihre Gedanken vertieft, ohne sich um das zu kümmern, was um sie herum geschieht.«

»Also gibt es sogar zwei Geheimnisse. Der unbekannte Absender und das, was er geschrieben hat.«

Vermeer hielt einen Moment inne, dann lachte er kurz auf. »Gut, ich gebe mich geschlagen. Ich bin gerade dabei, ein überaus geheimnisvolles Bild zu malen. Lass uns raten, von wem der Brief stammen könnte und was darin steht … Wie gefällt dir diese Geschichte … Die junge Frau liebt einen Mann, einen Naturforscher vielleicht, der zu einer Expedition nach Ostindien aufgebrochen ist. Die Regenzeit hat begonnen, und er muss länger bleiben als zunächst vorgesehen. Deshalb schreibt er einen Brief, in dem er seine Liebste bittet, auf ihn zu warten und ihm treu zu bleiben.«

»Ja, so könnte es durchaus gewesen sein. Vielleicht steht in dem Brief aber auch etwas Beunruhigendes. Der Absender beschuldigt den Forscher der Untreue, will die junge Frau davor warnen, diesen Mann zu heiraten.«

»Warum so dunkle Gedanken, Sarah? Es gibt im Leben doch viel zu viele schöne Dinge, als dass man sich mit den hässlichen befassen sollte.«

Sarah erhob sich und trat neben Vermeer, half ihm mit fahrigen Händen, die Tiegel und Flaschen in das schmale Regal über dem Tisch zu räumen, rang mit sich, ob sie Vermeer von ihrem Brief erzählen, ihn mit ihren Ängsten behelligen sollte. Schließlich war das der Grund gewesen, weswegen sie ihn schon wieder aufgesucht hatte. Weil sie seinen nüchternen Verstand schätzte und von ihm einen Rat erhoffte. Oder zumindest ein paar Worte der Besänftigung.

»Ich habe heute ebenfalls einen Brief mitgebracht, Johannes. Ein merkwürdiger Zufall. Ich wollte dich fragen, was du davon hältst.«

Sie griff in ihre Rocktasche und reichte Vermeer das Schriftstück. Er las mit gerunzelter Stirn, konnte seine Empörung nicht verhehlen. Mit einer heftigen Handbewegung warf er den Brief auf den Tisch, einige Pinsel fielen herunter. »Was für eine Anmaßung! Einfach unglaublich! Da gibt jemand ein Verbrechen zu, macht aber gleichzeitig dich für seine Tat verantwortlich. Ihm fällt nichts Besseres ein, als dir etwas vorzuhalten, was du seit Jahren tust, nämlich Bilder malen und verkaufen. Niemand hat bisher Anstoß daran genommen, auch wenn die Statuten der Gilde zugegebenermaßen vorsehen, dass man Mitglied sein muss. Aber immerhin gibt es auch so etwas wie Gewohnheitsrecht. Hättest du sonst den Auftrag für das Stadhuis bekommen? Aus diesen Zeilen spricht ein verwirrter Geist. Eine andere Erklärung habe ich nicht.«

Sarah hob resigniert die Schultern. »Ich bin mit euren Regeln nicht vertraut. Aber der Schreiber kennt sie offenbar sehr genau. Und möglicherweise hat er sogar recht mit der Behauptung, dass ich nicht in Delft geboren bin. Beweisen kann ich jedenfalls nichts. Die Taufregister von 1632 sind beim Donderslag verbrannt.«

Johannes Vermeer blickte überrascht auf, schüttelte dann aber entschieden den Kopf. »Nein, man darf die Dinge nicht einfach auf den Kopf stellen. Die Vorschrift besagt nicht, dass nur in Delft geborene Mitglieder bei uns Handel mit ihren Werken treiben dürfen. Wer nicht von hier stammt, muss den doppelten Beitrag zahlen, hat ansonsten aber die gleichen Rechte wie alle anderen. Insofern spielt es überhaupt keine Rolle, ob du hier geboren bist oder an einem anderen Ort. Und dass du kein Mitglied bist, liegt einzig und allein daran, dass diese selbstgefälligen Brüder sich weigern, dich in ihre Zunft aufzunehmen. Viel interessanter ist allerdings Folgendes«, fuhr Vermeer mit eindringlicher Stimme fort und unterstrich seine Worte mit lebhaften Handbewegungen. »Mit diesen Zeilen legt jemand ein Schuldbekenntnis vor. Gibt zu, dass er dein Bild gestohlen hat! Warst du mit dem Brief schon bei der Polizei? Vielleicht lassen sich auf dem Papier Spuren finden, die auf den Absender hinweisen.«

»Nein, ich wollte zuerst mit dir darüber sprechen. Hast du schon von dem Bettler gehört, den man eingesperrt hat?

Ich weiß zufällig, dass der Polizeipräsident ein Freund des Bürgermeisters ist. Diese vornehmen Herren wollen das Bettelvolk aus der Stadt vertreiben. Vermutlich nur, damit ihre Luxus gewöhnten Augen nicht die Not anderer sehen müssen. Dafür nutzen sie jeden Vorwand. Irgendetwas sagt mir, dass dieser Mann nicht der Bilderdieb sein kann. Ein Mensch mit einem leeren Magen würde einen Laib Käse stehlen oder ein Huhn, aber kein Gemälde.«

»Das bedeutet demnach, dass sich irgendwo in dieser Stadt noch der wahre Dieb befinden muss.«

Sofern dieser Teil des Briefes der Wahrheit entspricht, dachte Sarah und blickte sinnend aus dem Fenster. In diesem Moment sah sie einen Graureiher vorbeisegeln. Er nahm Kurs auf den Kirchturm der Nieuwe Kerk. Gleichzeitig drängte sich ein Bild in ihre Erinnerung, das sie beinahe vergessen hatte.

»Da gibt es noch etwas, was ich dir erzählen muss, Johannes. Es ist vor ungefähr einem halben Jahr passiert … Irgendjemand hat damals eine Zeichnung an meine Haustür geheftet. Sie stellte den Sturz des Ikarus dar. Aber die Figur, die ins Meer stürzte, war nicht ein junger Mann – sondern ich.«

»Du hast heute eine seltsame Art, Neuigkeiten zu verkünden«, stellte Vermeer mit ironischem Unterton fest. Er zog seinen Kittel aus, faltete ihn sorgfältig zusammen und legte ihn über die Stuhllehne. »Vorstellbar wäre es, dass die Zeichnung von jemandem aus unserer Gilde stammt. Wir treffen uns am nächsten Dienstag zu einer außerordentlichen Sitzung. Ein neuer Vorstand muss gewählt werden, der zweite Obmann ist vor ein paar Tagen gestorben. Ich werde ein weiteres Mal vorschlagen, deinen Aufnahmeantrag zu bewilligen und die Satzungsregeln zu ändern.

Ganz sicher wird daraufhin eine heftige Diskussion entstehen. Vielleicht verrät sich in diesem Moment jemand durch eine unüberlegte Bemerkung. Es sollte mich nicht wundern, wenn der unbekannte Zeichner gleichzeitig der Absender des Briefes ist. Und damit wäre auch der Dieb überführt.«

Es hatte angefangen zu regnen. Sarah lief dicht an den Hauswänden entlang, mummte sich in ihren Umhang ein. Unter den Bäumen, die die Grachten säumten, lag glänzendes Laub. Der Herbst kündigte sich an, unfreundlich und kühl. Sie sann nach, ihre Gedanken drehten sich im Kreis. Wer war diese Person, die ihr das Leben schwer machen wollte? Und warum? Sie würde es herausfinden und den Betreffenden zur Rede stellen!

25

Der jüngere der beiden Apothekerlehrlinge wies Sarah den Weg ins obere Stockwerk, sein Meister erwartete sie bereits. Als sie die ersten Treppenstufen hinaufgestiegen war, hörte sie, wie jemand auf dem Virginal spielte. Zuerst mit einer Hand, dann mit beiden, danach folgte eine Pause. Sie blieb auf dem Treppenabsatz stehen, war unschlüssig, ob sie anklopfen sollte. Eine Melodie ertönte, die ihr unbekannt war. Zuerst getragen und schwermütig, danach schneller und beschwingter. Nur geübte Hände konnten dem Instrument derartig klangvolle, vibrierende Töne entlocken. Sarah fühlte sich wieder als das junge Mädchen, das dem Vater vorspielte, wenn er am Abend von der Arbeit nach Hause kam. Er hatte Musik geliebt und war stolz auf seine Tochter gewesen, die

die Stücke fast aller holländischen Komponisten des vorigen Jahrhunderts auswendig beherrschte.

Im Zimmer wurde es wieder still. Zaghaft klopfte Sarah an. Die Tür öffnete sich. Nicolaes van Leeuwenhoek stand vor ihr in einem weinroten Hausmantel, eine Haarsträhne fiel ihm in die Stirn. Sie spürte einen warmen, kräftigen Händedruck, sah in aufblitzende Augen, um die sich Lachfältchen bildeten.

»Kommt herein, Sarah. Daniel ist heute ein wenig müde. Er hatte in der Nacht einen Albtraum und konnte danach nicht mehr einschlafen.«

Der Junge saß in einem Armlehnstuhl neben dem Fenster, eingehüllt in eine Decke. Den etwas zu groß geratenen Kopf hielt er zur Seite geneigt, die Augen waren geschlossen.

Van Leeuwenhoek trat an das Virginal und machte Sarah ein Handzeichen, ihm zu folgen. »Wie gefällt Euch diese Sequenz?«, fragte er und ließ die Hände über die Tasten gleiten. Er spielte mit einer Leichtigkeit, die Sarah beschwingte.

»Fantastisch. Wer ist der Komponist? Der Aufbau der Mottete erinnert mich an William Byrd. Als Kind habe ich viele seiner Stücke gespielt.«

»Ihr habt ein hervorragendes Gehör, Sarah. Ich gebe zu, dass ich mich bei meinen Kompositionen am meisten von Byrd inspirieren lasse. Ich glaube, ich habe sogar ein Notenheft mit einigen seiner Fugen. Wenn Ihr möchtet, suche ich es für Euch heraus.«

»Dazu bin ich leider schon viel zu lange aus der Übung. Aber Ihr überrascht mich, Nicolaes. Ich wusste gar nicht, dass Ihr auch komponiert.«

Van Leeuwenhoek spielte ein paar Takte im gemäßigten Tempo, machte eine Pause und schrieb die Noten auf ein

Blatt Papier. Dann improvisierte er weiter. »Ich brauche das Komponieren, es ist für mich eine Art Flucht. Dabei vergesse ich die Gegenwart und tauche ein in eine andere Welt.«

Auf der Innenseite des aufgeklappten Deckels entdeckte Sarah unterhalb der arkadischen Landschaft eine lateinische Inschrift in goldenen Buchstaben: »Musica Letitiae Comes Medicina Doloris.« Die Musik ist ein Gefährte der Fröhlichkeit und ein Heilmittel gegen Kummer, übersetzte sie lautlos, während van Leeuwenhoeks Hände erneut über die Ebenholz-Tastatur flogen. Sarah warf einen Blick in das Innere, erkannte in der Rose die Initialen I und R. Das Virginal war ein Werk von Johannes Ruckers. Sie selbst hatte auf einem Instrument dieses berühmten Antwerpener Cembalobauers spielen gelernt. Nach dem Tod ihres Vaters hatte sie das Virginal verkaufen müssen, um die Kosten für die Beerdigung und die Schuldscheine bezahlen zu können.

Ein Geräusch am Fenster ließ beide aufhorchen. Daniel war wach geworden. Nachdem er Sarah bemerkt hatte, warf er wütend seine Decke zu Boden und wollte aus dem Zimmer laufen. Sein Vater hielt ihn sanft am Ärmel fest.

»Nein, Daniel, bleib bitte hier. Ich habe dir doch erzählt, dass Sarah zu uns kommt. Heute wird sie ein Porträt von uns beiden machen. Möchtest du unseren Gast nicht begrüßen?«

Der Junge stampfte wütend mit dem Fuß auf und verschränkte die Arme vor der Brust. Er kniff die Lippen zusammen und würdigte Sarah keines Blickes. Sie streckte die Hand aus, sprach mit schmeichelnder Stimme.

»Guten Morgen, Daniel. Hast du ein neues Wams an? Die Farbe steht dir gut. Sie erinnert mich an Kürbisse. Da, wo ich wohne, gibt es einen Garten, und in dem wachsen ganz viele Kürbisse. Wenn du magst, bringe ich dir beim nächsten Mal einen mit. Dann kannst du mit deinem Vater ein lustiges Gesicht hineinschnitzen.«

Daniel verzog den Mund und sah sie schräg von unten an. In seinem Blick glaubte sie mehr Furcht als Abneigung zu erkennen. Der Junge drängte sich dicht an seinen Vater und rieb das Kinn an dessen Ärmel, als dieser ihm über den Kopf streichelte. Ähnlich Vosje, wenn er gekrault wurde und nach weiteren Zärtlichkeiten verlangte.

»Wie ist es für Euch am bequemsten? Sollen Daniel und ich uns ans Fenster setzen und uns für eine Weile nicht mehr von der Stelle rühren?«, wollte van Leeuwenhoek wissen und rückte einen schweren Lederstuhl zurecht.

»Das ist nicht nötig, niemand muss zu einer Salzsäule erstarren, während ich skizziere. Wenn Ihr einverstanden seid, dann würde ich Euch gerne in der Bewegung beobachten. Möchtet Ihr vielleicht mit dem Komponieren fortfahren? Dann hätte ich das Vergnügen, Euch noch länger zuzuhören. Und Daniel kann sich ein Spielzeug nehmen oder durchs Zimmer laufen, ganz wie es ihm gefällt.«

»Habt Ihr eigentlich schon bemerkt, dass Euer erstes Porträt von Daniel in diesem Zimmer hängt?« Sarah suchte mit den Augen die Wände ab und entdeckte das Bild hinter dem Stehpult, zwischen Fenster und Schrank. Es steckte in einem Rahmen mit geschnitzten Blüten, dessen Holzfarbe genau dem Kreidefarbton ihrer Zeichnung entsprach.

Van Leeuwenhoek nahm wieder seinen Platz am Virginal ein und probierte neue Tonfolgen aus. Danach tauchte er einen Federkiel in ein bereitgestelltes Glas Tinte und schrieb die Noten in ein Heft. Daniel hockte sich auf den Boden, versuchte mit ungeschickten Bewegungen, mehrere Holzklötze zu einem Turm aufeinanderzusetzen. Sarah folgte dem Wechsel von Musik und Stille. Ihre Hand fuhr über das Skizzenpapier, hielt hier einen Ärmel, da eine Haarsträhne oder ein abgewinkeltes Bein fest.

Danach richtete sie ihre Aufmerksamkeit auf Nicolaes van Leeuwenhoek, der soeben seine Noten in einer anderen Tonart variierte. Sie machte einige Schritte zur Seite und wieder zurück, bis sie den richtigen Standort gefunden hatte und seinen Kopf im Dreiviertelprofil betrachten konnte. Mit einer leichten Neigung zur Seite, wie sie häufig in den Porträts der großen italienischen Meister zu finden war. Versonnen schaute sie zum Virginal hinüber und merkte gar nicht, dass ihre Hand schon eine Weile regungslos auf dem Skizzenheft verharrte. Van Leeuwenhoek sah aus dem Augenwinkel, wie Sarah ihn musterte.

»Ihr schaut mich so kritisch an … Habe ich womöglich vergessen, mich zu rasieren?«, fragte er belustigt und fuhr sich mit den Fingerspitzen prüfend übers Kinn.

»Bitte entschuldigt, Nicolaes«, erwiderte sie erschrocken und schüttelte ihren müde gewordenen Arm aus, ließ danach kraftvoll den Kreidestift über das Papier fliegen, »ich … ich habe mich an etwas erinnert gefühlt … an ein Gemälde … ein italienisches.«

»Wenn das so ist, dann müsste ich mich jetzt geschmeichelt fühlen. Ich weiß, dass Ihr für nichts mehr empfindet als für die Malerei.«

Irritiert hob Sarah den Kopf, wollte die Unterredung in eine unverfängliche Richtung lenken. »Erzählt mir von Euren Pigmenten. Habt Ihr wieder etwas Neues in Eurem Laden? Etwas, was ich noch nicht ausprobiert habe? Ihr wisst, ich vertraue Eurem Urteil blind.«

Van Leeuwenhoek erzählte nur zu gerne von Halbedelsteinen und farbiger Erde. Sarah zeichnete weiter, achtete bald nicht mehr auf die Worte, sondern nur noch auf die Bewegungen seiner Lippen, die veränderte Neigung des Kopfes, das Hochziehen einer Augenbraue. Eine seltsame Verwirrung befiel sie, die sich nur durch äußerste Konzentration auf den Stift in ihren Händen bezwingen ließ.

Irgendwann bemerkte sie, dass Daniel sich auf einem Teppich zusammengerollt hatte und dort eingeschlafen war. Sie klappte ihr Skizzenbuch zu, spreizte und krümmte ihre steif gewordenen Finger, lockerte ihr Handgelenk.

»Stellt Euch vor, während Ihr skizziert habt, habe ich meine Motette zu Ende komponiert«, freute sich van Leeuwenhoek und machte letzte Notizen. »Eure Anwesenheit hat mich offenbar inspiriert.«

Sarah wich seinem Blick aus, packte stattdessen Kreide und Skizzenheft in ihre Tasche. Dabei fiel ein Stift zu Boden und rollte über die schachbrettartigen Marmorfliesen unter das Virginal. Sie wollte sich danach bücken, doch van Leeuwenhoek war schneller. Aufmerksam betrachte er den Kreidestift. »Ist es nicht eigenartig? Man kann so unterschiedliche Dinge wie Malerei, Musik und Dichtung mit ein- und denselben einfachen Mitteln für die Ewigkeit festhalten. Nämlich mit Stift und Feder.«

Er überreichte Sarah den hölzernen Schaft, hielt ihn einen Moment länger fest als nötig. Ihre Fingerspitzen berührten sich. »Sofern man in der Lage ist, einen Stift zu benutzen.« Er wandte den Kopf Richtung Teppich, wo Daniel friedlich schlummernd auf der Seite lag, und fuhr leise fort.

»Er wird niemals lesen und schreiben lernen.«

Sarah packte eilig den Stift in ihre Tasche, hielt plötzlich inne und sah van Leeuwenhoek mit großen erstaunten Augen an. »Was habt Ihr gerade gesagt?«

»Ich sagte, dass Daniel niemals lesen und schreiben lernen wird. Er wird immer hilflos wie ein kleines Kind sein. Wir haben schon viele Ärzte aufgesucht. Und auch ich kann ihm mit allem meinem Wissen nicht helfen. Es gibt keine Hoffnung auf Besserung … Aber davon wollte ich eigentlich gar nicht sprechen. Vielmehr wollte ich Euch fragen, ob Ihr Zeit habt, zum Essen zu bleiben …«

»Lesen und schreiben …«, murmelte Sarah vor sich hin. »Ihr habt mich gerade auf eine Idee gebracht. Dass ich nicht schon eher darauf gekommen bin … Entschuldigt mich, Nicolaes, darf ich Eure freundliche Einladung ein anderes Mal annehmen? Ich habe noch etwas Dringendes zu erledigen. Und grüßt Daniel von mir, wenn er aufwacht.«

Ein leises Zucken seiner Mundwinkel ließ Sarah erahnen, dass van Leeuwenhoek über ihren plötzlichen Aufbruch enttäuscht war. Er begleitete sie bis zur Haustür und verabschiedete sich mit einem unverbindlichen Lächeln. Als Sarah den Koornmarkt überquerte, meinte sie, seinen melancholischen Blick in ihrem Rücken zu spüren, doch sie drehte sich nicht um und bog rasch um die nächste Straßenecke.

26

Zu wem möchtet Ihr, Mevrouw? Zu Victor de Konink? Bedaure, aber der ist nicht zu sprechen. Habt Ihr etwas zu melden? Eine gestohlene Gans, eine Scheune, die in Brand gesetzt wurde, einen Tagelöhner, der seine Alte im Suff die Treppe hinuntergestoßen hat …?«

Der Wachmann, den Sarah in der Schreibstube des Polizeipräsidenten antraf, war klein und spindeldürr. Er stand auf einer Holzkiste hinter einem Schreibpult und schrieb mit wichtiger Miene etwas auf ein Blatt Papier. »Name, Alter, wo geboren, wo ansässig?«, fragte er mit schnarrender Stimme.

»Verzeiht, Mijnheer, meine Aussage werde ich nur vor dem Polizeipräsidenten persönlich machen.«

»Wie Ihr wollt, aber dann werdet Ihr Euch wohl gedulden müssen. Der Präsident ist zu einer dienstlichen Besprechung nach Den Haag gereist.«

»Wann wird er zurück sein?«

»Ich vermute, nicht vor morgen Nachmittag.«

Sarah war bereits einige Schritte gegangen, als sie noch einmal stehen blieb. »Dann möchte ich mit seinem Stellvertreter sprechen. Es ist dringend. Ich möchte die Angelegenheit nicht unnötig aufschieben.«

Der Wachmann versenkte sich erneut in seine Notizen, sah nur kurz auf. Schließlich hob er den Arm und schwenkte das Papier in der Luft. Vorsichtig prüfte er mit der Spitze seines Zeigefingers, ob die Tinte schon getrocknet war.

»Auch das wird leider nicht möglich sein, Mevrouw. Der Polizeipräsident, sein Stellvertreter, sämtliche Kommissare, Unterkommissare, Wachleute und Gehilfen sind nämlich gemeinsam in Den Haag. Der dortige Kommandant feiert sein zwanzigjähriges Dienstjubiläum, und es ist Usus, die Abteilungen der benachbarten Städte zu einem solchen Anlass einzuladen. Ich bin der Einzige, der hier geblieben ist – mir wird bei Kutschfahrten immer übel. Selbstverständlich gibt es noch ein paar freiwillige Männer der Bürgerwehr, die an den Stadttoren Patrouille gehen. Schließlich muss die öffentliche Sicherheit in der Stadt weiterhin gewährleistet sein. Wenn Ihr also doch mit mir vorliebnehmen möchtet … Name, Alter, wo geboren, wo ansässig?«, krächzte er, klappte das Pult auf und holte ein frisches Glas Tinte heraus.

»Vielen Dank, ich komme morgen wieder«, antwortete Sarah und verließ das Stadhuis.

Sie war bereits kurz vor dem Verwersdijk, als sie an der Straßenecke beinahe mit Johannes Vermeer zusammenstieß.

»Sarah, heute scheinen wir es beide gleichermaßen eilig zu haben. Hast du inzwischen wegen des Briefes etwas in Erfahrung bringen können?«

»Nein, noch nicht. Aber ich glaube, ich weiß jetzt, wie man beweisen kann, ob der Bettler, den man eingesperrt hat, schuldig ist oder unschuldig. Das werde ich allerdings erst morgen klären können. Der Polizeipräsident hält sich nämlich zurzeit in Den Haag auf.«

»Wenn du nichts Besseres vorhast, dann komm doch mit ins ›Mechelen‹. Ich bin dort mit Leonaert Bramer verabredet. Er hatte eine schwere Herzattacke und musste ein paar Wochen das Bett hüten. Nun geht es ihm wieder besser, und er ist froh, wenn er einmal ein anderes Milieu sieht. Seine Schwester, die ihm den Haushalt führt, ist nämlich eine äußerst strenge Pflegerin«, setzte er schmunzelnd hinzu.

»Ich wollte an meinem neuen Auftrag arbeiten, einem Porträt von Nicolaes van Leeuwenhoek und seinem Sohn … Aber du hast recht, Johannes, manchmal tut eine andere Umgebung gut. Ich komme mit. Leonaert habe ich bestimmt seit einem halben Jahr nicht mehr gesehen. Er war ein guter Freund meines Vaters.«

Dicke Rauchschwaden schlugen ihnen entgegen, als sie das vollbesetzte Wirtshaus betraten. Es roch nach Wein,

Schnaps, Tabak und Schweiß. Stimmengewirr erfüllte den Raum, vermischt mit Hundegebell und Kindergeschrei. Vermeer lotste Sarah in den hinteren Teil der Gaststube, wo es ruhiger war. Er ging auf einen langen Tisch zu, an dem eine Gruppe von Männern saß, einige von ihnen gehörten der Lukas-Gilde an. Ein weißhaariger Mann mit eingefallenen Wangen und einem spitzen Kinnbart streckte ihnen seine zittrigen Hände entgegen.

»Johannes, endlich bin ich wieder unter Menschen. Ich hatte schon befürchtet, ich würde euch alle nie mehr wiedersehen. Ja, ja, es ist nicht einfach, wenn man alt ist. Und du, Sarah, komm näher zu mir und lass dich anschauen. Gut siehst du aus, wenn auch ein bisschen blass. Wie geht es deinem Vater? Er wollte mir doch eine neue Arznei vorbeibringen.«

Sarah reichte ihm die Hand, die Leonaert Bramer so fest hielt, als wollte er sie nie mehr loslassen. Die Erwähnung ihres Vaters schmerzte, aber gleichzeitig berührte es sie, wie sehr das Gedächtnis des alten Mannes, der in seinen Glanzzeiten als der berühmteste Maler Delfts galt, durch Alter und Krankheit gelitten hatte.

»Vater ist schon vor Jahren an der Pest gestorben, Leonaert. Im Herbst zweiundfünfzig, erinnerst du dich nicht mehr?«

»Tatsächlich? Dabei hätte ich schwören können, dass ich ihn gestern noch am Koornmarkt gesehen habe«, murmelte er und ließ Sarahs Hand los. Er holte einen ledernen Tabaksbeutel aus seiner Jacke und legte eine Handvoll würzig duftender Blätter auf die Tischplatte. Mit einem Messer hackte er das getrocknete Kraut klein und stopfte es in seine weiße Terrakotta-Pfeife. Jemand reichte ihm eine Kerze, und er zündete die Pfeife an. Bramer tat ein paar tiefe Züge, blies den Rauch in die Luft und lehnte sich glücklich lächelnd zurück.

Bernardina, die junge hübsche Magd, stellte Gläser und eine Flasche Wacholderschnaps auf den Tisch und für Sarah ein Glas Wein mit Wasser verdünnt.

»Prost, auf die Gesundheit. Wer weiß, wann wir wieder einmal so fröhlich hier zusammenkommen«, rief Pieter Janszoon van Asch, der Porträtmaler.

Cornelis de Man trank sein Glas in einem Zug leer. Seine Augen waren rot unterlaufen und wirkten müde. »Fröhlich? Ich weiß gar nicht, wann ich das letzte Mal fröhlich gewesen bin. Froh bin ich allerdings für jeden Tag, an dem ich nicht Konkurs anmelden muss. Und ich kenne kaum einen, dem es besser geht. Wohin man auch sieht, überall nur Armut und Verdruss.«

»Es stimmt, was Cornelis sagt«, bestätigte Vermeer zwischen zwei Schlucken. »Unsere Gesellschaft verändert sich, der Wert aller Dinge nimmt ab, besonders der von Gemälden. Das macht mir große Sorgen. Ich verkaufe heute ein Drittel weniger als noch vor fünf Jahren. Manchmal überlege ich, ob ich nicht von hier wegziehen soll. Aber das ist nicht so einfach, ich habe eine Frau und sechs Kinder …«

»Wenn ich von hier weggehe, dann nur nach Amsterdam oder Rotterdam«, erklärte van Asch mit Bestimmtheit. »Das sind die Städte der Zukunft. Wegen ihrer günstig gelegenen Häfen und weil sie die großen Handelsgesellschaften anziehen. Denn Handel regiert heutzutage die Welt. Wer spricht überhaupt noch von Delft? Unsere Stadt versinkt mehr und mehr in Bedeutungslosigkeit.«

»Leider kann ich dir nicht widersprechen, Pieter«, antwortete Vermeer. »Als mein Vater vor dreiundzwanzig Jahren dieses Gasthaus gekauft hat, da gab es in Delft einhundert Brauereien. Heute sind es nur noch ein gutes Dutzend. Alle anderen sind abgewandert.«

Sarah verfolgte aufmerksam das Gespräch. Doch sie mochte sich nicht einmischen, ließ bei Debatten, in denen niemand sie persönlich ansprach, lieber die anderen reden.

»Seht ihr das nicht alles viel zu schwarz? Es gibt doch auch Gewerbe, die keinen Grund zur Klage haben«, meldete Gabriel Doomer sich zu Wort.

»Du hast ja auch leicht reden«, entgegnete Cornelis de Man leicht gereizt, »du hast bisher nicht unter der Wirtschaftslage zu leiden gehabt. Den Fayencenherstellern geht es immer noch blendend.«

»Aber auch bei euch ist noch nicht aller Tage Abend«, fuhr van Asch warnend fort. »Habt ihr in den letzten Monaten die Meldungen in den Zeitungen verfolgt? Am meisten macht mir dieser dicke Ludwig in seinem Versailler Prunkpalast Angst. Der würde doch lieber heute als morgen mit seinen Soldaten unsere Rhein-Häfen besetzen. Um unserer Bevölkerung dann das Blut auszusaugen. Und wisst ihr auch, warum? Um seine eigene Kasse aufzufüllen! Wenn die Franzosen bei uns in Holland einfallen, dann Gnade uns Gott.«

Alle am Tisch nickten, tranken und hingen ihren Gedanken nach. Ein Mann mittleren Alters in einem abgewetzten Wams, der neben Leonaert Bramer saß und die Unterredung aufmerksam verfolgt hatte, trug eifrig Notizen in ein Buch ein.

»Sag an, Kamerad, was schreibst du da die ganze Zeit?«, wollte van Asch von dem Fremden wissen und sah ihn herausfordernd an. »Bist du vielleicht ein Spion der Franzosen? Dann sag deinem König, diesem Fettwanst, er soll sich zum Teufel scheren.«

Der Mann hielt inne und legte erschrocken die Hand, die die Feder hielt, auf seine Brust. »Aber nein, wo denkt Ihr hin? Mein Name ist Paulus van Engeren, ich stamme aus Utrecht. Ich schreibe eine Abhandlung über die Geschichte von Holland. Ziehe von Stadt zu Stadt und rede mit den Leuten. Lasse mir von großen und kleinen Ereignissen erzählen. Delft ist schon meine sechste Station.«

»Womit manche Leute ihr Geld verdienen«, sinnierte van Asch kopfschüttelnd und bestellte eine neue Flasche Wacholderschnaps.

»Was hast du denn inzwischen über die Delfter und ihre Stadt in Erfahrung gebracht?«, fragte de Man herausfordernd. »Vielleicht können wir dir noch einige nützliche Hinweise geben.«

Der Schreiber blätterte in seinem Buch und begann vorzulesen. »Delft. Gebaut an einem ›delven‹, einer künstlichen Wasserstraße, wonach die Stadt auch benannt ist. 1246 erhielt Delft das Stadtrecht. Handel, Bierbrauerei und das Tuchhandwerk erlebten eine erste Blütezeit ...« Er überschlug ein paar Seiten und setzte seinen Vortrag fort. »Prinz Willem von Oranien residierte kurze Zeit in Delft im ehemaligen St.-Agatha-Kloster, dem heutigen Prinsen-Hof, wo er 1584 einem Attentat zum Opfer fiel ... Ich habe mir übrigens den Ort angeschaut, Kameraden. Als ich die Löcher sah, die die Pistolenkugeln im Mauerwerk hinterlassen haben, liefen mir Schauer den Rücken hinunter ... Und jetzt weiter im Text: Die Silhouette der Stadt wird geprägt durch die Türme dreier monumentaler Bauten ...«

»Lass gut sein«, unterbrach de Man die Ausführungen des Chronisten mit einer ungeduldigen Handbewegung. »Wir wissen jetzt, dass du dich gründlich informiert hast. Welche Stadt ist als nächste an der Reihe?«

»Den Haag. Aber vor meiner Abreise möchte ich noch über ein paar Dinge besser Bescheid wissen. Was genau geschah beim ›Delftse Donderslag‹?«

Als hätten sie nur auf dieses Stichwort gewartet, redeten alle Männer gleichzeitig drauflos. De Man gelang es schließlich, die anderen zum Schweigen zu bringen, und er begann mit seiner Darstellung.

»Niemand, der den zwölften Oktober 1654 erlebt hat, wird diesen Tag jemals vergessen. Ich zittere heute noch, wenn ich daran denke … Man weiß, dass kurz vor halb elf zwei Männer den Pulverturm im Nordosten der Stadt betreten haben. Der Vorsteher der Delfter Bürgerwehr und ein Regierungsvertreter aus Den Haag. Ich glaube, er hieß Soetens, Cornelis Soetens. Kurz darauf gab es einen ohrenbetäubenden Knall. Der Himmel wurde zuerst rot, dann schwarz. Ich habe gesehen, wie riesige Bäume entwurzelt wurden, Menschen sind durch die Luft geflogen, Tiere … Überall hörte man diese entsetzlichen Schreie …«

De Man schnäuzte sich, von seinen Erinnerungen überwältigt, und Doomer nutzte die Pause, um von seinen eigenen Eindrücken zu erzählen. »Fünf gewaltige Explosionen dicht hintereinander … Die Druckwelle war so enorm, dass das Wasser aus den Kanälen in die Höhe spritzte. Schreib das genau auf, Paulus van Engeren. In Haarlem und Delfshagen sind Türen zugeschlagen und in Den Haag Fenster zerborsten. Sogar in Den Helder konnte man noch die Detonation hören.«

»Aber wieso hatte die Explosion so verheerende Ausmaße?«, fragte van Engeren und spitzte seinen Federkiel mit einem Schneidemesser an.

»In dem Magazin lagerte Munition aus dem Krieg gegen die Spanier, mehrere Dutzend Fässer«, erklärte Vermeer und wartete einen Augenblick, bis die Feder in Tinte eingetaucht war und der Chronist mit seinen Notizen fortfahren konnte. »Damals wohnten wir noch nicht am Oude Langendijk, sondern hier, im ›Mechelen‹. Ich kann von Glück sagen, dass dieses Haus verschont geblieben ist. Die schlimmsten Schäden entstanden in den Stadtvierteln zwischen der östlichen Stadtmauer und dem Marktplatz. Sie lagen dem Pulverturm am nächsten.«

»Weiß man, wie viele Tote und Verletzte es gegeben hat?«, wollte van Engeren wissen.

»Das hat man nie genau feststellen können. Manche Körper waren in Fetzen gerissen und daher unkenntlich«, wusste Doomer zu berichten. »Es müssen aber über tausend gewesen sein. Wenn an diesem Tag nicht der Schweinemarkt in Schiedam und der Jahrmarkt in Voorburg stattgefunden hätten, wären sicher noch mehr Opfer zu beklagen gewesen.«

»Ich weiß noch genau, was ich in dem Moment getan habe, als die Erde bebte. Ich war in der Nähe des Rotterdam-Tors, weil ich meine kranke Mutter besuchen wollte. Also am anderen Ende der Stadt und somit in Sicherheit«, erinnerte sich de Man.

»Ursprünglich wollte ich in die Doelenstraat gehen und neue Rahmen bestellen.« Van Aschs Stimme zitterte, als er weitersprach. »Aber ich hatte an diesem Morgen eine Auseinandersetzung mit meiner Frau. Sie schimpfte mich einen Trunkenbold, und ich warf ihr vor, dass sie mit dem Haushaltsgeld nicht umgehen könne. Der Streit wurde immer heftiger – und das hat mir schließlich das Leben gerettet. Wäre ich ein paar Minuten früher aus dem Haus gegangen, würde ich heute nicht hier sitzen.«

Sarah schwitzte und fror abwechselnd. Der Schweiß ließ

das Leinen an ihrem Körper kleben. Denn präzise und quälend erinnerte sie sich an die, die alles für sie bedeutet hatten und die sie damals zurückgelassen hatte. Sie presste die Lippen aufeinander und saß blass, stumm und mit versteinerter Miene da.

»Man erzählte mir von einem Bild, das zur Erinnerung an das Unglück gemalt wurde und das unmittelbar vor seiner Enthüllung gestohlen wurde«, fuhr der Schreiber fort.

»Hier am Tisch sitzt diejenige, die das Bild gemalt hat«, rief Doomer und wies mit dem Finger in Sarahs Richtung. Van Engerens Blick drückte Überraschung und Anerkennung aus. »Oh, eine Malerin … allerdings möchte ich hoffen, dass man den Dieb in der Zwischenzeit überführt hat.«

»Die Polizei hat einen Mann festgenommen. Ihm wird bald der Prozess gemacht werden«, antwortete van Asch mit Genugtuung.

Sarah presste die Hände gegen die Schläfen und dachte über das soeben Gesagte nach, lenkte sich von ihren schmerzhaften Erinnerungen ab. Vermutlich wäre es das Beste, sie würde den Polizeipräsidenten noch am Nachmittag des folgenden Tages wegen des Bettlers aufsuchen und notfalls so lange ausharren, bis de Konink aus Den Haag zurückgekehrt war.

»Was für ein Verlust. Für Euch und für die Stadt«, meinte van Engeren teilnahmsvoll. »Habt Ihr bereits daran gedacht, das Motiv noch einmal zu malen, werte Meisterin? Womöglich seid Ihr noch im Besitz Eurer Skizzen und Aufzeichnungen. Damit die Nachwelt nicht auf ein großartiges Werk verzichten muss.«

Ohne nachzudenken, schüttelte Sarah den Kopf. »Nein, Mijnheer, das ist ausgeschlossen. Es gibt Bilder, die man nur einmal in seinem Leben malen kann.«

»Da wäre noch eine Sache, Kamerad …« De Man räusperte sich und wählte seine Worte sehr bedächtig. »Du solltest von dem verschwundenen Gemälde besser nichts erwähnen … Ich meine, es könnte ja sein, dass du abreist und das Bild nur wenig später wieder auftaucht … Offen gestanden, wir wollen kein abträgliches Gerede über unsere Stadt, verstehst du? Selbstverständlich bist du unser Gast. Alles, was du getrunken hast, geht auf unsere Rechnung.«

Van Engeren nickte grinsend und schenkte sich rasch noch ein weiteres Glas Schnaps randvoll ein. »Verstehe, kein Wort über den Diebstahl. War vielleicht alles nur ein Missverständnis … Hat mich gefreut, Euch kennenzulernen. Hoffentlich finde ich an den anderen Orten auch so hilfsbereite Menschen.«

Van Asch rief nach Bernardina und ließ sie die Getränke anschreiben. Sarah erhob sich von ihrem Stuhl, und als sie sich umdrehte, blickte sie in das zerfurchte Gesicht eines Mannes, der am Nachbartisch hinter ihr saß. Es war Simon Samuel. Seine herabgezogenen Mundwinkel drückten deutliche Ablehnung aus. Und dann fiel Sarah wieder ein, wie der Steinmetz die Straßenseite gewechselt hatte, als sie sich in der Stadt begegnet waren. Auch die anderen Männer bemerkten jetzt ihren Gildekollegen.

»Simon, wie lange bist du schon hier, und warum bist du nicht zu uns an den Tisch gekommen? Ist dir unsere Gesellschaft nicht mehr gut genug?«, fragte van Asch herausfordernd laut.

Samuel knurrte etwas Unverständliches und war im nächsten Augenblick Richtung Tür verschwunden. Die anderen sahen sich kopfschüttelnd an und zuckten mit den Schultern. Vermeer runzelte die Stirn und warf Sarah einen fragenden Blick zu. Nachdenklich blickte sie auf den leeren

Stuhl, überlegte, wie lange Simon Samuel schon dort gesessen und die Unterredung an ihrem Tisch mitverfolgt haben mochte.

Aus dem vorderen Teil der Gaststube erklangen Pfiffe und Gegröle. Einigen Männern war wohl wieder einmal der Alkohol zu Kopf gestiegen. Sie pöbelten den Wirt an, weil sie meinten, er hätte ihre Gläser nur unzureichend gefüllt. Daraufhin gerieten die Trunkenbolde in Streit. Man sah ein Messer blitzen, Stühle fielen um, Fäuste wirbelten durch die Luft. Ein schwarz-weiß gefleckter Hund kläffte wütend und durchdringend, einige Kinder verkrochen sich unter den Tischen. Von diesem sicheren Ort aus beobachteten sie das Szenario mit großem Vergnügen. Zwei halbwüchsige Jungen feuerten die Kampfhähne an, gerieten aber selbst in Streit darüber, in welcher Gruppe die besseren Schläger waren. Einer der Anführer der Rangelei stürzte sich auf einen Tisch, fegte mit einer heftigen Armbewegung alle Gläser hinunter und stemmte den Tisch in die Höhe. Die Gäste sprangen schreiend von ihren Stühlen hoch. Einige noch nüchterne Männer konnten den Rasenden im letzten Moment daran hindern, den Tisch durch das geschlossene Fenster zu werfen.

Vorsichtig stieg Sarah über Glasscherben und zerborstene Teller mit Essensresten hinweg. Sie schlüpfte an einem Menschenknäuel, aus dem zappelnde Arme und Beine herausragten, vorbei ins Freie und sog die frische herbstliche Mittagsluft tief in sich ein.

27

Und du meinst, ich alleine kann für drei verschiedene Frauen Modell sein?«

»Aber natürlich, Neelken. Athene, die Kriegerische, hat dein Profil und deine Haarfarbe. Sie wird überhaupt die meiste Ähnlichkeit mit dir haben. Hera, die Göttermutter, male ich etwas fülliger und ein wenig älter. Und Aphrodite, die Göttin der Liebe, wird schlanker und größer als du sein und rotblonde Haare haben. Entscheidend sind für mich Körperhaltung und Gestik, die Biegung des Halses, eine Drehung in der Hüfte oder ein gespreizter Finger. Für die Gesichter verwende ich oft Skizzen von Frauen, die mir irgendwo aufgefallen sind.«

»Nur von Frauen, die so hübsch sind wie ich?«, fragte Neelken mit ihrer tiefen, rauchigen Stimme, bog herausfordernd den Kopf zurück und streckte ihre rechte Hand vor, in der sie einen Apfel hielt.

»Nicht notwendigerweise«, antwortete Sarah und tastete nach einem frischen Kreidestift, ohne ihr Modell dabei aus den Augen zu lassen. »Es muss irgendetwas Besonderes an ihnen sein. Eine lange Nase vielleicht, verschiedenfarbige Augen, eine Narbe … oder auch nur die Art und Weise, wie sie sich zu einem Kind hinunterbeugen, einen Eimer mit Wasser aus der Gracht holen.«

»Und was gefällt dir an mir besonders?«

»Deine Fußknöchel. Sie sind zart und gleichzeitig voller Spannkraft. Der rechte ist ein wenig stärker ausgeprägt als der linke. Ich mag solche winzigen Unregelmäßigkeiten.«

»Können wir eine Pause machen? Mein Arm ist schon ganz steif. Außerdem habe ich Durst.«

Sarah nickte und legte ihr Skizzenheft zur Seite. Sie füllte zwei Becher Bier ab und machte es sich mit Neelken am Tisch bequem. Vosje kam heran und schnupperte mit lang gestrecktem Hals am Tisch, doch als er merkte, dass es nichts zu fressen gab, trollte er sich wieder in seinen Korb.

»Was machst du mit dem Mann? Hast du dafür auch jemanden, der dir Modell steht?«, wollte Neelken wissen und blinzelte erwartungsvoll.

»Nein. Ich habe genügend Zeichnungen und Vorlagen. Außerdem ist Paris nicht vollständig zu sehen, sondern wird von einem Strauch halb verdeckt. Im Vordergrund meiner Komposition stehen die drei Frauenfiguren.«

»Schade, ich wüsste nämlich jemanden, der sich hervorragend eignen würde. Ich habe ihn letzte Woche kennengelernt. Einen Fischer aus Amsterdam. Er ist stark wie ein Bär und sieht aus wie ein Gott …«

Sarah machte eine abwehrende Handbewegung. »Paris war kein Gott, sondern ein Sterblicher … Ich dachte, du hättest jemanden kennengelernt, der in den Fleischhallen arbeitet. Wie hieß er noch gleich?«

»Ach, du meinst Arent? Das ist doch schon längst vorbei. Ich bin jetzt mit Thomas zusammen, er ist Rahmenmacher, hat sogar eine eigene Werkstatt. Er hat gesagt, er will mich heiraten. Aber ich weiß nicht, ob ich ihn will. Dieser Fischer gefällt mir eigentlich viel besser. Was meinst du, sind Fischer treue Männer?«

»Das kann ich dir nicht beantworten. Das solltest du ihn selbst fragen. Oder vielleicht deine Mutter.«

»Das geht nicht. Sie ist vor einem Jahr gestorben.«

»Oh, entschuldige, das wusste ich nicht«, antwortete Sarah erschrocken und hielt sich die Hand vor den Mund.

Neelken schüttelte ihre langen dunklen Locken, schniefte kurz.

»Schon gut. Ich bin längst darüber hinweg. Nur zu Weihnachten oder an meinem Geburtstag … da merke ich, dass mir etwas fehlt. Sie ist nur achtundvierzig Jahre alt geworden.«

Neelken schniefte jetzt lauter, wischte sich mit dem Handrücken über die Augen. Als würde er ihre traurige Stimmung spüren, hob Vosje den Kopf und lauschte in ihre Richtung. Sarah versuchte, Neelken von ihrem Kummer abzulenken.

»Erzähl mir von deiner Mutter, wenn du magst. Was hat sie gemacht? Hast du Geschwister?«

»Drei ältere Brüder, als sie geheiratet haben, sind sie von hier fortgezogen. Einer wohnt jetzt in Leiden, die beiden anderen in Antwerpen. Mutter hat uns alleine durchbringen müssen. Wir haben alle verschiedene Väter, und keiner ist länger als ein paar Monate geblieben. Sie hat fast zwanzig Jahre als Köchin bei einer Herrin in der Trompetstraat gearbeitet. Hendrickje Averkamp ist vor drei Jahren gestorben. An gebrochenem Herzen, wie meine Mutter sagte.«

»Was für ein schrecklicher Tod.« Sarah trank einen Schluck Bier und blickte sinnend aus dem Fenster, sah, wie eine Windböe in die Platane fuhr und unzählige gelbbraune Blätter aufwirbeln ließ. »Hat deine Mutter erzählt, was ihrer Herrin das Herz gebrochen hat?«

»Sie hat nie viel über ihre Arbeit erzählt. Aber ich weiß, dass Hendrickje sehr schön gewesen sein muss, gebildet, belesen, herzlich … Sie war unglücklich verheiratet. Ihr Mann war Advokat und wesentlich älter als sie. Er hat sie mit seiner Eifersucht verfolgt. Hendrickje hatte einen heimlichen Geliebten. Er arbeitete als Sekretär bei der Regierung in Den Haag und war ihre große Liebe. Er hieß … so ähnlich wie Soetens. Sie wollte sich scheiden lassen, aber dann kam der Donderslag. Der Sekretär ist auch unter den Opfern gewesen.«

Sarah lockte Vosje zu sich. Träge stand der Hund auf, schüttelte sich, dass die Ohren schlackerten, und schlich zu seiner Herrin. Sie beugte sich zu ihm und kraulte ihn hinter den Ohren, fuhr mit ihren Fingern durch das lange Fell. Er schloss die Augen und gähnte ausgiebig, seine buschige Schwanzspitze tänzelte in der Luft. Was war mit diesem Sekretär? Irgendwo hatte sie den Namen schon einmal gehört … Eigenartig, wie viele Episoden sich auf dieses eine Ereignis zurückführen ließen, überlegte Sarah. Für die Menschen hatte es ein Leben vor und nach dem Donderslag gegeben, und manchmal hatte das eine Leben mit dem anderen nichts zu tun. Oder doch?

»Hendrickje ist daraufhin in Schwermut verfallen. Irgendetwas stand wie eine Mauer zwischen den Eheleuten. Angeblich hat sie nie wieder ein Wort mit ihrem Mann gesprochen und nur noch für ihre Kinder gelebt. Wenn die nicht gewesen wären … Jedenfalls ist sie einen Tag nach der Hochzeit ihrer jüngsten Tochter zu der Stelle gegangen, an der einmal das Pulvermagazin gestanden hatte. Sie hat dort einen Kranz roter Rosen abgelegt und ist in die Gracht gesprungen. Ihre Taschen waren voll mit schweren Steinen.«

Neelken seufzte und wickelte sich eine Locke um den Zeigefinger, steckte sich die Strähne in den Mund und kaute daran. »So etwas könnte mir nie passieren. Mich wegen eines einzigen Mannes umzubringen … Es gibt doch viel zu viele andere.« Sie lächelte breit und ließ ihre schief stehenden Zähne sehen.

Sarah leerte ihren Becher, während sie mit der anderen

Hand über Vosjes Kopf strich. »Lass uns weitermachen, Neelken. Ich habe heute Nachmittag noch eine wichtige Verabredung.«

28

Victor de Konink rückte seinen Kneifer gerade, richtete ein wässrig blaues Auge auf Sarah, das andere wurde von einem schlaff herunterhängenden Lid halb verdeckt. Der Polizeipräsident saß hinter seinem mächtigen Schreibtisch, wankte mit dem Oberkörper vor und zurück und erinnerte dabei an ein Schilfgras im Wind.

»Mein Vorsteher berichtete mir von einer Frau, die mich gestern sprechen wollte. Wart Ihr das?«

»Ganz recht, Mijnheer. Mein Name ist Sarah Meulemeester. Ich bin diejenige, die das Bild vom Donderslag gemalt hat …«

»Nicht so laut«, jammerte de Konink und legte seinen Hut ab, unter dem ein kahler Schädel mit braunfleckiger Kopfhaut zum Vorschein kam. Er griff in eine Schüssel mit Wasser, drückte ein Tuch darin aus und bedeckte damit seine Stirn. »Ich habe entsetzliches Kopfweh. Seit dieser Feier … Eigentlich gehöre ich ins Bett, doch stattdessen sitze ich hier in meinem Amtszimmer in treuer Erfüllung meiner Pflichten … Was wollt Ihr?«

»Es geht um den Bettler, den Ihr vor ein paar Tagen habt festnehmen lassen.«

»Eine elende Kreatur. Ist dabei erwischt worden, wie er zwei Laibe Brot stehlen wollte. Ein notorischer Lügner. Aber wartet nur, bald habe ich ihn so weit, dass er den

Diebstahl Eures Bildes zugibt. Dann steht seiner gerechten Strafe nichts mehr im Weg.« Er griff nach seinem Kneifer und machte die Geste des Halsabschneidens.

»Mijnheer, jemand, der Brot stiehlt, tut dies, weil er Hunger hat«, entgegnete sie fest und beschwörend. »Von einem Gemälde kann niemand satt werden. Ich ersuche Euch, besonders gründlich zu prüfen, ob der, den Ihr eingesperrt habt, auch wirklich ein Bilderdieb ist. Mein gesunder Menschenverstand sagt mir, dass Ihr den Falschen erwischt habt.«

»Wollt Ihr etwa damit sagen, dass Ihr an den Fähigkeiten unserer hervorragend ausgebildeten Polizei zweifelt? Und speziell an deren oberstem Vertreter? Mit anderen Worten: an mir?«

»Wäre ich zu Euch gekommen, wenn ich nicht von Eurer Tüchtigkeit überzeugt wäre? Da ist noch etwas, Mijnheer. Dieser Brief hier wurde mir vor einigen Tagen zugestellt. Lest ihn und sagt mir, was Ihr davon haltet.«

Victor de Konink streckte den Arm aus und blinzelte über seinen Kneifer hinweg. Zwischendrin tauchte er das Tuch erneut ins Wasser, fuhr sich damit über das ganze Gesicht, las angestrengt weiter.

»Was sagt Ihr zu den Vorwürfen, die gegen meine Person erhoben werden?«, fragte Sarah ungeduldig. »Ich versichere Euch, ich habe mir nie in meinem Leben etwas zu Schulden kommen lassen. Zu Eurer Erklärung: Mitglied der Lukas-Gilde bin ich deswegen nicht, weil ausschließlich Männer zugelassen sind. Und dennoch beschuldigt man mich, will mich sogar dazu bringen, die Stadt zu verlassen.«

De Konink schwenkte den feuchten Lappen in der Luft. »Unsinn, diese Vorwürfe entbehren jeder gesetzlichen Grundlage. Man erkennt daran den niederen Geist, der sie zu Papier gebracht hat. Was jedoch viel entscheidender ist: Wir haben hier ein Geständnis. Unser Bettler überführt sich selbst!«

»Der Mann, den Ihr gefangen haltet, befindet sich seit einer Woche in Eurem Gewahrsam. Diesen Brief habe ich aber erst vor drei Tagen erhalten.«

»Glaubt mir, meine Liebe, solche Leute sind durchtrieben. Sie finden Mittel und Wege, selbst aus den bestbewachten Zellen – und zu denen gehören unsere selbstverständlich – etwas nach draußen zu schmuggeln. Er wird einen Komplizen außerhalb der Gefängnismauern gehabt haben, der Euch die Nachricht zukommen ließ.«

Sarah schnaubte vor Empörung, zwang sich aber zu einem harmlosen Tonfall, als sie die Worte aussprach, die sie sich vorher sorgsam zurechtgelegt hatte.

»Da Ihr nunmehr dieses Bekenntnis in den Händen haltet, Mijnheer Politiechef, wollt Ihr nicht umgehend den Delinquenten in seiner Zelle aufsuchen und ihm mitteilen, dass er der Tat zweifelsfrei überführt ist?«

»Ja, also, … das hat doch Zeit bis morgen. Bis ich meine Kopfschmerzen auskuriert habe. Der Dieb ist in sicherem Gewahrsam und kann uns nicht entwischen.«

»Wollt Ihr damit sagen, dass unsere Gesetzeshüter ihre körperlichen Befindlichkeiten über ihre berufsmäßigen Pflichten stellen?«

»Schon wieder so laut«, jammerte de Konink und befeuchtete hektisch seine Stirn. »Warum schreit Ihr mich an? Außerdem … wenn Ihr so energisch darauf besteht, die Richtigkeit meiner Behauptungen persönlich in Erfahrung zu bringen … Ich wollte sowieso meine Arbeit für heute beenden und mir in der Apotheke einen Aufguss gegen Kopfweh holen. Gehen wir also gemeinsam zum Gefängnis.«

Sie marschierten am Koornmarkt vorbei und folgten dem Kanal Oude Delft Richtung Süden bis zur Breestraat. Dort ragte ein breites Ziegelstein-Gebäude auf mit weiß umrahmten Fenstern. Victor de Konink schlurfte zu einem braunen Holzportal und betätigte den schweren Messing-Türklopfer. Nach einer Weile waren von innen schleppende Schritte zu hören. Ein kahlköpfiger Mann mittleren Alters öffnete ihnen. Er war von massiger Statur, das Gesicht mit den stechenden Augen und dem ungepflegten Bart wirkte furchteinflößend.

»Oh, Mijnheer sind es persönlich«, sagte der Wärter ehrerbietig und legte eine Hand auf die Brust. »Was ist Euer Begehren? Möchtet Ihr prüfen, ob die Gefangenen ordnungsgemäß in Ketten liegen? Soll ich sie häufiger züchtigen? Sie mit der Peitsche zu einem Geständnis zwingen?«

»Führt mich zu diesem verlausten Landstreicher, der die Brote gestohlen hat. Ich muss mit ihm reden.«

Der Wärter warf einen argwöhnischen Blick auf Sarah und sah de Konink stirnrunzelnd an. Er wollte etwas sagen, doch der Polizeipräsident befahl ihm mit einem energischen Handzeichen zu schweigen. Sie stiegen eine Treppe hinab und ließen sich durch ein Labyrinth von Fluren und Korridoren führen. Unten war es dunkel und feucht, ein modriger Geruch stieg vom Boden her auf, schien sogar aus den Wänden zu kriechen. Schließlich kamen sie an das Ende eines Ganges mit mehreren Zellen. Das Geräusch ihrer Schritte ließ die Gefangenen aufmerken. Sie traten an die Gitterstäbe und verlangten gestikulierend und lautstark, man möge ihnen mehr zu essen bringen und sie in einem Trakt unterbringen, in den Tageslicht fiel.

»Ruhe jetzt, oder ich hole den Morgenstern!«, brüllte der Wärter mit einer Wucht, die auch Sarah zusammenzucken ließ. Eingeschüchtert wichen die Männer zurück in den hinteren Teil ihrer Zellen.

»Du da vorne, komm einmal her«, herrschte der Wärter einen Mann an, der sich bisher noch nicht gezeigt hatte. Der Gefangene trat an die Gitterstäbe, hielt den Kopf gesenkt und zitterte. Er trug schmutzige, durchlöcherte Kleidung und stank nach Unrat. Mit seinen mageren Fingern suchte er Halt an den Eisenstäben.

Victor de Konink trat näher an den Gefangenen heran, seine Mimik zeigte unverhohlenen Ekel. »Nun, hattest du genügend Zeit zum Überlegen? Ist dir wieder eingefallen, wo du das Bild versteckt hast, das du aus dem Stadhuis gestohlen hast?«

Der Bettler hob beschwörend die Hände und schüttelte heftig den Kopf. Doch diese mitleiderregende Geste beeindruckte den Polizeipräsidenten nicht im Geringsten. Zornig polterte er weiter: »Tu nicht so, als wenn du nicht wüsstest, wovon die Rede ist. Du hast dich selbst überführt, hier ist der Beweis!« De Konink entfaltete den Brief und schwenkte ihn vor den Gitterstäben. Der Bettler blickte ratlos auf das Papier, zuckte mit den Schultern.

»Was soll das? Antworte mir! Wo ist das Bild mit dem Donderslag?«

Hilfe suchend blickte der Bettler zuerst auf Sarah und dann auf den Brief. Traurig schüttelte er den Kopf. Sarah nickte ahnungsvoll, sprach mit klopfendem Herzen. »Der Gefangene scheint nicht sehr redselig, Mijnheer. Sicher wollt Ihr ihm befehlen, den genauen Hergang seines Verbrechens stattdessen niederzuschreiben.«

Noch ehe der Polizeipräsident antworten konnte, griff sie in ihre Rocktasche, holte ihr Skizzenheft und einen Kreidestift heraus und reichte beides durch die Gitterstäbe.

Der Bettler streckte die Hand aus – und ließ sie wieder sinken.

»Ich … ich kann nicht lesen und schreiben. Ich war es nicht, ich habe das Bild nicht gestohlen. Bitte, Mijnheer, Mevrouw, Ihr müsst mir glauben«, krächzte er und kratzte sich verlegen über den rötlichen, kurz geschorenen Kopf.

Sarah drehte sich zur Seite, damit niemand ihre Erleichterung sehen konnte. Dann setzte sie eine ernste Miene auf und wandte sich an den Polizeipräsidenten. »Seid Ihr immer noch der Ansicht, Mijnheer, dass es sich bei diesem Mann um den Verfasser des Euch vorliegenden Briefes handelt?«

De Konink schüttelte stumm und verwirrt den Kopf, tupfte sich mit einem Taschentuch über die Stirn.

»Falls Ihr nunmehr von der Unschuld Eures Gefangenen überzeugt sein solltet – was steht seiner sofortigen Freilassung im Wege?«

»Wo denkt Ihr hin? Dieser Unhold hat zwei Brote gestohlen«, beeilte de Konink sich einzuwenden. »Er hat seine Strafe noch längst nicht verbüßt.«

Sarah griff erneut in ihre Rocktasche und hielt eine funkelnde Münze zwischen zwei Fingern hoch.

»Und … wenn ich für seine Schuld aufkomme? Wäre er dann ein freier Mann?«

De Konink trat einen Schritt zur Seite, knetete seine Hände und blickte zur Decke. Seine Antwort war ein tiefes Brummen: »Ihr seid eine merkwürdige Frau, Sarah Meulemeester … Ich werde Euren Brief als Beweisstück behalten und alle erdenklichen Schritte unternehmen, um den wahren Täter zu finden. Wärter, holt den Schlüssel. Der Gefangene kann gehen.«

Mit einem dumpfen Laut schloss sich hinter ihnen das schwere Holzportal. Sarah blinzelte, streckte ihr Gesicht dem Licht entgegen und ließ es von der ermattenden Kraft der Nachmittagssonne erwärmen. Der Bettler schlurfte auf sie zu und verbeugte sich tief. In seinen Augen lagen Dankbarkeit und zugleich Erstaunen. Erst jetzt, im Tageslicht, bemerkte sie, dass er noch jung war, kaum älter als fünfundzwanzig Jahre. Sie lächelte ihm zu und begann zu frösteln. Im nächsten Augenblick war der Mann verschwunden.

Plötzlich hatte sie es eilig, nach Hause zu kommen. War erleichtert, dass sie ihrem Spürsinn gefolgt war und einem unschuldigen Bettler zu einem Leben in Freiheit verholfen hatte, auch wenn dieses Leben ein armseliges war. Sie drängte den Gedanken beiseite, dass sie noch immer nicht wusste, wer ihr den Brief geschickt hatte, und dass es irgendwo in dieser Stadt jemanden gab, der ihr übel gesonnen war. Voller Vorfreude dachte sie an Brot mit Käse und Stockfisch und ein Glas Wein zur Abendmahlzeit. Vosje wartete bereits unten auf der Straße auf sie, bellte und tänzelte freudig um sie herum. Für ihn hatte sie ein Stück getrockneten Pansen gekauft, sein Lieblingsfressen. Sie würde es sich in ihrem Sessel bequem machen und den Übergang vom Tag zur Nacht beobachten, zu ihren Füßen den Hund. Satt, zufrieden und leise schnarchend.

Als sie die Treppe zum Atelier hinaufstiegen, schnupperte Vosje aufgeregt an den Stufen und blieb unvermittelt stehen. Die Haare auf seinem Rücken richteten sich auf, er witterte etwas. Sarah bemerkte einen feinen fremdartigen Geruch. Noch bevor sie die Tür öffnete, spürte sie, dass irgendetwas anders war als sonst. Sie trat ein und stand starr vor Schreck: Staffelei und Rahmen waren umgeworfen, daneben lagen Paletten, Pinsel und Farbtöpfe verstreut, deren Inhalt sich auf die Dielen ergoss. Das Bett war zerwühlt, Leinwände, Leinölflaschen und Skizzenbücher aus dem hohen Wandregal waren wahllos in den Raum geworfen worden, ebenso Teller, Schüsseln und Becher aus der Vorratskammer. Der Deckel der Kleidertruhe stand offen, Röcke, Mieder und Strümpfe quollen über den Rand heraus. Sarah ließ sich zu Boden sinken, zog Vosje zu sich heran und vergrub ihr Gesicht in dem weichen, seidigen Hundefell.

Das Haus in der Kromstraat

Nicolaes van Leeuwenhoek legte die Schreibfeder aus der Hand und rieb sich die Augen. Während er darauf wartete, dass die Tinte auf dem Papier trocknete, griff er in seine Wamstasche und zog eine goldene Taschenuhr heraus. Der fein ziselierte, mit Blütenornamenten versehene Deckel sprang auf. Acht Uhr. Zu früh zum Schlafengehen. Er würde noch ein Glas Wein trinken und dabei seine letzte Komposition überarbeiten, entschied er. Dieser war einer der Tage, an denen er sich darauf freute, in die Welt der Musik einzutauchen, Delft, die Apotheke, den Alltag zu vergessen.

Ein Poltern ließ ihn von seinem Stuhl im Laboratorium aufspringen. Um diese Uhrzeit konnte eigentlich nur einer einen derartigen Lärm vor seinem Haus machen. Er griff nach einer Öllampe, ging in den Verkaufsraum und schloss die Ladentür auf.

»Anthonis, weißt du nicht, wie spät es ist?«

»Muss ich es wirklich wissen, liebster Bruder? Einem glücklichen Menschen schlägt keine Stunde.«

Anthonis van Leeuwenhoek war einen Kopf größer und etwas kräftiger als sein knapp zehn Jahre älterer Bruder Nicolaes. Obwohl die Brüder sich in Statur, Haar- und Augenfarbe unterschieden, hatten beide doch das gleiche ebenmäßige Profil mit der hohen Stirn und der kräftigen Nase.

»Wobei habe ich dich gerade gestört?«, fragte Anthonis, ging an den Tisch und nahm mit raschem Griff das Blatt Papier auf. »Du hast doch nichts dagegen, wenn ich neugierig bin? Ach so, nur Formeln ... Denkst du dir wieder neue Rezepturen aus? Und ich hatte schon angenommen, du würdest einer Dame galante Verse schreiben.«

»Lass das, Anthonis«, rügte Nicolaes seinen Bruder. »Du weißt, ich mag solche Art von Scherzen nicht.«

»Meine Bemerkung war durchaus ernst gemeint. Ich gebe es nur ungern zu, aber was dein Äußeres angeht, so habe ich in dir einen ernsthaften Konkurrenten. Trotz des Silberglanzes auf deinem Haupt.«

Nicolaes van Leeuwenhoek schüttelte unwillig den Kopf und hob verärgert seine Hand. Anthonis setzte eine übertrieben schuldbewusste Miene auf.

»Verzeihung, mein Lieber. Aber meinst du nicht, du solltest deine Empfindlichkeit endlich ablegen? Deine Frau hat dich doch schon vor Jahren verlassen. Oder willst du mir vielleicht erzählen, dass du seither das Leben eines Klosterbruders geführt hast.«

»Das nicht ... aber ich kann mir auch nicht vorstellen, die Frauen häufiger zu wechseln als mein Hemd.«

»Oho, höre ich da etwa einen versteckten Vorwurf heraus?«

»Nein, Anthonis, du kannst tun und lassen, was du willst. Aber ich führe ein anderes Leben als du. Nicht so – stürmisch.«

»Ich weiß – mein Bruder, der Schöngeist ... Während du in deinen Mußestunden auf dem Virginal die Saiten anschlägst, lasse ich unter meinen Händen ganz anders geartete, wohlgeformte Saiten erklingen ... Allerdings deutet eine gewisse Nervosität in deinem Benehmen darauf hin, dass du verliebt bist. Und der melancholische Zug um deine Mundwinkel verrät mir, dass du unglücklich verliebt bist. Gib es ruhig zu …«

»Warum bist du gekommen?«, unterbrach Nicolaes den Wortschwall seines Bruders. »Brauchst du eventuell einen Granatapfelextrakt, ein Moschusöl oder etwas zur Stärkung der Libido? Soll es für die Frau sein, deren Besuch du erwartest, oder für dich selbst?«

»In deinen Fragen bist du weitaus direkter als in deinen Antworten, lieber Bruder. Aber du verstehst mich … Ich wollte dich bitten, mir etwas von deinem vorzüglichen Wein zu überlassen. Einen roten möglichst. Meine Bestände sind ziemlich dezimiert. Ich hatte in letzter Zeit häufiger – Gäste«, sagte er mit einem entschuldigenden Grinsen.

»Geh ruhig in den Weinkeller und such dir etwas aus«, entgegnete Nicolaes leichthin und räumte das Buch, in das er seine Formeln eingetragen hatte, in die Schreibtischschublade. Aus einem Kupferbottich füllte er getrocknete Hamamelisblüten in kleinere Tiegel, beschriftete sie sorgfältig und verschloss sie mit Pergamentpapier. Er war nicht ganz bei der Sache und stieß aus Versehen mit dem Ellenbogen gegen eine Porzellanschale mit frischen Rosenblüten, die polternd zu Boden fiel und zersprang. Mit einem leisen Fluchen fegte er die Überreste zusammen.

Anthonis kehrte zurück und pfiff vergnügt vor sich hin. »Ich habe gerade festgestellt, dass auch bei dir der Fortschritt Einzug gehalten hat. Du lagerst den Wein nicht mehr in Tierhäuten, sondern in Glasflaschen. Diese Methode ist mir zugegebenermaßen viel sympathischer. Ich glaube, ich sollte meine Bevorratung ebenfalls umstellen. Mit deiner gütigen Erlaubnis habe ich mir zwei Flaschen genommen, einen sechziger Jahrgang aus Venetien und einen achtundfünfziger aus Katalonien. Allerdings habe ich ein weiteres Anliegen – sofern du mir noch für einen winzigen Moment deine geschätzte Aufmerksamkeit schenkst.«

Nicolaes van Leeuwenhoek nickte und warf einen verstohlenen Blick auf seine Uhr unter dem Tisch. Doch er wollte sich nicht ungeduldig zeigen. Der Abend hatte eben erst begonnen, er würde noch genügend Zeit finden, sich um seine Komposition zu kümmern.

»Ich muss dir etwas Verblüffendes erzählen«, kündigte Anthonis gut aufgelegt an und zog einen Stuhl zu sich heran. »Es geht um ein neues Mikroskop, das ich gebaut habe. Ich war mit den Linsen, die man mir geliefert hatte, nicht zufrieden und habe sie daraufhin selbst nachgeschliffen. Und jetzt pass auf, was ich entdeckt habe … Kannst du dir vorstellen, dass es im Regenwasser, im Speichel und sogar im menschlichen Sperma Leben gibt? Wobei ich in den beiden letztgenannten Fällen mich nicht auf meine eigenen Körpersäfte allein beschränkt habe. Aus Gründen der Objektivität habe ich auch andere Proben hinzugezogen.« Er lachte leise auf und weidete sich an dem ungläubigen Gesichtsausdruck seines älteren Bruders. »Ich habe Dinge gesehen, die noch kein menschliches Auge zuvor erblickt hat: winzige Teilchen, die fortwährend in Bewegung sind, Wasserflöhe, die Eier legen … Einfach fantastisch! Ich werde meine Beobachtungen so bald wie möglich der Royal Society in London mitteilen. Doch ich kenne die Engländer. Erst einmal werden sie ihre Spottlieder über mich singen, und wenn sie dann meine Angaben überprüft haben, werden sie nicht umhin können, meine Erkenntnisse zu bestätigen. Ich habe mir vorgenommen, erst zu sterben, wenn ich zum Mitglied dieser ehrenwerten Gesellschaft ernannt worden bin.«

Nicolaes schmunzelte über die Leidenschaft, mit der sein Bruder sprach. »Ich komme demnächst einmal bei dir vorbei, dann zeigst du mir alles. Es interessiert mich.«

Anthonis machte eine Faust und stieß Nicolaes spielerisch gegen die Brust. »Gut, aber danach sollten wir zusammen einen Wein trinken. Und dann erzählst du mir von der Frau, die deine Sinne über alle Maßen betört hat.«

Nicolaes van Leeuwenhoek verstummte und glättete den Ärmel seines blau-seidenen Hausmantels.

Anthonis legte ihm die Hand auf den Arm und kräuselte die Lippen. »Nun sag schon, was ist los mit dir? Dein elegisch-entrückter Blick lässt mich Folgendes mutmaßen: Du verzehrst dich nach ihr, aber sie zeigt dir die kalte Schulter. Stimmt es, oder habe ich recht? Soll ich mich einmal um die Dame kümmern?«

»Untersteh dich«, warnte Nicolaes scharf. »Sie ist nicht so wie andere Frauen ... Meine Situation ist – merkwürdig verzwickt ... Auf der einen Seite wünsche ich mir nichts mehr, als ihr nahe zu sein, auf der anderen Seite spüre ich, dass sie keinerlei Nähe zulässt ... Ein winziger Schritt zu viel, und ich würde sie im selben Moment für immer verlieren.«

»Sie ist nicht so wie andere Frauen ... Du lieber Himmel, großer Bruder, was bist du sentimental. Alle Frauen sind gleich! Mir wäre eine solche Beziehung, sofern man es überhaupt so nennen kann, viel zu anstrengend. Wenn ich dir einen Rat geben darf – obwohl ich der Jüngere bin: Vergeude nicht länger deine Zeit! Such dir eine andere! Es gibt genug Frauen auf der Welt!«

»Das verstehst du nicht ... Hast du dich überhaupt schon einmal gefragt, warum man liebt? Doch nur, weil man muss, und nicht, weil man will.«

Anthonis klopfte seinem Bruder mitleidig und wohlwollend zugleich auf die Schulter. »Sie muss tatsächlich etwas Besonderes sein … Trotzdem darfst du dir nicht immer alles so zu Herzen nehmen. Du solltest in manchen Situationen viel gelassener sein … Schon gut, ich sehe es dir an der Nasenspitze an, dass ich das Thema wechseln soll … Also: Du könntest Daniel fragen, ob er mit mir einen Ausflug machen möchte. Demnächst ist Jahrmarkt in Rotterdam. Ich habe gehört, man will das Skelett eines Wals ausstellen.«

Nicolaes atmete tief durch und warf Anthonis einen erleichterten Blick zu. »Ja, das ist eine hervorragende Idee. Daniel mag dich nämlich sehr.«

»Dann also abgemacht. Du entschuldigst mich für heute, teuerster Bruder, ich habe noch etwas Wichtiges zu erledigen«, erklärte Anthonis augenzwinkernd. Er erhob sich von seinem Stuhl und nahm die beiden Flaschen. »Ach, bevor ich es vergesse … ich habe vorgestern eine Ladung Taft aus Frankreich erhalten. Erstklassige Qualität … Ich lasse dir als Entschädigung morgen ein paar Ellen vorbeibringen. Daraus kannst du dir ein neues Kleidungsstück nähen lassen – einen Schlafrock vielleicht … Leider habe ich keine Hand mehr frei. Würdest du mir wohl die Tür aufhalten, Bruderherz?« Er beugte sich zu Nicolaes hinunter und drückte ihm einen flüchtigen Kuss auf die Wange. »Schlaf gut. Und danke für den Wein.« Leise vor sich hinsummend, verschwand Anthonis in der Dunkelheit.

Drittes Buch

29

Ich begreife es nicht! Wer konnte so etwas tun? Und das am helllichten Tag! Nicht auszudenken, wenn ich im Haus gewesen wäre. Womöglich hätte er mir mit einem Messer die Kehle durchgeschnitten!« Trientje Anslo griff sich an den Hals und röchelte. Erschöpft stand sie in der Tür zur Werkstatt und blickte auf das Chaos um sich herum. Vosje hatte einen Pantoffel hinter dem Buttertopf entdeckt, schleuderte ihn hoch und sprang mit einem weiten Satz hinterher; er schnappte ihn sich noch in der Luft.

»Warum hast eigentlich du nicht besser aufgepasst? Hast wahrscheinlich wieder irgendwo um Fressen gebettelt oder bist räudigen Hündinnen nachgelaufen«, rügte die Vermieterin den Hund und hob den Zeigefinger. Doch Vosje kümmerte das nicht im Geringsten. Eine trockene Brotkruste hatte seine Aufmerksamkeit erregt. Er legte sich hin und klemmte sich das Brot zwischen die Vorderpfoten, schnupperte und kaute.

»Seit über sechzig Jahren wohne ich in diesem Haus, und noch nie ist hier eingebrochen worden. Die Welt heutzutage ist schlecht. Früher, da hat sich jeder um den Nachbarn gekümmert. Es gab keine Missgunst und erst recht kein Gesindel in den Straßen, überall herrschten Zucht und Ordnung …«

Sarah hörte nur mit halbem Ohr hin. Sie kannte inzwischen die sich stetig wiederholenden Litaneien ihrer Vermieterin zur Genüge. Mit hochrotem Gesicht stand sie neben der umgeworfenen Staffelei und verspürte namenlose Wut auf den Unbekannten, der ungefragt in dieses Haus und auch in ihre Werkstatt eingedrungen war, sich an ihrer Wäsche und den Malutensilien zu schaffen gemacht hatte. Niemand hatte ein Recht dazu, denn das hier war ihr Reich! In diesem kleinen Raum befand sich alles, was sie besaß.

»Habt Ihr etwas zu trinken für mich, Sarah? Ich muss den Schrecken erst einmal verdauen.« Trientje räumte Strumpfbänder und eine Haarbürste von dem Ledersessel und ließ sich keuchend darauf nieder. Sarah balancierte auf Zehenspitzen zwischen herumkullernden Zinnbechern, Miedern und Leinwänden in die Kammer und füllte eine doppelte Portion Branntwein ab. Die Vermieterin trank in hastigen Schlucken und sah Sarah schweigend zu, wie sie mit zusammengebissenen Lippen und grimmigem Blick die alte Ordnung wiederherzustellen versuchte.

»Da kann ich ja von Glück reden, dass bei mir nur die Truhe mit der Tisch- und Bettwäsche durchwühlt wurde. Gestohlen wurde jedenfalls nichts. Und wie ist es bei Euch?«, wollte Trientje wissen.

»Ich weiß nicht, aber ich glaube, es ist noch alles da …«

»Offenbar hat jemand nur etwas gesucht. Könnt Ihr Euch vorstellen, was das gewesen sein könnte?«

»Lächerlich, was gibt es in einer Malerwerkstatt schon zu finden außer Farben, Leinwand und Pinseln? Und in der Kammer waren nur wertloses Geschirr, ein paar Brot- und Käsestückchen und zwei Krüge mit Branntwein.«

»Trotzdem, wir müssen zur Polizei gehen und die Sache melden.«

»Und was meint Ihr, sollen wir dort zu Protokoll geben? Dass jemand bei uns eingebrochen, aber nichts gestohlen hat?«, fragte Sarah und zog verächtlich die Mundwinkel nach unten. »Ich bin sicher, man wird uns auslachen und auf der Stelle wieder nach Hause schicken.« Sie bückte sich nach einem Bilderrahmen unter dem Bettpfosten. Das Blatt im Inneren war zum Glück unversehrt. Es zeigte einen geflügelten Genius, der nachdenklich sein Kinn in die Hand stützte. Sie liebte diese Darstellung voller Besinnlichkeit und Melancholie, nicht nur, weil der Kupferstich ein Geschenk von Johannes und Catharina Vermeer war, sondern auch, weil sie sich der Figur seelenverwandt fühlte.

Trientje Anslo jammerte weiter, ihr Unterkiefer zitterte. »Und wenn der Einbrecher ein zweites Mal kommt, und ich ganz allein im Haus bin und sonst niemand ... Das überlebe ich nicht. Denkt an mein Herz. Ich bin eine alte Frau ...«

»Ihr solltet Euch nicht so aufregen, Trientje. So einer kommt bestimmt kein zweites Mal. Er hat gesehen, dass es hier nichts zu holen gibt. Und aus Enttäuschung hat er dann den ganzen Raum verwüstet. Ich habe vorhin die Haustür untersucht. Es sind nirgendwo Einbruchspuren zu sehen. Allerdings ist mir aufgefallen, wie alt und rostig das Schloss ist. Man muss sich nur kräftig dagegenstemmen, und die Tür springt wie von selbst auf.«

Die Vermieterin schlug die Hände vor die Augen und bibberte. »Ich habe Angst. Ich bleibe hier nicht mehr alleine. Ihr dürft nur noch fortgehen, wenn ich auch aus dem Haus muss.«

»Aber Trientje, beruhigt Euch endlich. Wir können uns doch nicht aneinanderketten. Ihr müsst ein neues Schloss einsetzen lassen. Mit mehreren Riegeln, die man einzeln abschließen kann. Das wird jeden Einbrecher von vornherein abschrecken.«

»Was für ein großartiger Vorschlag, Sarah Meulemeester! Und wovon soll ich das bezahlen? Ich habe nur eine kleine Rente, mit meiner Tulpenzwiebelzucht habe ich in letzter Zeit kaum noch etwas dazuverdienen können. Die Leute sind die Tulpen inzwischen leid geworden … Da kann ich gleich den Giftbecher nehmen.«

Sarah stopfte ein letztes Paar Strümpfe in ihre Kleidertruhe und klappte den Deckel laut und vernehmlich zu. Sie setzte sich obenauf und sah tadelnd zu ihrer Vermieterin hinüber, die ihr Glas in einem Zug austrank und sich dabei gleichzeitig schüttelte.

»Nicht, Trientje, so dürft Ihr nicht sprechen. Ich werde vorsichtshalber auch eine Sicherung an meiner Tür anbringen lassen. Der Schmied vom Prinsen-Hof ist ein alter Freund meines Vaters. Er hat vor Jahren einmal seinen Sohn behandelt, als er Wundbrand hatte, und ihm das Leben gerettet. Ich werde mit Hercules Metsu reden. Macht Euch wegen der Kosten keine Gedanken. Ich habe von dem Honorar für mein letztes Bild genug beiseitelegen können.«

»Wenn das so ist«, schniefte Trientje Anslo versöhnlich. »Aber ich will mindestens drei Sperren an meinem Schloss haben, die man alle einzeln abschließen kann. Sagt dem Schmied, er soll sofort morgen Früh kommen.«

»Wenn es Euch beruhigt, Trientje, dann schicke ich Vosje heute Nacht zu Euch nach unten in die Diele. Er wird auf Euch aufpassen. Ihm entgeht nicht einmal das Niesen einer Küchenschabe.«

Die Vermieterin stand auf und strich sich die Schürze glatt.

»Also gut, ausnahmsweise. Aber zu fressen bekommt der

Hund nichts von mir. Er soll sich nicht einbilden, dass er demnächst immer zu mir kommen darf.«

Müde lehnte Sarah sich gegen den Fensterrahmen und ließ ihre Blicke durch den Raum schweifen. Alles war wieder an seinem Platz, nichts deutete mehr darauf hin, dass hier vor wenigen Stunden Chaos geherrscht hatte. Unzählige Fragen gingen ihr durch den Kopf. Aus welchem Grund hatte der Unbekannte ausgerechnet ihr Atelier ausgesucht? Aus Zufall oder weil er sich im Haus geirrt hatte? Oder war dieser Einbruch ein weiteres Glied in einer Kette merkwürdiger Vorkommnisse? Angefangen von der Ikarus-Zeichnung, die an die Haustür geheftet war, über den Diebstahl ihres Gemäldes bis zu dem anonymen Brief vor wenigen Tagen?

Sarah fröstelte und entschied, obwohl es fast schon Schlafenszeit war, den Kamin noch einmal anzufachen. Während sie sich zur Seite drehte, um die Schütte mit den Torfziegeln anzuheben, bemerkte sie aus dem Augenwinkel eine Person auf der gegenüberliegenden Seite der Gracht. Die Gestalt verharrte reglos neben einer Platane und blickte offensichtlich zu ihrem Fenster hoch. In der hereinbrechenden Dämmerung konnte sie nicht genau ausmachen, ob es sich um einen Mann oder eine Frau handelte.

Instinktiv schlug Sarah die Fensterläden zu, doch dann überlegte sie es sich anders. Sie schlüpfte in ihre Überschuhe und zündete eine Laterne an. »Komm mit«, rief sie Vosje zu und lief nach unten auf die Straße bis an den Rand der Gracht. Mehrmals ging sie den Bord auf und ab und lenkte den Lichtschein über das träge dahinfließende Wasser. Vosje spitzte die Ohren und fiepte leise, doch es war niemand mehr zu sehen. Beklommen ging Sarah in ihre Werkstatt zurück. An diesem Abend trank sie drei Becher Lavendeltee, um einschlafen zu können.

30

Maria nahm Sarahs Hand und hopste fröhlich neben ihr her. »Hast du früher auch Drachen fliegen lassen, als du so alt warst wie ich?«

»Aber sicher. Ich habe einen gelben Drachen gehabt. Mein Vater und ich haben ihn zusammen gebastelt, und im Herbst sind wir auf die Felder draußen vor der Stadt gegangen und haben ihn aufsteigen lassen. Einmal hatte der Drachen sich in einem Baum verfangen. Mein Vater ist bis in die Spitze geklettert und hat ihn befreit.«

»Das hat bestimmt lustig ausgesehen. Wie gefällt dir mein Drachen? Findest du, er ist schöner als deiner?«

»Ich habe noch nie einen schöneren gesehen. Er gefällt mir deswegen so gut, weil du Mund und Augen selbst ausgemalt hast.«

Sie wanderten in südwestlicher Richtung am Kanal zur Nieuwe Maas entlang, an dessen Mündung die Stadt Delfshagen lag. Rechts von ihnen tauchte hinter mächtigen Weiden ein reetgedecktes Bauerngehöft auf. Vor der Scheune erstreckte sich eine breite Wiese, auf der ein paar Kinder Kaatsen spielten. Vier Jungen standen sich zu zweit in einiger Entfernung gegenüber. Jeder von ihnen hatte einen Holzlöffel in der Hand. Der Erste schlug damit einen Ball in die Luft, den die jeweils Gegenüberstehenden treffen mussten. Wer den Ball verfehlte, bekam einen Punktabzug und musste sich gefallen lassen, dass er ausgepfiffen wurde.

Immer schneller wurde der Ball geschlagen, immer höher und weiter flog er durch die Luft. Sarah und Maria gesellten sich zu einer Gruppe von Mädchen, die den Jungen zusah. Mit lauten Rufen feuerten sie die Spieler an. Dann wanderten die beiden weiter einen Feldweg entlang.

»Hier, Sarah, du musst das Ende gut festhalten. Mit beiden Händen.« Maria lief ein Stück voraus, und als sie die Schnur weit genug ausgerollt hatte, ließ sie den Drachen los. Eine Windbö kam und ließ ihn sanft kreiselnd erst in die Luft steigen und dann wieder herabsinken. Kurz bevor er den Boden berührte, stieg er wieder auf, immer höher, bis er nur noch als ein tänzelnder roter Fleck am Himmel zu sehen war.

»Uih, so weit oben! Er stößt ja fast an die Wolken an. Jetzt will ich aber auch einmal halten, Sarah. Ich bin ganz vorsichtig und lasse ihn auch bestimmt nicht los.«

Mit leuchtend roten Wangen legte Maria den Kopf in den Nacken, schaute hinauf in den weißblauen Himmel, zog mit aller Kraft an der Schnur, juchzte, wenn ein plötzlicher Windeinfall den Drachen ins Trudeln brachte und ihn in eine andere Richtung wehte. Sie liefen über Stoppelfelder und weite Wiesen, sangen Kinderlieder und sagten Schüttelreime auf. Sarah atmete die klare Herbstluft tief in sich ein, fühlte sich leicht und unbeschwert.

Gegen Mittag kehrten sie in die Stadt zurück, durchquerten das School-Tor.

»Können wir nicht einen kleinen Umweg machen? Bitte, Sarah, wir essen doch immer erst um zwei Uhr zu Mittag. Lass uns zu der Mühle am Kanal laufen, da wo die Treidelschiffe festmachen. Aber ich bin schneller als du.«

Maria flitzte davon, hielt über ihrer Schulter die Schnur

mit dem zurrenden Drachen. Sarah eilte hinterher, tat so, als könnte sie nicht Schritt halten, keuchte und rang geräuschvoll nach Luft. »Nicht so schnell! Ich komm überhaupt nicht mit.«

»Erster! Gewonnen!«, rief Maria und hüpfte vor Freude auf und ab. »In meiner Klasse bin ich von den Mädchen die schnellste. Und jetzt wieder zurück!«

»Halt!«, rief Sarah und stützte sich an einer Hauswand ab. »Zuerst brauche ich eine Verschnaufpause.«

»Hoffentlich brauchst du keinen Stock wie meine Großmutter. Die kann auch nicht mehr richtig laufen«, meinte Maria und warf ihrer Patentante einen fürsorglichen Blick zu. »Soll ich dich auf dem Rückweg stützen?«

»Danke, mein Kind, ich schaffe es schon alleine. Und mit dem Stock würde ich gerne noch ein Weilchen warten. Maria Thins ist immerhin vierzig Jahre älter als ich.«

»Du siehst auch noch gar nicht so alt aus wie Großmutter. Warum trägst du eigentlich nie eine Haube, Sarah, so wie andere erwachsene Frauen auch?«

»Weil ich nicht verheiratet bin. Und weil ich gerne den Wind in meinen Haaren spüre.« Ihr Schnaufen ging allmählich in ein gleichmäßiges Atmen über. Sarah löste die Hand von der Hauswand, die von einer rankenden Pflanze gänzlich überwuchert war, und streifte sich ein paar Blätter von Schulter und Ärmel.

»Schau einmal, das hier sieht ja aus wie ein winzig kleiner Seestern mit fünf Armen«, sagte Maria und zupfte ein Blatt von einem herunterhängenden Zweig ab. »Weißt du, was das für eine Pflanze ist? In Botanik bin ich nicht so gut, ich glaube, der Lehrer mag mich nicht.«

Sarah nahm das silbrig grüne Blatt zwischen Daumen und Zeigefinger, hielt es gegen das Licht und betrachtete die kräftige Äderung. »Hm, diese Blattform habe ich noch nie gesehen. Aber der Wuchs der Pflanze erinnert mich an Efeu. Vielleicht handelt es sich um eine seltene Art oder um eine besondere Züchtung.«

Nachdem Sarah ihre Patentochter zum Oude Langendijk gebracht hatte, überlegte sie, ob sie auf direktem Weg nach Hause gehen oder erst noch einen Abstecher in die nahe gelegene Apotheke von Nicolaes van Leeuwenhoek machen sollte. Zwar hatte sie noch so viel Auripigment zu Hause, dass es für ihr neues Bild »Das Urteil des Paris« reichen würde, doch es erschien ihr praktischer, sich einen Vorrat anzulegen und somit unabhängig zu sein.

Als sie den Laden betrat und das vertraute Läuten der Türglocke ertönte, wunderte Sarah sich, dass niemand im Verkaufsraum zu sehen war. Sie rief einige Male, doch es kam keine Antwort. Unschlüssig studierte sie die lateinischen Beschriftungen auf den dunkel gefärbten Gläsern und Flaschen in den Regalen und wartete. Schließlich ging sie an der Theke vorbei zu der Tür, die ins Laboratorium führte, und klopfte an. Von innen kam ein undeutlicher Ruf, der wie ein »Herein!« klang.

Sarah drückte die Türklinke herunter. Doch anstelle der Lehrlinge, die sonst hier zu arbeiten pflegten, erblickte sie eine junge Frau, die auf einem Hocker stand und die Fenster putzte. Sie konnte kaum älter als zwanzig Jahre sein. Ihre weizenfarbenen Haare hatte sie im Nacken zu einem losen Zopf zusammengebunden. Die weit aufgeknöpfte Bluse ließ einen Einblick zu, der tiefer war, als es sich für eine Dienstmagd gehörte. Während sie ihre nackten Arme in einen Eimer tauchte, um dann einen Lappen auszuwringen, blickte sie mit gelangweilter Miene auf Sarah herunter.

»Die Apotheke ist geschlossen, Mevrouw. Habt Ihr das Schild an der Tür nicht gesehen?«

»Da war kein Schild«, antwortete Sarah eisig und stellte zu ihrer Verwunderung fest, wie sehr ihr diese unerwartete Situation missfiel.

»Dann ist es wohl heruntergefallen«, meinte die junge Frau schulterzuckend und reckte sich auf die Zehenspitzen, um die Oberkante des Fensterrahmens abzuwischen. Ihre Bewegungen waren von einer aufreizenden Trägheit. Ab und zu blinzelte sie unter ihrer Achsel hindurch und lächelte undurchschaubar.

»Ist Mijnheer van Leeuwenhoek im Haus?«, fragte Sarah und ärgerte sich im selben Moment über den gereizten Unterton in ihrer Stimme.

»Nein«, kam die Antwort vom Fenster. Die junge Frau griff nach einem zweiten, trockenen Lappen, hauchte auf die Scheiben und rieb in langsamen Kreisen über das Glas, ohne Sarah aus den Augen zu lassen. »Er wurde zu einem Krankenbesuch gerufen.«

»Wisst Ihr, wann Euer Herr zurückkommt?« Sarah biss sich auf die Lippen, am liebsten hätte sie die Frage zurückgenommen.

»Nicolaes ist mir keine Rechenschaft schuldig.« Die junge Frau öffnete das Haarband im Nacken, schüttelte den Kopf und strich sich mit den Fingern durch die taillenlangen Locken. Sie zog Grimassen und betrachtete währenddessen ihr Gesicht ausgiebig im Fensterglas.

Sarah stand wie angewurzelt. In ihren Ohren hallte der Klang eines Namens nach. Seines Namens: Nicolaes! Sie drehte sich um, bewegte sich wie trunken zum Ausgang zurück. Als sie ihren Fuß über die Schwelle setzte, schlug sie die Ladentür klirrend mit einer ungestümen Bewegung hinter sich zu. Ohne ein einziges Mal anzuhalten, hastete sie quer durch die Stadt nach Hause.

31

Sarah bog in die Choorstraat ein, kam erst kurz vor der Haustür zum Stehen und stemmte die Hände in die schmerzenden Seiten. Sie rang nach Luft, ihr Herz raste. Als sie wieder ruhiger atmen konnte, blickte sie sich suchend in der Straße um. Dann steckte sie sich zwei Finger in den Mund und pfiff mehrmals, rief laut Vosjes Namen. Als der Hund sich immer noch nicht zeigte, sperrte sie das Schloss an der Haustür auf und bemerkte schon in der Diele, dass die Tür zu ihrer Werkstatt eine Handbreit offen stand. Also hatte Trientje Anslo den Hund während ihrer Abwesenheit bereits hereingelassen. Seitdem Vosje eine Nacht unten in der Diele verbracht und den Schlaf der Vermieterin bewacht hatte, war sie nachsichtiger mit dem Tier geworden. Einmal hatte sie ihm sogar einen Rinderknochen gekocht und ein Stückchen geräucherten Speck vom Mittagessen übrig gelassen.

Sarah spähte um die Ecke und entdeckte Vosje, wie er zusammengerollt in seinem Korb lag. Er blinzelte matt aus trüben Augen zu ihr empor.

»Da bist du ja. Hast du mich denn nicht auf der Treppe gehört?« Sie beugte sich zu ihm hinunter, doch anstatt wie üblich aus dem Korb zu hüpfen und schwanzwedelnd an seiner Herrin hochzuspringen, blieb Vosje zitternd liegen. Sie streichelte ihm über den Kopf, und der Hund winselte leise und kläglich.

»Was ist los mit dir?«, fragte Sarah zunehmend beunruhigt. »Willst du mich heute gar nicht begrüßen?«

Sie holte ein Stück Stockfisch aus der Kammer und hielt es Vosje vor die Nase. Schwerfällig richtete der Hund sich auf. Kaum dass er stand, knickten seine Hinterbeine ein, und er sank in den Korb zurück.

Behutsam untersuchte Sarah alle Pfoten, strich mit Daumen und Zeigefinger entlang der Wirbelsäule vom Hals bis zum Schweif, suchte in dem dichten Fell nach einer Verletzung. Vosje zitterte noch heftiger, jaulte leise auf. Sarahs Kehle war wie ausgetrocknet, Schweißperlen traten auf ihre Stirn. Sie hielt ihr Ohr gegen Vosjes Rumpf, hörte sein Herz nur langsam und schwach schlagen. Schluchzend rieb sie ihre Wange an seinem Kopf, kraulte ihn beruhigend hinter den Ohren.

»Warte, mein Kleiner«, flüsterte sie heiser, »ich hole Hilfe. Es wird alles gut.« Sie rannte hinunter auf die Straße, lief ziellos vor dem Haus auf und ab, bis sie plötzlich spürte, wie jemand ihren Arm berührte.

»Mevrouw Meulemeester, sucht Ihr jemanden?«

Gerrit Poortvliet, der Diener des Bürgermeisters, streckte ihr fürsorglich seine Hand entgegen.

»Mein Hund«, schluchzte Sarah, »er kann nicht mehr laufen. Ich muss sofort in die Kromstraat. Zu Nicolaes van Leeuwenhoek, dem Apotheker.«

»Wir bringen den Hund zusammen dorthin. In welchem Haus wohnt Ihr? Ich besorge eine Schubkarre.«

Vorsichtig trugen sie Vosje die Treppe hinunter und polsterten die Karre mit einer weichen Decke aus. Sie schoben ihn durch die Gassen und über Brückenbögen, zwängten sich durch die Schar der Passanten vor der Nieuwe Kerk. Manchmal streckte Sarah im Laufen ihre Hand aus, streichelte den Kopf und das lange fuchsfarbene Fell, während sich Angst in ihrem Herzen breitmachte.

Nach einer Zeit, die ihr endlos lang erschien, kamen sie in der Kromstraat an. Ein zweites Mal an diesem Tag betätigte Sarah die Türglocke, und für einen Moment befürchtete sie, Nicolaes van Leeuwenhoek könne noch nicht von seinem Krankenbesuch zurück sein. Doch da öffnete sich die Tür zum Laboratorium, und der Apotheker trat ihr entgegen, zuerst lächelnd, dann mit erkennbarer Besorgnis. Noch nie war Sarah so erleichtert gewesen, ihn zu sehen.

Noch außer Atem, suchte sie nach Worten. Aber van Leeuwenhoek hatte die Situation bereits mit einem Blick erfasst. Er machte Gerrit Poortvliet ein Zeichen. Gemeinsam fassten sie die Zipfel der Decke und legten Vosje vorsichtig auf der großen rechteckigen Theke ab, auf der sich Waagen in verschiedener Größe, Mörser und Destilliergefäße aneinanderreihten. Mit sicheren Griffen tastete der Apotheker den Körper des Hundes ab, während Sarah Vosjes Kopf hielt und zärtlich streichelte. Behutsam zog van Leeuwenhoek die Lefzen des Tieres hoch, und Sarah erkannte mit Schrecken, dass die Schleimhäute in seinem Maul unnatürlich angeschwollen und bläulich verfärbt waren. Blutiger Speichel tropfte auf die Decke. Plötzlich lief ein Zittern durch den Körper des Hundes, er zuckte ein paar Mal heftig mit den Läufen, dann senkte sich sein Kopf ab, und er lag still und unbeweglich da.

Sarah stöhnte qualvoll auf und biss sich in den Handrücken, wollte nicht glauben, was doch so offensichtlich war. Gerrit Poortvliet trat neben sie und fasste sie am Ellenbogen, den sie mit einem energischen Ruck zurückzog. Der

Diener zuckte ratlos mit den Schultern und blickte den Apotheker fragend an.

Van Leeuwenhoek legte einen Finger auf seine Lippen und nickte dem jungen Mann, um Verständnis bittend, zu. Er zog einen Holzspachtel aus einem Tonbecher und rieb damit über die Zunge des Hundes, steckte den Spachtel in ein sauberes Glas und deckte das Gefäß mit einem kleinen Porzellanteller ab.

»Die äußeren Anzeichen lassen auf eine Vergiftung durch Digitalis schließen. Fingerhutextrakt. Möglich, dass der Hund einen Rattenköder gefressen hat. Aber ich werde trotzdem die Speichelprobe analysieren, um letzte Gewissheit zu bekommen«, sagte er und nahm Sarahs Hand, die sie ihm geistesabwesend überließ. »Ich weiß, wie viel Euch das Tier bedeutet hat, Sarah. Wollen wir es in meinem Garten begraben? Natürlich habt Ihr jederzeit Zugang zu dem Grab.«

Sie schüttelte stumm den Kopf, warf ihm jedoch einen Blick voller Dankbarkeit zu. Gleichzeitig war ihre Kehle wie zugeschnürt.

»Meint Ihr, Eure Vermieterin wäre damit einverstanden, wenn der Hund hinter ihrem Haus begraben wird?«, fragte van Leeuwenhoek ruhig und nahm auch die andere Hand zwischen seine.

Sarah schloss die Augen und nickte erschöpft. Van Leeuwenhoek gab dem Diener ein Zeichen, und sie machten sich zu dritt auf den Weg in die Choorstraat.

Als Gerrit Poortvliet die Schaufel zur Seite legte und Sarah auf den frischen Erdhügel hinter den Johannisbeersträuchern starrte, ließ sie ihren Kopf auf die Brust sinken. Sie schlug die Hände vors Gesicht und weinte, ohne sich ihrer

Tränen zu schämen, die nicht versiegen wollten. Sie fühlte den sanften Druck eines Arms auf ihrem Arm, vernahm geflüsterte Worte des Trostes, die nicht bis in ihr Bewusstsein vordrangen, weil der Schmerz über den Verlust ihren Verstand lähmte. Ihr Kopf ruhte an einer Schulter, Hände strichen zartfühlend über ihr Haar. Jemand umfasste ihre Taille, half ihr die Treppe hinauf in die Werkstatt und ließ sie sich auf das Bett niedersetzen. Man reichte ihr etwas zu trinken, das nach Lavendel und einer anderen, ihr unbekannten Substanz schmeckte und ihren Schmerz betäubte, sodass sie irgendwann das Gefühl für Zeit und Raum verlor.

32

Der Marmorfußboden der Nieuwe Kerk hallte wider von den Schritten der Menschen, die sich an diesem Ort zu einem Gedankenaustausch trafen oder sich vor dem Nieselregen hierher ins Trockene geflüchtet hatten. Kaufmannsleute und Ratsherren, in vornehmes Schwarz gekleidet, die Ehefrauen an ihrer Seite in farbenprächtiger Seide nach der neuesten Mode und mit kostspieligen Fächern, Handwerker und kleine Händler in grobem, verblichenem Wolltuch.

Die Wände des imposanten Gotteshauses erstrahlten in schmucklosem Weiß. Blickfänger waren die Orgel, die Kanzel und besonders die Gedenkstätte Willems I. von Oranien, die der geniale Bildhauer und Architekt Hendrick de Keyser errichtet hatte. Als ein Mahnmal aus weißem und schwarzem Marmor, ein Bauwerk innerhalb eines anderen Bauwerks. In der Mitte befanden sich der Sarkophag des Toten und eine geflügelte Frauenfigur als Sinnbild des

Ruhmes, in den Seitennischen vier weitere weibliche Bronzefiguren, die die Tugenden und die politischen Prinzipien symbolisierten: Gerechtigkeit, Kraft, Freiheit und Glaube, die das Fundament des Staates bildeten.

Sarah ließ sich auf den Stufen gegenüber einer kraftvollen Frauengestalt in antikem Gewand nieder, der Allegorie der Freiheit. In den Händen hielt diese als Zeichen ihrer Herrschaft ein Zepter und einen vergoldeten Hut mit der Inschrift »Aurea Libertas«, »goldene Freiheit«. Früher war sie oft hier gewesen, hatte sich regelmäßig zum sonntäglichen Gottesdienst eingefunden. Doch während der letzten Jahre, in denen sie mit Gott haderte, hatte sie keine Kirche mehr betreten.

Ein kleines Mädchen lief dicht an Sarah vorbei, wäre fast über ihre Füße gestolpert. Kichernd versteckte es sich hinter einer Säule. Ihm folgte ein kleiner braun-weiß gefleckter Hund mit lockigem Fell, der witternd stehen blieb. Nachdem er ausgiebig an dem Pfeiler geschnuppert hatte, hob er sein Bein. Eine Pfütze bildete sich unter seinem Bauch. Das Tier machte ein paar Schritte zur Seite und legte sich auf den Boden, den Kopf zwischen den Pfoten, und wartete so lange, bis das Mädchen hinter seinem steinernen Versteck hervorkam. Da sprang der Hund freudig auf und lief auf das Mädchen zu. Es beugte sich lachend zu dem Tier hinunter und drückte es fest an sich.

Voller Wehmut beobachtete Sarah die beiden, sodass sie gar nicht bemerkte, wie Vermeer näher kam. Er legte seinen regenfeuchten dunkelblauen Umhang ab und nahm neben ihr auf den Stufen Platz.

»Ich habe gute Nachrichten für dich, Sarah … Aber was ist denn mit dir? Deine Augen sind ja ganz rot und geschwollen.«

Sarah senkte den Kopf und presste die Lippen zusammen. Sie zog ein Taschentuch aus ihrer Rocktasche, wischte sich über die Augen und räusperte sich. Mit einer dünnen und brüchigen Stimme hörte sie sich sprechen. »Vosje ist tot. Wir haben ihn gestern begraben. Der Apotheker meint, er hätte einen vergifteten Köder gefressen.«

»Wie schrecklich. Du hast ihn sehr geliebt, nicht wahr?«

»Ja, soweit man das bei einem Tier sagen kann … Dieses Jahr war kein gutes Jahr für mich, Johannes. Es sind so viele – schlimme Dinge geschehen. Manchmal denke ich, das Glück hat mich ganz und gar verlassen.«

»Du darfst deswegen den Kopf nicht hängen lassen, Sarah. Nach jeder Krise gibt es im Leben auch wieder einen Auftrieb. Ich habe übrigens etwas herausgefunden, was dich interessieren dürfte. Es betrifft Simon Samuel, der bei uns im Haus nebenan wohnt.«

»Simon, der Steinmetz … er hat sich einige Male recht merkwürdig benommen«, erinnerte sich Sarah und fand allmählich ihre Beherrschung wieder. »Einmal, als wir uns in der Stadt begegnet sind, ist er auf die andere Straßenseite gegangen. Und ein anderes Mal hat er im ›Mechelen‹ am Nachbartisch gesessen und kein einziges Wort mit uns gesprochen. Leonaert Bramer war in dieser Runde auch dabei, erinnerst du dich?«

»Ich hatte schon seit einiger Zeit so ein eigenartiges Gefühl. Simon ist ein Haustyrann und scheint ein recht merkwürdiges Bild von Frauen zu haben. Seine Ehefrau und die beiden Töchter tun mir oft leid … Nach unserer letzten Sitzung habe ich ihn unter vier Augen zur Rede gestellt. Ich habe ihm auf den Kopf zugesagt, dass er dich verunglimpft hat und dass ich sein Verhalten innerhalb der Gilde zur Sprache bringen möchte. Er war völlig überrascht und hat ohne Umschweife zugegeben, dass er es war, der dich als Ikarus gezeichnet hat, der ins Meer stürzt.«

»Aber, warum nur?«, fragte Sarah und schaute Vermeer ungläubig an.

»Simon hatte damals von irgendwoher vorzeitig erfahren, dass du den Auftrag für den Donderslag bekommen solltest. Was natürlich seinem Selbstverständnis als Mann widersprach. Er war wütend und wollte seiner Verärgerung Luft machen – und dich gleichzeitig einschüchtern.«

»Dazu bedarf es allerdings mehr als einer stümperhaften Zeichnung«, entfuhr es Sarah wütend. Als sich ihr Zorn gelegt hatte, wurde sie nachdenklich. »Wenn Simon Samuel also zugegeben hat, dass er dieses Spottbild angefertigt hat … wer hat dann aber mein Bild gestohlen … und all die anderen merkwürdigen Taten begangen?«

»Simon hat hoch und heilig geschworen, mit dem Übrigen nichts zu tun zu haben. Und ich glaube ihm. Er ist zweifellos ein Hitzkopf, aber er ist nicht hinterhältig. Mit Sicherheit war er nicht derjenige, der deine Werkstatt auf den Kopf gestellt hat. Am fraglichen Nachmittag fand nämlich eine Zusammenkunft unserer Gilde statt. Ich habe die Anwesenheitsliste überprüft.«

»Dann war es offenbar niemand aus der Gilde. Darüber bin ich, ehrlich gesagt, erleichtert. Folglich sind der Diebstahl des ›Donderslags‹, der wirre Brief und der Einbruch bei mir zu Hause jemand anderem zuzuschreiben«, fasste Sarah nüchtern zusammen. »Und demnach gibt es in Delft noch eine weitere Person, die mich – einschüchtern möchte, wie Simon es genannt hat. Wenn es nicht sogar mehrere Personen sind. Von der Polizei habe ich bisher noch nichts Neues wegen meines Bildes erfahren. Von dem Drohbrief ganz zu schweigen. Ich habe nicht den Eindruck, als würden sich die Herren sonderliche Mühe geben, die Dinge aufzuklären.«

»Wenn du dich zu Hause nicht mehr sicher fühlst, dann kannst du für eine Weile bei uns einziehen. Unter dem Dach ist noch eine Kammer. Wir können sie für dich leer räumen.«

»Danke, Johannes. Das ist sehr fürsorglich von dir. Aber ich werde mich nicht verstecken«, antwortete Sarah trotzig und richtete sich gerade auf. »Wer etwas von mir will, soll es mir persönlich ins Gesicht sagen. Ich habe keine Angst!«

Johannes Vermeer seufzte resigniert. »Du musst wissen, was du tust. Aber sei vorsichtig. Offenbar haben wir es hier mit einem Verrückten zu tun.«

Noch eine Weile saßen sie schweigend nebeneinander und sahen den Leuten zu, die in der Kirche hin- und herflanierten. Einige gaben sich einer zwanglosen Plauderei hin, andere waren in ernsthafte Gespräche vertieft. Ein Mann mit einem Turban und einem türkisfarbenen orientalischen Gewand erregte Sarahs Aufmerksamkeit. Sie zückte ihr Skizzenbuch und begann zu zeichnen.

»Ich sollte öfter hierhergehen, auch wenn es kein katholisches Gotteshaus ist. Dieser Kirchenraum strahlt etwas Zurückhaltendes und gleichzeitig Erhabenes aus«, sinnierte Vermeer. »Ich hoffe nur, dass Tanneke mit dem Putzen fertig ist, wenn ich nach Hause komme. Damit ich wieder meine Werkstatt betreten kann. Zum Malen wird das Licht zwar nicht reichen. Aber ich werde diesen Regentag dazu nutzen, Pigmente zu reiben und frische Farben anzumischen. Damit ich beim nächsten Sonnenstrahl ohne Verzug mit der Arbeit beginnen kann.«

Auf dem Nachhauseweg kaufte Sarah Äpfel und Eier ein. Sie verspürte Appetit auf Pfannkuchen, und vielleicht hätte Trientje Anslo Lust, ihr beim Essen Gesellschaft zu leisten. Sie lud den Einkaufskorb in der Küche ab und ging nach oben in ihre Kammer, weil die Vermieterin außer Salz keine anderen Gewürze verwendete. Als sie sich bückte, um ein Glas Zimtstangen und gemahlene Nelken aus dem Schränkchen zu holen, fiel ihr ein Skizzenbuch vor die Füße. Sie hob es auf und öffnete das schmale hohe Fenster, das auf den Garten zeigte, um mehr Licht in den winzig schmalen Raum zu lassen. »Oktober 1654« stand in ihrer Handschrift auf dem Einband geschrieben.

Und mit einem Mal schoss ihr das Blut in den Kopf. Sie blätterte durch die Seiten, zuerst langsam, dann immer schneller. Ihre Augen fixierten die Skizzen, die sie am Morgen des Donderslags gezeichnet und das letzte Mal in den Händen gehalten hatte, als sie die kleine Szene vom Oostpoort in das fast fertige Gemälde einfügte. Zwei Männer, ganz offensichtlich darauf bedacht, von niemandem beobachtet zu werden, waren vor einem Lagerhaus zusammengekommen. Der ältere von ihnen, ein vornehm gekleideter Mann, auf dessen Wange ein Feuermal in Form eines Halbmondes prangte, redete eindringlich auf einen jüngeren ein.

Ihr Herz schlug bis zum Hals. Wie kamen diese Skizzen ausgerechnet in die Vorratskammer? Das Buch gehörte doch nach nebenan, in das hohe Regal mit den Malutensilien. In ihre Erinnerungen schob sich das Bild von der verwüsteten Werkstatt. Farbtiegel, Leinwände und Skizzenbücher, die auf dem Boden verstreut lagen. Hatte sich das Heft bereits am Tag des Einbruchs hier, zwischen den Tellern und Gewürzen, befunden? Dann fiel ihr wieder ein, dass sie einmal, als Vosje winselnd und mit einem Dorn in der Pfote die

Treppe heraufgehumpelt kam, in der Eile etwas aus der Hand gelegt und sich zunächst um den Hund gekümmert hatte. Es konnte nur dieses Buch gewesen sein, und sie hatte es danach, weil sie durch Vosje zu sehr abgelenkt war, einfach vergessen.

Sarah schenkte sich ein Glas Wacholderschnaps ein, versuchte, Ordnung in den Wirrwarr ihrer Gedanken und Empfindungen zu bringen. Vielleicht hatte Trientje Anslo mit ihrer Vermutung recht und der Einbrecher hatte nur etwas gesucht. Etwa diese Skizzen? Doch was war an ihnen Besonderes? Sie zeigten die letzten Minuten der Unschuld und der Stille, bevor ein Feuersturm das Leben der Delfter Bevölkerung veränderte. Und auch das ihre – für immer …

Mit fahrigen Händen füllte sie den Becher nach, trank in hastigen Zügen. Ihr Blick fiel auf den Fußboden. Unter dem Fenster, in der hintersten Ecke der Kammer, lag etwas Bräunliches. Es sah aus wie die Reste vertrockneten Laubs. Wann hatte sie das letzte Mal hier sauber gemacht? Richtig, es war am Tag vor dem Einbruch gewesen, und sie erinnerte sich genau, dass sie die Bohlen besonders gründlich gewischt hatte.

Sarah faltete ein Stück Papier, schob es unter das Häufchen und füllte die Krümel vorsichtig in eine Muschelschale, die sie mit Pergamentpapier verschloss. Dann nahm sie den Becher und die Flasche mit dem Wacholderschnaps, setzte sich vor den Kamin und sah in die züngelnden Flammen, bis draußen die Dämmerung einsetzte. Manchmal streckte sie unbewusst ihre Hand aus, wie sie es oft getan hatte, wenn sie Vosje den Rücken kraulte, und zog sie jäh wieder zurück, als sie ihren Irrtum bemerkte.

33

Maatje, die haselnussfarbene Stute, wieherte aufgeregt, als Sarah durch den gepflasterten Innenhof der Schmiede schritt. Die Tür zur Werkstatt stand weit offen. Hercules Metsu hieb mit einem gewaltigen Hammer auf eine rot glühende Sichel, deren Ende er mit einer Zange festhielt. Der rhythmisch metallische Klang erfüllte den ganzen Hof.

»Sarah Meulemeester, ich hatte mir schon gedacht, dass Ihr es seid. Maatje meldet sich nämlich nie, wenn ein Fremder kommt.«

Der Schmied legte das Werkzeug zur Seite und wischte seine klobigen Finger an der dicken Lederschürze ab. Die hochgekrempelten Ärmel ließen seine sehnigen, behaarten Unterarme frei. Alles an ihm schien zu groß und zu breit geraten – Gesicht, Nase, Hände und Oberkörper. Er marschierte mit Sarah über den Hof zur Scheune und öffnete einen Bretterverschlag. Die Stute rieb ihren Kopf an Sarahs Schulter, ließ sich über die Blesse auf der Nase streichen. »Braves Mädchen«, raunte Sarah ihr ins Ohr, »hast du Lust auf einen Ausritt?« Das Tier blähte die Nüstern und tänzelte unruhig mit den Hinterbeinen.

»Ihr werdet Maatje bestimmt eine Riesenfreude machen. Sie steht in letzter Zeit viel zu viel im Stall. Seitdem unser jüngster Enkel krank geworden ist, hat niemand mehr Zeit, mit ihr auszureiten«, erklärte Hercules Metsu und nahm das Zaumzeug vom Haken.

»Was ist mit ihm?«, fragte Sarah und suchte zwischen den Strohballen auf dem Gang nach einem Schemel. »Hattest du mir nicht erzählt, dass er als Koch auf einem Handelsschiff anheuern will?«

»Koch – das ist sein großer Traum. Aber vor zwei Wochen hat er sich drüben in der Werkstatt an einem glühenden Eisen den Arm verbrannt. Die Wunde eitert und will einfach nicht verheilen. Manchmal bekommt er Fieberanfälle, liegt nur im Bett herum und fantasiert vor sich hin«, erklärte der Schmied bedrückt und legte der Stute das Zaumzeug an. Willig ließ sie die Prozedur über sich ergehen.

»Wart ihr schon bei einem Arzt?«, fragte Sarah, stieg auf den dreibeinigen Schemel und legte sich die Zügel zurecht.

»Nein, einen Medicus können wir uns nicht leisten. So einen Menschen wie Euren Vater, der sich um seine Patienten aufrichtig kümmert, anstatt ihnen den letzten Stuiver aus der Tasche zu ziehen, findet man heutzutage kaum noch. Jeder ist nur auf seinen Vorteil bedacht, immer nur geht es ums Geld. Meine Frau versucht jetzt, die Wunde mit Heilerde und Kräuterwickeln zu behandeln.«

»Geh mit deinem Enkel zu Nicolaes van Leeuwenhoek, dem Apotheker in der Kromstraat. Und bestell ihm einen Gruß von mir. Ich bin sicher, er wird dem Jungen helfen können.«

Sarah schwang sich auf den Rücken des Pferdes und zog los, überquerte die Schie und trabte über die Felder Richtung Westen. Sie schnalzte mit der Zunge und feuerte Maatje an, galoppierte mit ihr durch endlos weite Wiesen, vorbei an einsamen Bauernhöfen und einem verlassenen Gasthof, dessen schwarz verkohlte Mauern von einem Brand zeugten. Sie ritt so weit, bis irgendwann am Horizont die See auftauchte. Dort stieg sie ab und stellte sich auf den Dünenkamm, ließ ihren Blick auf der unendlichen Weite des Meeres ruhen. Nichts schränkte ihre Sicht ein, nichts lastete mehr auf ihr. Sie spürte den Wind, der über das

Wasser zu ihr kam und durch ihre Haare und Kleider fuhr wie eine sanfte Umarmung. Am liebsten hätte sie die Zeit angehalten und diesen Augenblick zur Ewigkeit gemacht.

Die Stute senkte den Kopf und knabberte an einem Büschel Strandhafer. Sarah ging alleine zum Meeressaum, sah zu den Möwen hinauf und ihren kleineren Verwandten, den Seeschwalben, wie sie mit lautem Gekreische über ihren Kopf hinwegflogen, ab und zu pfeilschnell im Wasser verschwanden und mit einem silbrig glänzenden, zappelnden Fisch im Schnabel wieder auftauchten. Dann zog sie Schuhe und Strümpfe aus und legte sie nebeneinander in den Sand, raffte ihren Rock und ließ eine Welle ihre Knöchel umspülen. Sie zuckte zusammen, denn ihre Fußsohlen schmerzten vor Kälte. Im raschen Wechsel hob sie die Beine an, ging noch ein Stück weiter ins Wasser hinein, bis sich ihre Haut an die Temperatur gewöhnt hatte. Sie stapfte Richtung Norden. Als sie sich umdrehte, war Maatje nur noch als winzig kleiner Punkt in der Ferne zu erkennen. Ein lebloser Seestern schwappte zwischen ihren Beinen hindurch, wurde mit einer Welle an den Strand gespült und blieb dort liegen.

Sarah hielt inne, lehnte sich abwechselnd vor und wieder zurück, um in der Brandung nicht das Gleichgewicht zu verlieren, und sah auf das tote fünfarmige Meerestier. Ihr Herz begann schneller zu schlagen. Plötzlich lief sie los. Lief durch das schäumende Wasser bis zu der Stelle, wo ihre Schuhe und Strümpfe lagen. Ungeduldig zerrte sie an ihrem Rock, der sich zwischen den Zweigen wild wachsender Rosensträucher verfangen hatte, und eilte zu der wartenden Stute. Sie nahm Anlauf und schwang sich auf den Pferderücken, trieb Maatje im Galopp zurück bis zum großen Delfter Schie-Kanal. Die Stute stellte die Ohren auf und wollte schon den Weg zum Prinsen-Hof einschlagen, doch Sarah lenkte sie nach rechts an der Stadtmauer entlang.

Sie kamen an mehrstöckigen Speicherhäusern vorbei, in denen Teppiche, Porzellan und andere Erzeugnisse aus dem Vorderen und Hinteren Orient lagerten. Über den Dächern hing wie eine Wolke der Geruch von Gewürzen und Tee. Aus den offenen Fenstern der Seilereien und Holzwerkstätten erklangen die barschen Befehle der Meister an die Gesellen. Das letzte Haus auf der linken Straßenseite lag der großen Windmühle schräg gegenüber. Das Gebäude war eng und schmal und hatte nur ein Stockwerk. Obwohl es mitten am Tag war, waren die verblichenen grünen Fensterläden, von denen der Lack abblätterte, geschlossen. An dieser Fassade hatte sie an dem Tag gelehnt, als sie mit ihrer Patentochter nach dem Drachensteigen um die Wette gelaufen war. Eine Pflanze überwucherte das Mauerwerk, deren Blätter Maria an winzige Seesterne erinnert hatten.

Sarah empfand eine seltsame Beklommenheit, fühlte sich von diesem Ort magisch angezogen und gleichzeitig abgestoßen. Unwillkürlich streckte sie die Hand aus und zupfte ein paar der silbrig-grünen Blätter ab. Sie holte das Skizzenheft aus ihrer Tasche und legte die Blätter zwischen das Papier. In diesem Augenblick erklang ein Geräusch, das an ein Peitschenknallen erinnerte. Maatje wieherte verängstigt und stellte sich auf die Hinterbeine. Instinktiv beugte Sarah sich nach vorne, presste die Schenkel gegen den Pferdeleib und krallte ihre Finger in die Mähne. Donnernd schlugen die Vorderhufe auf das Kopfsteinpflaster, und die Stute sprengte in wildem Galopp in entgegengesetzter Richtung davon. Sarah drohte zur Seite hin abzurutschen, konnte sich erst in letzter Sekunde an der zotteligen Mähne hochziehen und tastete mit der anderen Hand nach den Zügeln.

Wie von Sinnen raste die Stute bis zur Brücke zurück, bog dort nach rechts in den Schoolsteeg ein und galoppierte zwischen den Häusern hindurch direkt auf einen Torbogen zu. Blitzschnell zog Sarah den Kopf ein, umklammerte mit beiden Armen den Hals der Stute und bekam endlich die Zügel zu fassen. Sie zog den Kopf des Pferdes zu sich heran, das heftig schnaubte und in ein gemächlicheres Tempo verfiel. Erleichtert klopfte sie mit der flachen Hand auf den Hals der Stute und raunte ihr beruhigende Worte ins Ohr.

Hercules Metsu half Sarah beim Absteigen. Erst als sie wieder festen Boden unter den Füßen hatte, merkte sie, wie sehr ihre Knie zitterten.

»War die alte Dame auch brav?«, wollte der Schmied wissen und rieb Maatjes schweißnassen Rücken mit einer Handvoll Stroh trocken.

»Natürlich, wie immer«, antwortete Sarah und zog ein Stück trockenes Brot aus der Tasche, das die Stute vorsichtig mit gebleckten Zähnen griff. »Sie ist zäh und ausdauernd wie ein Fohlen. Aber vorhin, an der großen Windmühle, hat sie gescheut. Wie der Teufel ist sie losgerannt. Irgendetwas muss sie erschreckt haben.«

»Seltsam«, murmelte der Schmied und blickte Sarah nachdenklich über den Pferderücken an. »Sie lässt sich doch sonst nicht so leicht aus der Ruhe bringen. Ein Glück nur, dass Ihr nicht heruntergefallen seid.«

»Weißt du, wer in dem alten Haus gegenüber der Windmühle wohnt? Ich meine das mit den grünen Läden und der Kletterpflanze an der Fassade?«

»Irgendein Verrückter. Man sieht ihn nur selten auf der Straße. Die Läden sind immer geschlossen, sogar tagsüber. Es heißt, er war früher einmal Advokat. Ein sehr angesehener sogar. Seit dem Tod seiner Frau vor drei Jahren hat er sich dem Suff ergeben.«

»Weißt du zufällig seinen Namen?«

»Lasst mich nachdenken. Ich glaube, er heißt so ähnlich wie Everkamp … oder Averkamp.«

Sarah stutzte. Sie wusste, dass sie diesen Namen schon einmal gehört hatte. Aber sie konnte sich nicht erinnern, wann und wo.

»Danke, Hercules. Ach, ja … ich habe dir vorhin von dem Apotheker in der Kromstraat erzählt. Ich treffe ihn noch heute. Er wird bestimmt von sich hören lassen.«

34

Nicolaes van Leeuwenhoek versprach, dem Enkel des Schmieds einen Besuch abzustatten und sich die eiternde Wunde anzuschauen. Dann verschloss er die Ladentür und begleitete Sarah auf die gegenüberliegende Seite der Kromstraat. Sie machten Halt vor einem prachtvoll gestalteten Bürgerhaus mit einem elegant geschwungenen, dreistufigen Giebel. Nicolaes betätigte einen vergoldeten Türklopfer, der die Form einer Eidechse hatte. Nach einer Weile waren von innen Schritte zu hören. Anthonis van Leeuwenhoek spähte durch den Türspalt und ließ die beiden eintreten. Er wandte den Kopf und machte eine Handbewegung in Richtung des hinteren Teils der Diele. Man hörte ein aufgeregtes Trippeln und dann eine Tür, die ins Schloss fiel. Nachlässig knotete er seinen tiefroten, goldbestickten Hausmantel zu und fuhr sich mit unbekümmertem Lächeln durch die kastanienbraunen, zerzausten Locken.

»Nicolaes, du verstehst es, deinen Bruder zu überraschen. Und noch dazu in so reizender Begleitung. Charmant, charmant. Möchtest du mich der Dame nicht vorstellen?«

Nicolaes van Leeuwenhoek warf seinem Bruder einen warnenden Blick zu. »Mein Bruder Anthonis, und das ist Sarah Meulemeester. Sie ist Malerin.«

Anthonis machte eine tiefe Verbeugung, berührte mit den Lippen fast Sarahs Handrücken. »Sehr erfreut, meine Teuerste. Warum hat mir mein Bruder nicht schon längst von Euch erzählt? Malerin ... vielleicht kenne ich sogar ein Bild von Eurer Hand. Was ist Euer Spezialgebiet? Halt, lasst mich raten ... Ihr malt Stillleben. Ich sehe sie geradezu vor mir: üppige Blumenbouquets in antiken Vasen, schillernde Käfer und Schmetterlinge, eine Schale mit herbstlichen Früchten, ein Glas, in dem glutroter Wein verheißungsvoll funkelt und süßeste Wonnen verspricht ...«

»Sarah ist Historienmalerin«, schnitt Nicolaes seinem Bruder das Wort ab. Dieser hob anerkennend die Brauen und spitzte die Lippen zu einem lautstarken Pfiff. Er schaute von Sarah auf seinen Bruder und wieder zurück, schmunzelte vielsagend. Sarah achtete nicht auf sein Benehmen. Fasziniert schaute sie um sich, sah Regale, die bis zur Decke reichten und in denen Tuchballen in allen erdenklichen Farben und den unterschiedlichsten Webarten lagerten: Wolle, glänzende Seide, Leinen und Damast sowie Taft und golddurchwirkter Brokat. Am liebsten wäre Sarah an die Regale gegangen und hätte die feinen Gewebe durch ihre Hände gleiten lassen.

»Ihr sucht sicher einen Stoff für ein neues Kleid. Darf ich fragen, zu welchem Anlass Ihr es tragen möchtet, werte Sarah Meulemeester?«

»Nein, von Tuchen ist nicht die Rede. Wir möchten dich

um einen Gefallen bitten«, erklärte Nicolaes. »Du hast mir kürzlich von deinem neuen Mikroskop erzählt. Es geht um Reste von Laub. Die Blätter haben mehrere Tage in einer trockenen Umgebung gelegen. Ich kann mit meinen Reagenzien nur feststellen, dass es sich um pflanzliches Material handelt, aber nicht, um welche Art. Möglicherweise kannst du Anhaltspunkte finden, die Rückschlüsse auf Form und Gattung zulassen.«

»Sofern ich mit meinem Wunsch nicht Eure kostbare Zeit raube«, meinte Sarah und zog unschlüssig die Muschelschale aus der Tasche.

»Für eine schöne Frau habe ich immer Zeit«, entgegnete Anthonis van Leeuwenhoek gut gelaunt und warf Sarah einen herausfordernden Blick aus seinen dunklen Augen zu. Er geleitete die beiden durch einen Flur in einen Raum, in dem sich Bücher und Folianten auf dem Boden und auf Tischen aufeinandertürmten. Gläser, in denen seltsame Gebilde in einer durchsichtigen Flüssigkeit schwammen, füllten mehrere Regale. Sarahs Blick blieb an einem Totenkopf auf dem Schreibtisch hängen. Anthonis van Leeuwenhoek bemerkte, wie sie unwillkürlich zurückwich, und schien amüsiert.

»Meine teure Sarah Meulemeester, hier seht Ihr den ersten Kunden meines geliebten Bruders Nicolaes … Aber nein, das war natürlich nur ein Scherz. Dieser Schädel ist ein Appell! Er soll mich immer daran erinnern, dass unsere Zeit auf dieser Erde begrenzt ist. ›Memento mori‹, ›Mensch, gedenke, dass du sterblich bist‹. Aus diesem Grund müssen wir jede Sekunde unseres Lebens nutzen. Für die Erforschung der Welt, die Erkenntnis von Naturgesetzen und vor allem für so wichtige Dinge wie die Natur von Mann und Frau …«

»Können wir jetzt anfangen?«, unterbrach Nicolaes ungeduldig den Monolog seines Bruders. Anthonis setzte sich lächelnd an einen quadratischen Tisch neben dem Fenster, auf dem unterschiedlich gestaltete Mikroskope der Größe nach geordnet waren. Mit einem Spachtel füllte er einen Teil des Muschelinhaltes auf eine zwei Finger lange und breite Glasscheibe und breitete die Überreste vorsichtig nebeneinander aus, bis kein Teilchen mehr ein anderes bedeckte. Dann schob er sie in die Apparatur. Er beugte sich über den kupfernen Zylinder und blinzelte mit einem Auge hinein.

»Fantastisch«, begeisterte er sich, »die Strukturen sind makellos. Ihr glaubt nicht, wie schwierig es ist, einen Linsenschleifer zu finden, der wirklich präzise arbeitet. Nachdem ich feststellen musste, dass es in ganz Holland keinen gibt, der meinen Ansprüchen genügt, schleife ich meine Linsen selbst. Mögt Ihr einmal hineinschauen?«

Er winkte Sarah zu sich heran. Sie beugte sich vor und erblickte gekräuselte Blattränder, Stiele und feinstes Aderwerk. Winzige Wunderwerke der Natur, die ihr plötzlich riesig und gewaltig vorkamen.

»Das eigentliche Geheimnis dieses optischen Gerätes befindet sich im Inneren des Gehäuses«, hörte sie Anthonis hinter sich sagen. Sie spürte seinen Atem auf ihrem Nacken, roch den Duft von Moschus, der seinem Hausmantel entströmte. »Eine winzig kleine Linse. Sie lässt die Dinge um ein Vielfaches größer erscheinen, als sie eigentlich sind. Für die plötzliche Vergrößerung von Materie gibt es allerdings auch noch andere Erklärungen, solche, die keinen physikalischen Gesetzmäßigkeiten unterliegen ...«

Sarah wollte einen Schritt zur Seite ausweichen, doch dann wäre sie mit Anthonis zusammengestoßen, der seine Arme dicht neben ihrem Oberkörper aufgestützt hatte.

»Möchtet Ihr auch einmal hineinschauen, Nicolaes?«, fragte sie und blinzelte hilfesuchend zu Nicolaes van Leeuwenhoek hinüber, ohne ihre gebeugte Haltung zu verändern.

»Möchtet Ihr nicht näher treten, Nicolaes?«, scherzte Anthonis und ahmte Sarahs Tonfall nach. »Wie förmlich ihr miteinander seid. Ich dachte, ihr beiden würdet euch schon länger und vor allem – besser – kennen.«

»Sarah Meulemeester ist eine langjährige Kundin von mir«, antwortete Nicolaes knapp und schob unwirsch seinen Bruder zur Seite. Er warf nur einen flüchtigen Blick in das Innere des Apparates und fragte gereizt. »Und? Kannst du erkennen, um welche Pflanze es sich handelt?«

»Nicht so ungeduldig, liebster Bruder. Zur Beantwortung einer solchen Frage bedarf es äußerster Sorgfalt.« Anthonis entnahm eine weitere Probe der Muschelschale und legte diese unter den Zylinder, richtete die Position der Blattreste mit zwei Pinzetten aus. Mit der einen Hand zog er ein Blatt Papier und einen Stift zu sich heran, mit der anderen drehte er an einem Schieber des kupfernen Zylinders.

»Großartig, die Konturen sind jetzt noch klarer zu erkennen. Dieses Mikroskop erreicht eine zweihundertfünfzigfache Vergrößerung. Aber ich arbeite daran, ein noch besseres zu entwickeln.« Er nahm den Stift, schaute abwechselnd zwischen Mikroskop und Papier hin und her und skizzierte die Formen, die sich vor seinem Auge auftaten, in Umrissen nach. Sarah erkannte unterschiedlich lange und breite Formungen, die mal an eine Sichel, mal an ein gezacktes Dreieck erinnerten, jedoch kein Ganzes ergaben. Anthonis öffnete eine Tischschublade, suchte nach einem Federmesser und schnitt die Zeichnungen aus. Dann breitete er sie auf der Tischplatte aus und schob die einzelnen Schnipsel hin und her, fügte zusammen und ordnete wieder neu, so lange, bis er schließlich zufrieden war. Mit dem Finger deutete er auf etwas, was die Form eines Seesterns hatte.

Sarah wusste nicht, ob sie überrascht sein sollte oder ob sie insgeheim mit diesem Ergebnis gerechnet hatte. Sie zog ihr Skizzenheft aus der Rocktasche und holte eins der silbrig-grünen Blätter heraus, die sie vor weniger als einer Stunde von der Hauswand gegenüber der großen Mühle abgezupft hatte, und hielt es Anthonis entgegen.

»Könnte es sich um diese Pflanze handeln?«

Anthonis van Leeuwenhoek nahm das Blatt zwischen Daumen und Zeigefinger und hielt es gegen das Licht.

»Das wäre möglich. Eine fünflappige, recht seltene Efeuart, wenn ich mit meiner Vermutung richtig liege.« Er ging hinüber zu den Folianten und suchte ein in schwarzes Leder gebundenes Album heraus. Mit gerunzelter Stirn blätterte er durch die Seiten. Auf einmal nickte er.

»Hier, das muss es sein: ein *hedera illustris*, entstanden durch eine Mutation des *hedera helix*. Ein Bedecktsamer und Wurzelkletterer, er gehört zur Familie der *araliaceae*, der Araliengewächse. Eine Pflanze kann bis zu zwanzig Meter hoch und mehrere hundert Jahre alt werden … Ich kann mich allerdings nicht daran erinnern, ein solches Exemplar hier in Delft schon einmal gesehen zu haben.«

Sarah streckte ihm freundlich ihre Hand entgegen und ließ sich nicht anmerken, wie sehr sie seine Auskunft aufgewühlt hatte. »Nun habe ich Eure Zeit lange genug in Anspruch genommen. Danke, Ihr habt mir sehr geholfen, Mijnheer van Leeuwenhoek.«

»Diesen Dank nehme ich nur an, wenn Ihr mich künftig Anthonis nennt, liebste Sarah. Und wenn Ihr wieder einmal in der Kromstraat seid und bei meinem Bruder Farben einkauft, müsst Ihr mich unbedingt besuchen kommen. Ich würde liebend gerne noch weitere Naturgeheimnisse mit Euch erforschen.«

Sie wechselten die Straßenseite und gingen zurück zur Apotheke. »Wie gefällt Euch mein Bruder?«, fragte Nicolaes van Leeuwenhoek.

»Er ist ein … ein sehr interessanter Mensch und … ein außergewöhnlicher Forscher. Mein Dank gilt auch Euch, Nicolaes, weil Ihr mich mit Eurem Bruder bekannt gemacht habt. Ich bin gerade dabei, ein Rätsel zu lösen, und ich glaube, durch ihn bin ich der Lösung einen großen Schritt näher gekommen.«

»Gut so. Und wenn Ihr die Lösung gefunden habt, würde ich gerne wissen, zu welchem Rätsel sie passt. Sofern Ihr es mir verraten wollt.« Er hielt inne, sprach zögernd und ein wenig verlegen weiter. »Anthonis fiel unsere allzu unpersönliche Anrede auf. Wir beide sind weiß Gott nicht immer einer Meinung, aber in diesem Punkt muss ich ihm recht geben. Ich denke, wir kennen uns lange genug, um auf derartige Förmlichkeiten zu verzichten. Meint Ihr nicht?«

Sarah nickte vage, konzentrierte sich darauf, in ihrem Kopf die seltsamen Geschehnisse der letzten Monate zu einem logischen Ganzen zu fügen, so wie Anthonis kurz vorher die Form eines Blattes gebildet hatte. Doch es wollte ihr nicht gelingen.

Nicolaes van Leeuwenhoek fuhr hastig fort, als befürchte er, es könne doch noch ein Einspruch kommen. »Dann darf ich dich also zum Essen einladen, Sarah? Wie wäre es mit morgen, um zwölf Uhr?«

»Ja, gerne«, antwortete sie zerstreut und wandte sich zum Gehen. In ihren Ohren klangen die Worte nach, deren Bedeutung sie erst jetzt erfasste. Nicolaes van Leeuwenhoek hatte vertraulich und wie ein alter Freund zu ihr gesprochen. Und sie hatte sich nicht dagegen gewehrt! Ruckartig drehte sie sich um. Sie sah, wie das Lapislazuli seiner Augen in der Herbstsonne schimmerte. Die Madonnenbilder Raffaels kamen ihr in den Sinn mit ihren tiefblauen Gewändern. Um seine Augen- und Mundwinkel zeichneten sich feine Lachfalten ab. Er wirkte jung und sehr beschwingt. Sie berührte seinen Arm, kaum länger als einen Wimpernschlag, doch lang genug, um das Weiche, Samtige seines Umhangs zu ertasten. »Ich werde pünktlich sein und vorher nichts frühstücken«, hörte sie sich dumpf sagen, denn in diesem Augenblick schlug die Turmuhr der Nieuwe Kerk die fünfte Stunde.

»Gibt es etwas, was du nicht magst?«

»Fleisch!«, rief sie ihm von Weitem zu und war schon um die nächste Straßenecke verschwunden. Dann blieb sie ruckartig stehen, änderte die Richtung und schlug den Weg zum Oude Langendijk ein.

35

Mijnheer und Mevrouw sind mit den vier ältesten Kindern zu einer Taufe eingeladen und werden erst spät zurück sein«, erklärte Tanneke Everpool und wischte sich ihre geröteten, rissigen Hände an der Schürze ab.

»Ist jemand gekommen, Tanneke?«, erklang von oben die Stimme Maria Thins'.

»Sarah Meulemeester, Mevrouw, sie wollte Euren Schwiegersohn sprechen.«

»Frag sie, ob sie auch mit mir vorliebnehmen möchte. Wenn ja, schick sie herauf!«

Sarah ging ins Obergeschoss, wo Maria Thins im Flur bereits auf sie wartete. Die alte Frau führte sie in den hinteren Teil des Hauses, der dem Markt abgewandt lag. Hier war ihr Reich, das Sarah heute zum ersten Mal betrat. Die Einrichtung war hell und von einer spielerischen Leichtigkeit, die so gar nicht zu dem schwarzen, strengen Äußeren ihrer Bewohnerin zu passen schien. Bett- und Fenstervorhänge waren aus hellblauem Taft, die grazilen Nussbaum-Möbel wiesen auf eine französische Herkunft. Die Gemälde, die die Wände schmückten, waren größtenteils im Nebenzimmer dieses Hauses entstanden. Sie entstammten der Hand ihres Schwiegersohns.

Maria Thins lehnte ihren Stock gegen eine hochglänzend polierte Intarsien-Kommode und ließ Sarah in einem Sessel mit Gobelinstickerei Platz nehmen. Die geschwungenen Holzbeine endeten in Löwentatzen. Sarah setzte sich hin und war überrascht, wie bequem dieses Sitzmöbel trotz seines zierlichen Aussehens war.

»Wie angenehm, jemanden zum Plaudern zu haben. Trinkt Ihr einen Tee mit mir, Kindchen?«, fragte Maria Thins und zog ein Tablett mit einer Silberkanne und dünnwandigen Gläsern zu sich heran.

»Ja gerne. Tee ist ein herrliches Getränk. Ich mag den fein-würzigen Geschmack, ganz besonders in Verbindung mit Kandis.«

Maria Thins lächelte, füllte zwei Gläser und reichte Sarah die Zuckerschale. »Hier, greift zu. Der Zucker soll zwar schlecht für die Verdauung sein, aber manchmal tut es gut, etwas Süßes auf der Zunge zu spüren. Zucker besänftigt das Gemüt und umschmeichelt die Seele.«

Schweigend tranken sie den Tee, ließen langsam die Kandisstückchen auf der Zunge zergehen. Maria Thins blickte Sarah aus schmalen Augen nachdenklich an.

»Heute gefallt Ihr mir gar nicht, meine Liebe. Als ich Euch das letzte Mal sah, wart Ihr viel gelassener. Ihr habt irgendetwas Unruhiges, ja, Gehetztes an Euch.«

»Ihr seid eine gute Beobachterin, Maria. Ich fühle mich tatsächlich in gewisser Weise … gehetzt.«

»Möchtet Ihr mir erzählen, warum? Oder handelt es sich um etwas Persönliches, das Ihr lieber nicht mit mir besprechen wollt?«, fragte Maria Thins geradeheraus und nahm einen Schluck Tee. Verblüfft hob Sarah den Kopf, zögerte zunächst, doch dann strömten die Worte aus ihr heraus. Ausführlich schilderte sie die mysteriösen Ereignisse, die ihr Leben in den letzten Monaten bestimmt hatten. »Jedenfalls glaube ich, dass es einen Zusammenhang gibt zwischen dem Diebstahl, dem Durcheinander in meiner Werkstatt, dem Drohbrief und dem Efeu-Haus«, sinnierte Sarah.

»Was für eine verworrene Situation. Wie soll man da nur herausfinden?«, meinte Maria Thins und fügte mitfühlend hinzu. »Ihr lebt ganz alleine. Manches wäre sicher leichter für Euch, wenn Ihr einen Mann an Eurer Seite hättet.«

Sarah starrte auf das eingewebte Muster ihrer Schürze. »Haltet Ihr es für unangemessen, wenn ich dieses Thema anspreche?«, hörte sie ihr Gegenüber fragen. Sie nickte und schüttelte gleich darauf den Kopf.

»Ihr seid gebildet, hoch gewachsen und habt ein hübsches Gesicht«, fuhr Maria Thins in ihrer gütigen Art fort. »Zudem strahlt Ihr etwas Verletzliches und gleichzeitig Zupackendes aus. Ich kann mir vorstellen, dass Ihr schon vielen Männern den Kopf verdreht habt. Warum seid Ihr nicht verheiratet?«

Sarah schluckte mehrmals, kaute auf ihrer Unterlippe. Maria Thins streckte ihre Hand aus und legte sie teilnahmsvoll auf Sarahs Arm.

»Ich habe eine Vermutung. Verzeiht mir meine Neugierde … Wart Ihr vielleicht schon einmal verheiratet?«

Sarah schluckte und atmete schwer. Sie blickte in das von feinen Linien zerfurchte Gesicht ihres Gegenübers, in dem sich erlebtes Leid, Verstehen und Güte spiegelten. Schließlich nickte sie. Die Stimme, mit der sie antwortete, klang heiser und fremd: »Ja, Maria Thins. Ich war verheiratet. Eine kurze, wundervolle Zeit … Aber alles im Leben hat seinen Preis. Und den höchsten Preis fordert immer das Glück.«

Maria Thins verstärkte den Druck ihrer Hand. »Bitte nehmt mir das, was ich Euch jetzt sage, nicht übel, Sarah, aber ich beneide Euch. Ich selbst war viele Jahre lang verheiratet, und ich habe während meiner Ehe nur wenige glückliche Stunden erlebt. Irgendwann habe ich die Scheidung eingereicht, um nicht meine Selbstachtung zu verlieren … Und … wo befindet sich Euer Mann jetzt?«

»Er ist … tot.«

Bestürzt zog Maria Thins ihre Hand zurück. »Bitte entschuldigt, Sarah, das habe ich nicht gewusst. Johannes und Catharina haben mir nie etwas davon erzählt. Und ich pflege sie auch nicht über ihre Freunde auszufragen …«

Sarah lächelte, und sie wunderte sich, dass es ihr in diesem Moment gelang. »Nein, Ihr müsst Euch keinen Vorwurf machen. Zehn Jahre lang habe ich immer nur geschwiegen und dieses schmerzliche Kapitel tief in meinem Inneren verschlossen gehalten. Anders hätte ich nicht weiterleben können. Aber jetzt bin ich erleichtert, dass ich es Euch gesagt habe.«

Maria Thins hatte Tränen in den Augen. Sie nahm Sarahs Hände in ihre, drückte sie sanft. Dann wurde sie plötzlich lebhaft. »Lasst uns noch einmal über das sprechen, was Ihr mir soeben eröffnet habt … Was ist mit dem Skizzenbuch aus Eurem Vorratsschränkchen? Ich würde gerne einmal einen Blick auf Eure Zeichnungen werfen. Vielleicht fällt mir etwas auf, was Ihr bisher übersehen habt«, überlegte sie laut, während sie erneut Tee einschenkte.

»Hier, ich trage es seither immer bei mir. Ich bin Euch für jeden Fingerzeig dankbar.« Sarah reichte ihr das Heft, und Maria Thins blätterte aufmerksam Seite für Seite um. Dann zog sie ihre schwarz nachgestrichelten, fast waagerechten Augenbrauen hoch.

»Ihr kennt den Advokaten Averkamp?«

»Nein, aber ich habe diesen Namen schon mehrfach gehört.«

»Ihr habt ihn am Tag des Donderslags skizziert. In der Nähe vom Osttor, direkt vor der Brücke über die Schie. Seht Ihr, hier …« Maria Thins drehte das Heft herum. »Averkamp steht dort ganz dicht neben einem anderen Mann. Die beiden scheinen etwas Wichtiges zu besprechen.«

Sarahs Blick heftete sich auf die Zeichnung, als würde sie sich nie wieder von ihr lösen können. In diesem Moment fühlte sie wieder die harte, schroffe Rinde des Baumes an ihrer Wange, hinter dem sie sich versteckt hatte, roch das stickige Grachtenwasser, fühlte geradezu körperlich die Angst des älteren Mannes, bei seinem Tun beobachtet zu werden. Jenes Mannes, auf dessen rechter Wange sich ein leuchtend rotes Feuermal in Form eines Halbmondes abzeichnete. »Was ist mit diesem … Averkamp?«, fragte sie in gespannter Unruhe.

»Ich habe ihn sofort an seinem Feuermal erkannt. Ihr habt ihn sehr treffend dargestellt, Sarah. Er ist – nein, ich muss wohl sagen, er war – Advokat. Er hat für mich das Vertragliche geregelt, als ich vor Jahren dieses Haus gekauft habe.«

»Und, was macht er heute? Habt Ihr noch Kontakt zu ihm?«, wollte Sarah wissen und beugte sich vor, damit ihr keine Nuance der sachten Stimme Maria Thins' entging. Sie wagte kaum zu atmen.

»Nein, ich habe ihn schon seit einigen Jahren nicht mehr gesehen. Wer weiß, ob er überhaupt noch lebt. Averkamp war ein sehr guter Advokat, der beste in Delft und der ganzen Umgebung, wenn auch als Mensch schwierig im Umgang. Irgendwann hatte er angefangen zu trinken … Es wurde immer schlimmer mit ihm, schließlich hat man ihm die Lizenz entzogen. Man munkelt, es habe mit dem Tod seiner Frau zu tun gehabt. Sie war seit dem Donderslag in Schwermut versunken. Einen Tag nach der Hochzeit ihrer jüngsten Tochter ist sie ins Wasser gegangen und ertrunken. Das muss vor ungefähr drei Jahren gewesen sein.«

Sarah presste die Handflächen gegen die pochenden Schläfen, glaubte, Maria Thins müsse ihren Herzschlag hören. Jetzt musste sie sich ganz auf diesen Namen konzentrieren: Averkamp … Woher kannte sie ihn nur? Richtig, die Gildekollegen im »Mechelen« hatten ihn gegenüber dem Chronisten erwähnt und ebenso Neelken. Averkamp hieß auch die schöne unglückliche Frau, bei der Neelkens Mutter als Köchin gearbeitet hatte. Und hatte nicht auch Hercules Metsu, der Schmied, davon gesprochen, dass ein ehemaliger Advokat namens Averkamp in dem kleinen Haus gegenüber der Windmühle wohnte? In dem Haus mit den geschlossenen Fensterläden, dessen Fassade ein Efeu mit sternenförmigen Blättern bedeckte … War es möglich, dass die Blätter, deren Reste sie in ihrer Werkstatt gefunden hatte, von genau dieser Pflanze stammten? Sie hätte keinen zweiten Ort in der Stadt nennen können, an dem ebenfalls ein Sternen-Efeu wuchs.

»Ich bin froh, dass wir miteinander geredet haben. Ihr habt mir sehr geholfen, Maria Thins. Auch wenn ich noch nicht genau weiß, wie alles zusammenhängt. Es fehlen ein paar Mosaiksteinchen … Meine Aufgabe ist es offenbar, ein Rätsel zu lösen. Ein Rätsel, das in die Vergangenheit führt.«

Maria Thins nickte freundlich und gähnte verstohlen. »Entschuldigt, meine Liebe, aber ich bin durch das viele Reden müde geworden. Ich würde mich gerne zurückziehen.« Sie geleitete Sarah bis zur Treppe. »Ihr kennt ja den Weg. Und wenn alle Eure Fragen beantwortet sind, müsst Ihr endlich das Vergangene hinter Euch lassen und Euch der Gegenwart zuwenden, Sarah. ›Es ist nicht gut, dass der Mensch alleine sei‹, heißt es in der Bibel. Ihr solltet Euch wieder einen Mann suchen.«

»Ich brauche niemanden, ich komme auch alleine zurecht«, antwortete Sarah bestimmt. Sie zog ein Taschentuch aus dem Rock, um einen Teeflecken an ihrem Mieder abzutupfen. Das Taschentuch duftete nach Lavendel. Mit einer jähen Handbewegung steckte sie es zurück und verabschiedete sich.

Sie hüllte sich in eine Decke ein und zog den Stuhl nah an den Kamin heran, stellte die Füße auf ein glimmendes Tonbänkchen. Aufsteigende Wärme durchflutete ihren ganzen Körper. In diesem Moment hatte er sie gänzlich eingeholt, der Schatten der Vergangenheit. Aber diesmal widersetzte sie sich nicht. Sie ließ ihn Besitz ergreifen von ihrem Herzen und ihrem Verstand, gebot ihm Zugang bis auf den Grund ihrer Seele. Es war unendlich quälend. Doch sie musste diesen Schmerz zulassen, um sich endlich von dem Dämon zu lösen, der über ihr ganzes Sein herrschte. Seit jenem Tag vor zehn Jahren, an dem sie vor die Tore der Stadt gegangen war, um zu zeichnen.

Ihr Blick verlor sich in den züngelnden Flammen, und plötzlich sah sie in dem Feuer sich selbst, wie sie unter einer mächtigen Eiche kauerte, die Arme schützend über den Kopf hielt, während fünf Donnerschläge die Stadt erschütterten. Irgendwann, als die Erde aufgehört hatte zu beben, raffte sie sich auf, lief durch das Stadttor und stürzte durch die Straßen, vorbei an umgestürzten Bäumen, zerfetzten Armen, Beinen, Rümpfen und Köpfen. Aus den einstürzenden Häusern erklangen die verzweifelten Schreie der Verletzten. Hunde, Schweine und Pferde brüllten, die Luft vibrierte, war nur noch Rauch, Staub und Ruß. Hitze breitete sich rasend schnell aus, es roch nach verbranntem Fleisch. Sie hielt sich die Nase zu, würgte, taumelte weiter, mit Augen, die vom Qualm brannten. Es kam ihr wie eine Ewigkeit vor, bis sie in der Doelenstraat ankam. Dort, wo einst ihr Haus gestanden hatte, waren nur noch zwei Außenmauern und ein Haufen Ziegel zu sehen. Mit bloßen Händen räumte sie die Steine beiseite, schwitzend, röchelnd, wollte etwas glauben, was angesichts dieser Verwüstung schwer vorstellbar war. Schließlich sah sie, was sie schon vom ersten Donnerhall an befürchtet hatte. Einen Arm, an dem der weiße Hemdsärmel in blutigen Fetzen herunterhing. Wie betäubt starrte sie auf den Siegelring, den sie nur allzu gut kannte und der einem jungen Mann mit Kinnbart, flachsfarbenen Haaren und lachenden braunen Augen gehörte: Constantijn Meulemeester, ihrem Ehemann. Mit einem Schrei des Entsetzens grub sie weiter, hörte nicht auf die Nachbarn, die sie wegzuzerren versuchten, damit sie nicht von einer einstürzenden Mauer begraben wurde. Ein paar Männer räumten die kreuz und quer liegenden Dachbalken zur Seite, griffen nach einem Weidenkorb, in dem ein Säugling lag, aus dessen Augen, Mund und Ohren rote Rinnsale tropften. Wie benommen warf sie sich auf den Korb, hielt ihn umklammert, schrie, schluchzte, wollte weinen, doch ihre brennenden Augen waren wie ausgetrocknet. Das tote Kind in ihren Armen war Anneke, ihre sechs Monate alte Tochter.

36

Der Tisch glich einem erlesenen Stillleben mit einem schneeweißen Damasttuch, Blütenranken und silbernen Kerzenleuchtern. Teller und Schüsseln aus chinesischem Porzellan mit einem Dekor aus fliegenden Drachen gruppierten sich zwischen grün schillernden Gläsern und geschliffenen Karaffen, in denen sich auf vielfältige Weise das Licht brach.

»Auf diesen Moment habe ich schon so lange gehofft, Sarah. Deine Zeichnung mit der Schlange ist einfach hinreißend. Danke! Ich werde sie über das Virginal hängen. Dann habe ich sie beim Spielen immer im Blick.«

»Es ist dieselbe, die sich um den Arm der Hygieia windet auf dem Bild, das unten in deinem Laden hängt. Die Tochter einer Nachbarin hat mir damals Modell gestanden. Und die Schlange hatte ihr Bruder von einer Expedition aus Brasilien mitgebracht. Ich erinnere mich noch gut, wie das

Tier plötzlich verschwunden war. Auf allen vieren sind wir durch das Atelier gekrochen und haben die Schlange gesucht. Am nächsten Morgen ist sie dann wieder aufgetaucht. In meinem Bettkasten.«

Nicolaes van Leeuwenhoek warf ihr einen besorgten Blick zu. »Es wird doch wohl hoffentlich keine Giftschlange gewesen sein …« Dann erhob er sein Glas und stieß mit Sarah an. »Auf diesen wunderbaren Tag …«

Erwartungsvoll griff Sarah nach dem Ebenholzlöffel, dessen Stiel in einer silbernen Hülle steckte. »Hm, die Kastaniensuppe ist ausgezeichnet. Ich schmecke Nuss und Rahm … und irgendein unbekanntes Gewürz.«

»Indischen Pfeffer. Ich liebe es, Gewürze zu testen und neue Geschmacksrichtungen zu kreieren.«

»Du überraschst mich, Nicolaes. Du komponierst für das Virginal und du kochst. Das sind ungewöhnliche Talente.«

Van Leeuwenhoek schenkte für Sarah Wein vermischt mit Wasser nach und für sich selbst unverdünnten Wein. Er lächelte geschmeichelt und winkte sogleich bescheiden ab. »Gewürze und Kräuter sind eine Leidenschaft, die von meinem Studium herrührt. Allerdings habe ich für das Kochen nicht die geringste Begabung. Ich stelle nur die Zutaten für ein Rezept zusammen, kochen muss jemand anderes.«

»Und … wer ist das?«, fragte Sarah leichthin und griff zu ihrer Damastserviette mit den eingestickten Initialen N und L, um das Zittern ihrer Unterlippe zu verbergen.

»Bis vor einem Monat war es meine alte Köchin. Sie hat sich inzwischen zur Ruhe gesetzt und lebt jetzt bei ihrem Sohn und den Enkeln. Glücklicherweise habe ich schnell Ersatz gefunden. Eine Nichte meiner früheren Frau war auf der Flucht vor einem eifersüchtigen Liebhaber. Sie ist plötzlich hier aufgetaucht und führt mir jetzt den Haushalt. Du müsstest ihr schon einmal begegnet sein.«

Van Leeuwenhoek öffnete den Deckel einer Terrine, in der verschiedene Fischsorten lagen, eingerahmt von gedünsteten grünen Bohnen, Zwiebeln und Kürbisstückchen. »Ich habe dich gar nicht gefragt, ob du Fisch magst.«

Sarah bejahte und ließ sich auffüllen. Sie aß besonnen und in kleinen Bissen. »Verblüffend. Drei verschiedene Gemüse, und alle schmecken ganz anders, als ich es gewohnt bin. Was ist das Geheimnis?«

Nicolaes van Leeuwenhoek zwinkerte Sarah zu und ließ die Lachfältchen um seine Augen tanzen. Geschickt zerteilte er mit dem Essbesteck eine Scholle. »Ich war mir nicht sicher, ob ich deinen Geschmack treffen würde. Die Bohnen sind mit Majoran gewürzt, an den Kürbis habe ich Nelken und Kokosnuss gegeben, und die Zwiebeln sind in Olivenöl gedünstet und mit Korinthen, Rotwein und etwas Essig abgeschmeckt.«

Sarah nickte anerkennend und ließ sich noch eine zweite Portion auflegen. »Wie geht es eigentlich Daniel?«

Nicolaes van Leeuwenhoek seufzte, auf seiner Stirn bildete sich eine tiefe Querfalte. »Nicht sehr gut. Vor ein paar Tagen bekam er plötzlich hohes Fieber. Seltsame Zuckungen überkamen ihn an Armen und Beinen, er schnitt Grimassen und stieß wirre Laute aus. Ich konnte ihn kaum beruhigen. Am nächsten Morgen war das Fieber zum Glück wieder vorbei. Leider sind meine medizinischen Kenntnisse zu beschränkt, als dass ich sagen könnte, um welche Krankheit es sich handelt. Ein befreundeter Advokat, der auch unsere Apothekergilde in Rechtsfragen berät, hat mir von einem Spezialisten in Leiden erzählt, der ungewöhnliche Erkrankungen bei Kindern behandelt. Sollte Daniel noch einmal einen solch schlimmen Anfall bekommen, werde ich so schnell wie möglich mit ihm dorthin reisen.«

»Meinst du, dass er sich noch an mich erinnert?«, fragte Sarah in einem sanften, mitfühlenden Ton. »Dann richte Daniel bitte Grüße von mir aus. Mein Vater war Arzt, er hat vielen Menschen geholfen. Aber als die Pest an seine Tür klopfte, gab es niemanden, der ihm hätte helfen können.« Sie schwieg und fuhr dann fort. »Mich interessiert, was du vorhin über den Advokaten erzählt hast. Wer ist er, und was hat er mit eurer Gilde zu tun?« Nervös schloss sie die Finger um das Messer.

»Er ist ein Anwalt, der eine langjährige Erfahrung speziell im Zunftrecht hat. In unserer Gilde gab es eine Debatte um die Frage, wie lange ein in Not geratenes Mitglied Anspruch auf Zahlungen aus unserer Armenkasse hat. Ob die Zahl der unmündigen Kinder eine Rolle spielt und auch, wie lange jemand schon Mitglied ist.«

»Steht so etwas nicht in euren Richtlinien?«

»Die Formulierungen waren in einigen Punkten so ungenau, dass man sie unterschiedlich auslegen konnte. Daraufhin haben wir unsere Satzung nach seinen Empfehlungen überarbeitet.«

»Aber ein Advokat ist doch kein Mitglied der Gilde!«, warf Sarah überrascht ein. »Ich habe immer gedacht, dass nur sie die Bestimmungen kennen dürfen …«

»… sie und die Anwälte, die bei Streitfragen zu Rate gezogen werden. Aber lass uns nicht länger von beruflichen Dingen sprechen … Sag mir lieber, ob du noch eine Waffel mit Pflaumenkompott verkraftest?«

Sarahs Knie zitterten. Wie gern hätte sie noch weitere Einzelheiten zu diesem Thema erfahren … Doch es wäre unhöflich gegenüber ihrem Gastgeber gewesen, der sie mit so vielen kulinarischen Hochgenüssen verwöhnte. Sie würde zu Hause in Ruhe über die Worte van Leeuwenhoeks nachdenken. Jetzt wollte sie sich auf diese verführerisch duftende Nachspeise konzentrieren und deren süß-säuerlichen Geschmack so lange wie möglich auf der Zunge bewahren.

»Ich esse meistens alleine, nur hin und wieder mit meiner Vermieterin. Es ist ungewohnt, dass jemand für mich kocht, und noch dazu so viele Leckereien. Gibt es einen Grund für diese Einladung, Nicolaes?«

Van Leeuwenhoek legte sein Besteck ab, warf Sarah einen langen und irritierenden Blick zu. Sie presste die Zähne fest zusammen, um ihre Lider nicht senken zu müssen.

»Muss es unbedingt einen Grund geben? Würdest du auch akzeptieren, wenn ich sage, dass ich einfach nur mit dir zusammen sein wollte?«

»Ich werde mich revanchieren«, beeilte Sarah sich zu antworten, »allerdings habe ich nur wenig Platz in meiner Werkstatt und auch kein edles Geschirr …«

»Warum willst du immer gleich eine Gegenleistung bringen, Sarah? Kannst du nicht auch einmal etwas einfach nur annehmen?«

Sie schaute über ihn hinweg, fixierte einen Schmetterling auf einem Stillleben an der Wand hinter ihm. »Ich … ich will niemandem etwas schuldig sein.«

»Sarah, um Schuldigkeit geht es hier doch gar nicht!« Van Leeuwenhoek streckte seinen Arm über den Tisch, hielt ihr bittend seine geöffnete Hand entgegen. »Ich sehne mich nach deiner Gegenwart. Ich habe so viele Fragen … ich will hinter deine Stirn schauen und wissen, wie es in deinem Herzen aussieht, wenn du es nicht mehr vor mir verschließt …«

Fahrig griff sie nach ihrem Glas und konnte gerade noch

verhindern, dass es umfiel. In diesem Augenblick war ein Klopfen an der Tür zu hören. Der ältere der beiden Lehrjungen kam herein, beugte sich zu Nicolaes van Leeuwenhoek hinunter und flüsterte etwas in sein Ohr.

»Entschuldige mich bitte«, sagte van Leeuwenhoek und erhob sich widerwillig. »Eine Kundin ist gekommen. Sie braucht dringend eine neue Rezeptur.«

Als die beiden die Tür hinter sich geschlossen hatten, füllte Sarah ihr Glas mit purem Wein nach und trank es in einem Zug leer. Ihr war auf einmal heiß, Schweißperlen standen auf ihrer Stirn. Sie öffnete ein Fenster, und die kühlende Luft strich über ihre brennenden Wangen. Ein Geräusch im Nebenzimmer ließ sie zusammenzucken. Die Tür hinter ihrem Rücken sprang knarrend auf, ein scharfer Windzug wehte ihr entgegen. Sie spähte in den Raum, sah, dass ein offener Fensterladen hin und her schlug. Auf dem Boden lagen ein umgekipptes Tischchen und ein silberner Kerzenleuchter.

Sarah durchquerte das Zimmer und stellte fest, dass sie sich im Schlafgemach Nicolaes van Leeuwenhoeks befand. Ein breites Baldachin-Bett wurde von dunkelblauen Samtvorhängen verhüllt, dicke weiche Teppiche mit orientalischen Mustern bedeckten den Boden. Sie bückte sich nach dem Leuchter, und als sie sich wieder aufrichtete, fiel ihr Blick auf die Wand neben dem Bett und auf etwas ihr sehr Vertrautes. In einem Ebenholzrahmen mit goldfarbenen Blütenornamenten steckte ihr Gemälde der »Susanna im Bade«.

Wie kam dieses Bild hierher? Sie wandte den Kopf zur Seite, sah über einer geschnitzten Truhe mit Elfenbein-Intarsien ein weiteres ihrer Gemälde, »Die Entführung der Proserpina«, und gleich daneben eine Szene aus dem Neuen Testament, »Die Begegnung von Maria und Elisabeth«.

Ahnungsvoll tasteten ihre Blicke die Wände ab. Insgesamt fünf Bilder befanden sich in diesem Raum, und alle stammten von ihrer Hand.

Was ging hier vor? Johannes Vermeer hatte von einem italienischen Diplomaten erzählt, der mehrere ihrer Bilder gekauft hatte. Der Handel fand immer über einen Mittelsmann statt. Und verblüffenderweise immer zu dem Zeitpunkt, wenn ihre Not am größten war. Wenn ihre Geldreserven nahezu aufgezehrt waren und sie zu überlegen begann, wovon sie künftig Miete, Brot und Farben bezahlen sollte. War der Diplomat nur ein Vorwand, und es war in Wirklichkeit Nicolaes van Leeuwenhoek, dem sie zu verdanken hatte, dass sie noch nicht im Armenhaus oder auf der Straße gelandet war …?

»Es tut mir leid, Sarah. Eine Mutter hat für ihre kranke Tochter ein Mittel gegen nässenden Hautausschlag benötigt … Was hast du mit dem Kerzenleuchter vor?« Van Leeuwenhoek stand im Türrahmen, schaute halb verblüfft, halb belustigt auf die Szene vor ihm.

Sarah starrte zuerst auf ihre Hand, dann auf ihn. »Warum hast du das getan?«, fragte sie aufgewühlt.

Van Leeuwenhoek ging ruhig und gefasst zum Fenster und schloss den klappernden Laden. Er sah ihr geradewegs in die Augen. »Wenn du die Bilder meinst … ich habe sie gekauft, weil sie mir gefallen.«

»Du hast gewusst, dass ich sie gemalt habe?«

»Ja. Das macht sie für mich umso wertvoller.«

»Aber Johannes hat doch gesagt, dass ein italienischer Diplomat sich für meine Bilder interessiert hat und dass …«

»Das war zugegebenermaßen eine Notlüge. Aber ich wollte als Käufer im Hintergrund bleiben.«

Sarah warf den Kopf zurück, ihre jadegrünen Augen funkelten. »Und weshalb hast du dich hinter einem Phantom versteckt?«

»Nenn es Feigheit. Ich hatte Angst, du würdest nichts mehr mit mir zu tun haben wollen, wenn du es erfahren würdest. Weil du viel zu stolz bist, etwas anzunehmen.«

»Du wusstest über meine finanzielle Lage Bescheid? Ja natürlich, was für eine Frage … Meine Bilder interessieren dich gar nicht. Du wolltest heimlich den großmütigen Retter spielen, eine arme Malerin vor dem Verhungern bewahren … Aber ich will kein Mitleid! Von niemandem!«, schleuderte sie ihm entgegen und ließ den Leuchter auf das Tischchen krachen.

Nicolaes van Leeuwenhoek verzog schmerzlich den Mund und warf ihr einen Blick voll bitterer Resignation zu. »Du tust mir unrecht, Sarah. Was macht dich so hart und erbarmungslos? Ich lebe mit diesen Bildern und durch sie. Sie sind mein Balsam, mein Trost … weil ich der Frau, die sie gemalt hat, nicht nah sein kann.«

Er streckte seine Hand vor, tastete nach ihrer Wange, ließ zitternd die Fingerspitzen bis zum Kinn gleiten. Sie wandte den Kopf und eilte zur Tür.

»Bleib, Sarah, ich bitte dich! Lauf nicht immer davon!« Van Leeuwenhoek setzte ihr nach und hielt sie am Arm fest, doch sie schüttelte ihn ab.

»Nein! So kann man mich nicht täuschen! Ich werde jedes Bild einzeln zurückkaufen!«, rief sie verzweifelt, sprang die Treppe hinunter und rannte ins Freie.

37

Trientje Anslo wollte gerade die Haustür von innen abschließen, als sie Sarah mit hochrotem Kopf und aufgelösten Zöpfen durch den Türspalt sah.

»Nun, seid Ihr etwa diesem unsäglichen Farbkleckser von neulich davongelaufen, diesem aufgeplusterten Pfau? Habt Ihr also doch Vernunft angenommen. Ihr solltet Eure Zeit nicht an einen solchen Leichtfuß verschwenden.«

»Was redet Ihr da, Trientje!«, wehrte Sarah die Vermieterin ab, wischte sich mit einem Taschentuch über das schweißnasse Gesicht und setzte sich schnaufend auf die unteren Stufen der Treppe.

»Mir müsst Ihr nichts vormachen, Sarah Meulemeester. Ich habe doch Augen im Kopf, auch wenn es mit dem Sehen nicht mehr so klappt wie früher. Hätte dieser Wüstling Euch sonst süßes Backwerk geschickt?«

»Wovon sprecht Ihr?«

»Ich meine den Haselnusskuchen, den ich Euch vor ein paar Tagen in Eure Werkstatt gebracht habe.«

»Aber ich habe keinen Kuchen bekommen … Erinnert Ihr Euch, wann das gewesen sein soll?«

»Wie kann ich mich immer an alles erinnern! Ich bin dreiundsiebzig! Wartet, das war … nein, ich weiß es nicht mehr.«

»Denkt noch einmal nach, Trientje Anslo, ist an diesem Tag noch etwas anderes geschehen, etwas Besonderes?«, fragte Sarah ungeduldig.

»Hm, tja, da war etwas … jetzt fällt es mir wieder ein. Es war der Tag, an dem Vosje gestorben ist.«

Sarah wurde es abwechselnd heiß, dann wieder kalt. »Und … wohin habt Ihr den Kuchen damals gestellt?«

»Auf den Klapptisch vor Eurem Fenster natürlich. Es war nämlich so: Ich hatte Rüben und Schweinebauch eingekauft, ein halbes Pfund. Es war ein Endstück, und ich musste lange mit dem Fleischer handeln, bis er es mir endlich billiger ließ … Vosje wartete schon vor dem Haus, und als ich gerade die Tür aufsperren wollte, stand plötzlich ein Laufbursche hinter meinem Rücken und hielt den Kuchen in der Hand. Ich nahm ihn an mich und brachte ihn zu Euch nach oben.«

»Hat der Bote gesagt, von wem … der Kuchen stammte?«

»Nein, hat er nicht. Ich dachte mir, Ihr wüsstet Bescheid. Sarah, was ist denn? Habe ich etwas falsch gemacht?«, rief sie gekränkt, doch Sarah stürmte bereits die Treppe hinauf. Sie ließ sich auf ihr Bett fallen, würgte und bibberte. Sah hinüber zum Fenster, dorthin, wo der Tisch stand. An dieser Stelle hatte Trientje den Kuchen abgelegt. Genau in Augenhöhe von Vosje, wenn er sich auf die Hinterbeine stellte … Ihr Hund hatte an diesem Tag etwas gefressen, was eigentlich für sie bestimmt gewesen war: einen mit Fingerhut vergifteten Haselnusskuchen. Deswegen war Vosje jetzt tot und nicht sie.

Es war an der Zeit aufzubrechen. Sie wusste noch nicht, was sie herausfinden wollte. Doch es schien irgendetwas mit der Katastrophe zu tun zu haben, die ihr die Freude zu leben genommen hatte. Bei der sie die, die sie über alles liebte, verloren hatte. Durch ihre Schuld, denn sie war nicht zu Hause gewesen, als es passierte. Gott hatte sie dafür gestraft, dass sie Mann und Tochter im Stich gelassen hatte. Sie allein hatte überlebt, und sie hatte sich damals geschworen, Buße zu tun. Nie wieder lieben, nie wieder lachen.

Entschlossen wickelte sie sich in ein dickes Wolltuch und verließ eilig das Haus.

38

Sarah ließ die Oude Kerk hinter sich und bog an der Stadtmauer nach links zur großen Mühle ab. Sie merkte gar nicht, wohin sie ging, ihre Füße bewegten sich wie von selbst. In ihrem Kopf hämmerte es, ihr Herz war wie betäubt. Hinter ihr schlug die Turmuhr die fünfte Stunde. Die Menschen, die in den Lagerhäusern und Werkstätten entlang der Schie arbeiteten, bereiteten sich auf den Feierabend vor. Lehrlinge fegten die Böden und säuberten ihr Handwerkszeug. Eine grau getigerte Katze lag träge auf einem Fenstersims und leckte sich die Pfote, blickte interessiert einer vorbeifliegenden Amsel hinterher. Sarah näherte sich dem Ende der Straße und blieb vor dem Haus mit dem Sternen-Efeu stehen.

Auch an diesem Tag waren die Fensterläden geschlossen, kein Laut drang aus dem Inneren. Sie wollte nach dem Türklopfer greifen, doch es gab keinen. Nachdenklich ließ Sarah den Arm sinken, ihre Finger berührten den kühlen eisernen Türgriff. Auf einmal wusste sie, was sie zu tun hatte. Sie holte tief Luft, und im Ausatmen drückte sie die Klinke hinunter. Mit einem Ächzen gab die schwere Eichentür nach. Sarah brauchte eine Weile, um ihre Augen an das Dunkel zu gewöhnen. Durch die undichten Läden drang ein schwacher Lichtschein. Dann erkannte sie die Konturen eines Raumes, in dem Truhen, Stühle, Fässer und Tische wahllos durcheinanderlagen. Die Luft im Haus war feucht, es roch nach Schimmel. Lautlos schloss sie die Tür hinter sich. Ein leises Fiepen kam aus einer der Ecken, etwas Dunkles huschte über ihre Schuhe. Sarah hielt sich die Hand vor den Mund und unterdrückte einen Schreckenslaut.

Sie hob ihren Rock, um nicht über irgendeinen herumliegenden Gegenstand zu stolpern, und gelangte in den hinteren Teil der Diele, von dem aus sich eine schmale, ausgetretene Wendeltreppe nach oben schlängelte. Mit beiden Händen hielt sie sich an dem morschen Geländer fest und schlich auf Zehenspitzen die Stufen hinauf bis zu einer Tür, die ein Stück weit offen stand. Ihr Herz schlug bis zum Hals. Sie wagte nicht sofort, in den Raum hineinzugehen, sondern klopfte zaghaft an.

»Ist hier jemand?«, rief sie in das Zimmer. Eine Wolke aus Bier, Wein und Schnaps waberte ihr entgegen. Sie meinte, ein kratzendes Geräusch zu hören, und streckte vorsichtig den Kopf in den Türspalt. Hier oben war es nicht ganz so dunkel wie in der Diele. Zwar waren die Fensterläden zur Straßenseite hin geschlossen, doch von der rückwärtigen Gartenseite her fiel Licht in den Raum. Er wirkte ähnlich verwahrlost wie die Diele. Krüge und Hausrat lagen verstreut herum, im Kamin glimmte ein heruntergebranntes Feuer. Sarah wischte sich Spinnweben von Gesicht und Haaren.

»Was wollt Ihr von mir?«

Überrascht hielt sie mitten in der Bewegung inne, versuchte im Halbdunkel auszumachen, woher diese hohe, krächzende Stimme kam. Da bemerkte sie neben dem Kamin eine sitzende Gestalt. Sie trat ein paar Schritte näher und erkannte in einem Lehnstuhl einen Mann in dunkler Kleidung. Gesicht und Hände schienen grau, das einzig Helle an ihm waren die weißen, kinnlangen Haare, die ihm in dünnen Strähnen in die Stirn hingen.

»Seid Ihr Mijnheer Averkamp, der Advokat?«

»Tretet näher, damit ich sehen kann, mit wem ich es zu tun habe«, forderte der Mann sie mit heiserer Kehle auf.

Dann zeigte er mit zittrigem Finger auf sie, und seine Stimme überschlug sich »Sarah Meulemeester! Wie habt Ihr mich gefunden? Ihr hättet nicht hierherkommen dürfen! Doch jetzt ist es zu spät – für Euch …« Er erhob sich und taumelte, Glas klirrte, und er sank kraftlos auf seinen Stuhl zurück.

»Dann habe ich also richtig vermutet. Ihr seid Averkamp. Was habt Ihr gegen mich? Sagt es mir. Was habe ich Euch getan?«, fragte sie eindringlich und ging näher an ihn heran, so nahe, bis sie auf seiner rechten Wange, unmittelbar über dem Kinn, das Feuermal erkannte, das die Form eines Halbmondes hatte.

»Ihr habt mich beleidigt, mich in meiner Ehre verletzt. Wäret Ihr ein Mann, ich hätte Euch zum Duell gefordert. Dann würdet Ihr jetzt unter der Erde liegen.«

»Dann wart also Ihr es, der mein Bild aus dem Stadhuis gestohlen hat … Wo ist es?«

Averkamp kicherte höhnisch und machte eine Kopfbewegung zum Kamin hin. »Es muss eine Fügung des Schicksals gewesen sein, dass ich am Vorabend der Gedenkfeier genau in dem Augenblick an der Pforte des Stadhuis vorbeiging, als die Männer Euer Bild hineintrugen. Nun ist es da, wo es hingehört. In Flammen aufgegangen! Oh, es hat ein hübsches Feuerchen gegeben.«

In diesem Moment glaubte Sarah, den Boden unter den Füßen zu verlieren. Die Arbeit von so vielen Monaten war hier, an diesem Ort, zerstört worden. Für dieses Gemälde hatte sie alles gegeben. Und mit ihm hatte sie fast alles verloren. Hasserfüllt betrachtete sie ihr Gegenüber, einen alten, hinfälligen, hakennasigen Mann mit zottigen Haaren und wirrem Blick. Seine Kleidung war verschmutzt. Er beugte sich hinunter und griff nach einem Becher, nahm gierige

Schlucke. Flüssigkeit tropfte aus dem Mundwinkel auf seine Jacke. Voller düsterer Vorahnungen stellte Sarah ihre nächste Frage. »Der Brief … Habt Ihr auch den Drohbrief geschrieben?«

»Wie scharfsinnig Ihr seid, Sarah Meulemeester. Ja, ich habe Euch beobachtet, bin Euch in der Stadt heimlich gefolgt, habe mich vor Eurem Haus versteckt. Man hat mir gegen eine kleine Entlohnung Auskunft erteilt, und so habe ich alles über Euch herausgefunden. Kenne Eure Vorlieben und Eure Ängste. Euer Beruf ist Euer Leben. Und Eure größte Sorge ist, nicht mehr malen zu können. Denn dann müsstet Ihr verrecken.« Das letzte Wort spuckte er aus, er fing an zu husten und schlug sich mit der Faust auf die Brust. »Ich kenne sie gut, die Regeln der Malergilde. Die Lukas-Brüder haben meinen rechtskundlichen Rat immer zu schätzen gewusst. Ich wollte, dass Ihr die Stadt verlasst und Delft und seine Vergangenheit endlich vergesst. Aber Ihr wart hartnäckig. Das hatte ich nicht erwartet. Da musste ich meinen Forderungen mehr Nachdruck verleihen.«

»Folglich seid Ihr in mein Atelier eingedrungen. Was um alles in der Welt habt Ihr dort gesucht?«

Seine Antwort war ein Zischen. »Tsss, die Skizzen natürlich … Jeder Maler macht doch Skizzen, nicht wahr? Ich wollte alles vernichten. Nichts sollte mehr übrig bleiben, kein noch so kleiner Hinweis. Doch ich habe nicht das gefunden, wonach ich gesucht habe …«

»Ich verstehe nicht, wovon Ihr redet. Dieses Bild war ein Auftrag der Delfter Ratsherren, es sollte an die Geschichte unserer Stadt erinnern. Von dem Honorar hätte ich mehr als zwei Jahre leben können. Ihr hättet beinahe meine Existenz vernichtet!«

»Und was ist mit meiner Existenz? Es war ein großer

Fehler, dass Ihr mich am Morgen des zwölften Oktober 1654 am Oostpoort gesehen habt, als ich dem Boten einen Brief übergab. Dabei hatte ich vorausschauend überall erzählt, dass ich zu einem Mandanten nach Rotterdam gefahren wäre.« Er hustete wieder, sprach röchelnd weiter. »Niemand durfte wissen, dass ich mich in Wirklichkeit zum Zeitpunkt der Explosion in Delft befand. Und jetzt, nachdem zehn Jahre vergangen sind, malt Ihr plötzlich dieses Bild, auf dem mich jeder hätte wiedererkennen können!«

Die stickige Luft nahm Sarah fast den Atem. Ihr wurde übel, als müsse sie sich übergeben, doch sie musste aushalten und noch mehr Fragen stellen. »Jemand schickte mir vor ein paar Tagen einen Kuchen … Mein Hund hat ihn gefressen.«

»Schade um das Tier. Ich wünschte, Ihr wäret krepiert«, heulte Averkamp bitter auf.

Sarah wich einen Schritt zurück, erschüttert über die Kälte und den Hass, den dieser alte, gebrechliche Mann ihr entgegenbrachte. Sie zitterte vor Aufregung. Wie konnten die bruchstückhaften Mitteilungen, die sie bisher erhalten hatte, ein plausibles Ganzes ergeben? Irgendetwas fehlte noch, etwas Entscheidendes, um das Rätsel vollständig zu lösen.

»Was hat es mit dem Brief auf sich, von dem Ihr gesprochen habt?«, fragte sie mit einer heiser-flüsternden Stimme, die ihr selbst unheimlich war.

Averkamp fuhr zusammen, als hätte ihn ein Blitz getroffen. Sein Mund verzerrte sich, die trüben Augen quollen aus den Höhlen hervor. Drohend ballte er die Hand zur Faust und ließ sie auf die Stuhllehne niederfahren. »Ich habe diesem Hurensohn geschrieben, er solle sich unverzüglich ins Hauptquartier der Bürgerwehren begeben und eine geeignete Menge Schießpulver aus dem Munitionslager entnehmen. Die Truppen würden das Pulver benötigen, um ihre Parade für die bevorstehende Jahresfeier unseres früheren Herrschers zu proben. Einen ganzen Tag hatte ich darauf verwendet, das Siegel des Prinzen zu fälschen. Und ich habe eine Meisterleistung vollbracht, denn dieser Hohlkopf ist tatsächlich darauf hereingefallen.« Er kicherte verächtlich und schlug sich gegen die Stirn, schaukelte mit dem Oberkörper vor und zurück.

»Also war dieser Brief an Cornelis Soetens gerichtet, den Regierungs-Sekretär. Soetens ist kurz vor halb elf in das Pulvermagazin gegangen, zusammen mit dem Vorsteher der Bürgerwehren, und dann …« Sarah schüttelte sich, fühlte Schauer über ihren Rücken rieseln. »Mein Gott, was habt Ihr getan?«, fragte sie voller Entsetzen und lauschte atemlos in das Halbdunkel.

»Ich wollte, dass er stirbt!«

»Aber weshalb?«

»Dieser Bastard hat mir meine Frau genommen! Meine liebste, meine schönste, meine einzige Hendrickje. Sie gehörte mir! Aber er hat sie verhext.« Gequält stöhnte Averkamp auf, fing an zu wimmern. Seine Schultern zuckten. Sarah knotete aufgeregt den Zipfel ihrer Schürze in ihren Händen, musste endlich alles wissen.

»Ihr wolltet Soetens im Pulverturm zur Rede stellen?«

»Ich hatte mir irgendwann unter einem Vorwand den Schlüssel zum Magazin beschafft und einen zweiten anfertigen lassen. Am Abend zuvor bin ich in den Turm gegangen und habe zwei Päckchen Schwarzpulver hinter dem eisernen Gitter zur Treppe versteckt. Dann musste ich nur noch warten, bis der Bote meinen Brief überbringen und der Verräter an diesen Ort kommen würde. Ein kleiner Funke, eine

Laterne, die hochgehalten wird, um die Stufen zu beleuchten … und er würde die gerechte Strafe für seine Heimtücke erhalten.« Ein erneuter Hustenanfall ließ ihn abbrechen. Das Geräusch ähnelte dem Gebell eines Hundes, das in Gewinsel überging. »Aber Hendrickje muss etwas geahnt haben. Ich konnte es in ihren Augen lesen. Seit jenem Tag war sie eine andere. Von einem Augenblick auf den anderen ist sie verstummt und hat nie wieder ein Wort mit mir gesprochen. Und als unsere Töchter alt genug waren, ist sie ins Wasser gegangen … zu ihm …« Averkamp schlug die Hände vors Gesicht, sein Körper wurde von Krämpfen geschüttelt.

Sarah schloss die Augen. Sie dachte an ihre Liebsten, die sie verloren hatte, ahnte Schreckliches … Doch noch immer wusste sie nicht, welche Rolle sie in diesem seltsamen Stück spielte.

»Aber Eure Frau ist tot! Was wäre geschehen, wenn Euch jemand auf dem Bild wiedererkannt hätte? Niemand hätte einen Zusammenhang zwischen der Übergabe des Briefes und der Katastrophe sehen können. Wer erinnert sich heute noch daran, ob Ihr damals in Delft oder an einem anderen Ort gewesen seid?«

»Wer sich erinnert? Meine Töchter! Sie sind alles, was mir geblieben ist. Ihnen habe ich immer erzählt, dass ich mich zu dieser Stunde außerhalb der Stadt aufgehalten habe. Sie sind arglos, sie glauben mir, weil ich ihr Vater bin. Wenn sie jemals erfahren, was sich wirklich abgespielt hat, würde ich auch sie verlieren. Sie würden mich verachten und für den Tod ihrer Mutter verantwortlich machen. Sie haben sie so unendlich geliebt …«

Sarah stand stumm vor Schreck. Ihre Ahnung war jetzt zur Gewissheit geworden. Nicht nur ihr Bild, auch ihr Leben war durch diesen Mann zerstört worden. Sie schluckte mehrmals, bevor sie ihre bitteren Worte herausschleuderte. »Aus Rachsucht und verletzter Eitelkeit habt Ihr den Tod Hunderter Unschuldiger in Kauf genommen. Unzählige Menschen haben ihre Bleibe verloren, Existenzen wurden vernichtet, Familien zerstört … Und das nur, weil Ihr Euren Nebenbuhler vernichten wolltet …« Abscheu schwang in ihrer Stimme. »Ihr seid kein Mensch, Ihr seid ein Monster!«

Averkamp wankte, versuchte aufzustehen, doch er sank auf den Stuhl zurück. Mit unsicheren Händen griff er nach einem Schürhaken neben dem Kamin und stützte sich darauf ab. Ein teuflisches Lachen drang aus seiner Kehle, das den ganzen Raum erfüllte. »Nein, nicht ich. Sie sind schuld an der Tragödie! Sie haben die Toten von Delft zu verantworten: Hendrickje und dieser hinterhältige Soetens! Doch am Jüngsten Tag, wenn sie vor Gottes Angesicht stehen, werden sie Rechenschaft ablegen müssen, und der Allmächtige wird sie in die ewige Finsternis schicken.«

Sarah fuhr zusammen. Dieser Mann war ein Wahnsinniger, gefangen in einem selbstgesponnenen Kokon aus Bitternis und Hass. Die feuchte Luft und der Gestank ließen ihr die Kehle eng werden. Sie machte einen Schritt zur Seite, wollte endlich diesen Ort der Fäulnis und des Irrsinns verlassen, um nicht zu ersticken. Plötzlich fühlte sie, wie knochige Finger nach ihrem Handgelenk griffen und es eisern festhielten. »Ihr wisst jetzt, was kein anderer Mensch jemals erfahren hat. Ich habe Euch verschiedene Male gewarnt, Sarah Meulemeester, aber Ihr habt mich nicht ernst genommen. Jetzt werdet Ihr dieses Haus nicht mehr lebend verlassen.«

Sarah schrie auf vor Schmerz, ihr Arm wurde gewaltsam nach hinten gehebelt, und sie fiel auf die Knie. Nie hätte sie für möglich gehalten, dass in diesem alten, ausgezehrten Körper noch so viel Kraft steckte. Dann sah sie den Schürhaken auf sich niedersausen. Sie warf sich zur Seite, spürte zuerst einen Luftzug und dann einen machtvollen Hieb, der ihre Schulter streifte. Wütend versuchte sie, ihre Hand aus der knöchernen Umklammerung zu befreien. Mit dem anderen Arm schlug sie um sich, fühlte langes dünnes Haar, an dem sie wütend zerrte. Ein zweites Mal fuhr der Schürhaken auf sie herab. Sie ließ ihn in ihre Handfläche fahren und riss gleichzeitig den Arm hoch. Averkamp geriet ins Torkeln und fluchte. Blitzartig befreite sie sich aus der Umklammerung und hielt mit beiden Händen den Feuerhaken wie einen Schutzschild vor die Brust. Averkamps Antwort war ein wutentbrannter Schrei. Er schwang sich ihr entgegen, versuchte, den Schürhaken wieder in seine Gewalt zu bringen. Doch Sarah sprang zur Seite, duckte sich und fand Schutz hinter einem Tisch. Instinktiv schnellte sie hoch, holte mit dem Bein aus und trat verzweifelt und mit aller Kraft gegen die Tischkante. Averkamp wollte dem umfallenden Tisch ausweichen und trat einen Schritt zurück. Dabei verlor er das Gleichgewicht. Hilfesuchend streckte er im Fallen die Arme nach vorne. Ein metallisches Scheppern war zu hören und gleichzeitig ein Knirschen, in das sich ein unmenschlicher Schrei mischte. Dann wurde es still.

Sarah blickte zu Boden. Averkamp lag dort mit ausgestreckten Beinen, den Kopf unnatürlich abgewinkelt, auf einem eisernen Feuerbock, um den herum sich allmählich eine immer größer werdende Blutlache bildete. Sein Mund war weit aufgerissen, die Augen starrten zur Decke.

Sie wusste nicht, wie lange sie dort gestanden hatte, reglos, als wäre sie festgenagelt. In ihrer Schulter breitete sich ein pochender Schmerz aus, ihre Zähne klapperten, die Knie wurden weich. Sie öffnete die Hand, und der Feuerhaken fiel klirrend zu Boden. Ihr Körper setzte sich in Bewegung, ging die Stiege hinunter und trat hinaus auf die Straße, wo ihn die trockene Abendluft wie eine schützende Hülle umfing. Über der Stadt breitete sich die einbrechende Dämmerung aus.

Sie hielt sich die Schulter und stahl sich dicht an den Mauern der Lagerhäuser vorbei. Das Straßenpflaster verschwamm vor ihren tränenblinden Augen, und dennoch glaubte sie nunmehr, alles überdeutlich zu sehen. Wie damals, als sie im Atelier Vermeers in die Camera obscura schaute und die Dinge in einer Schärfe und Klarheit erblickte, wie sie sie nie zuvor gesehen hatte. Sie sah Averkamp, diesen Dämon in Menschengestalt, der sich aus dem Leben zurückgezogen hatte und irgendwann nur noch Bitterkeit empfinden konnte.

Aber war nicht auch sie eine Gefangene ihrer eigenen Welt, die keine anderen Gefühle zuließ außer schmerzlicher Trauer? Sie hatte sich geschworen, ein Sühneopfer zu bringen für den Tod ihrer Familie. Deswegen hatte sie sich abgekapselt und keinen Menschen an sich herangelassen. Keine Nähe, keine Schmerzen. Das war ihre Strategie. Nur so konnte sie überleben. Doch war dies nicht ebenso überheblich und feige wie das Verhalten Averkamps? Nicht Gott hatte ihr diese harte Prüfung auferlegt. Und Er war es auch nicht, der den Menschen den Donderslag geschickt hatte, um sie für ihre Sünden zu strafen, wie es von den Kanzeln gepredigt wurde. Die Katastrophe war durch Menschenhand entstanden, genährt durch Untreue, verletztes Ehrgefühl und durch blinden Hass.

Sarah spürte, dass es Zeit wurde, aus einem tiefen Traum aufzuwachen. Hoffentlich hatte sie nicht zu lange gewartet.

Sie lief schneller, damit sie es sich nicht noch anders überlegen konnte. Regen setzte ein, der immer stärker wurde. Rasch bildeten sich Rinnsale, die den Bordstein entlangflossen, Blätter, Exkremente und Essensreste mit sich führten. Sie sprang über Pfützen, konnte nicht verhindern, dass das Wasser ihr bis zum Knie spritzte. Regentropfen fielen in ihren Nacken, durchnässten die wollenen Gewebe und ließen sie schwer am Körper kleben.

Die Dämmerung raubte ihr fast die Sicht. Sie tastete nach dem Türklopfer, schlug an und wartete. Klopfte ein weiteres Mal, während eine Bö durch ihre Kleider fuhr und sie eine Gänsehaut unter dem feuchten Stoff spürte. Endlich öffnete sich die Tür. Zitternd klammerte sie sich an die hölzerne Laibung, um nicht zu Boden zu sinken.

»Es tut mir leid. Darf ich hereinkommen?«

39

Sarah fuhr sich mit der Zungenspitze über die Lippen und leckte die Zuckerkrümel ab. Es war bereits ihre zweite Waffel, und noch immer hatte sie das Gefühl, ausgehungert zu sein. Sie nahm eine Scheibe Mandelbrot und bestrich diese dick mit Pflaumenmus, steckte sich Stück für Stück in den Mund.

»Hast du noch große Schmerzen?«, fragte Nicolaes van Leeuwenhoek mitfühlend und betastete vorsichtig ihre Schulter, an der der Feuerhaken abgeglitten war.

»Nein, ich spüre fast nichts mehr. Deine Salbe ist ein Wundermittel.«

»Warum hast du mir nicht erzählt, dass du zu Averkamp

gehen wolltest? Du warst in größter Gefahr. Dieser Irrsinnige hätte dich umbringen können.«

»Ich habe es selbst nicht gewusst, bis ich vor seiner Haustür stand. Was meinst du, wann wird man ihn finden?«

»Sicher bald. Vielleicht hat man ihn auch schon längst entdeckt. Einen alten, einsamen Mann, der an seinem eigenen Schicksal zugrunde gegangen ist. Versuche, nicht mehr an ihn zu denken.«

»Wenn ich das nur könnte …« Sie schüttelte die Federdecke auf und lehnte den Kopf gegen das stoffbezogene Rückenteil des Bettes. »Ich habe beschlossen, niemandem sonst zu erzählen, was ich von Averkamp erfahren habe. Keinem Menschen würde es nutzen, wenn die wahren Hintergründe des Donderslags aufgedeckt werden. Was geschehen ist, ist geschehen. Averkamps Töchter sollen ihren Vater in guter Erinnerung behalten. Sie haben unter dem Freitod der Mutter sicher schon genug gelitten.«

»Und der Gedanke daran wird sie bis an ihr Lebensende belasten. Aber jetzt lass uns von anderen Dingen reden … du hast noch gar nichts von diesem neuen Getränk probiert.«

Dankbar für diese Ablenkung griff Sarah nach der Porzellantasse auf dem perlmuttverzierten Tablett. Sie nahm einen tiefen Schluck und zwinkerte Nicolaes über den Tassenrand zu.

»Einfach köstlich! Was ist das?«

»Kakao, eine uralte Arznei, die aus Südamerika stammt. Die Azteken nannten sie die ›Speise der Götter‹. Wir Apotheker empfehlen sie bei Magenweh, Kopfschmerzen und zur Stärkung des ganzen Körpers. Eigentlich hat Kakao einen bitteren Geschmack. Ich habe kürzlich eine Abhandlung gelesen, dass er mit Milch und Rohrzucker viel milder schmeckt. Außerdem wird diesem Medikament eine aphrodisierende Wirkung nachgesagt …«, murmelte Nicolaes. Er vergrub sein Gesicht in Sarahs langen, offenen Haaren, küsste den flaumigen Ansatz im Nacken und wanderte weiter zum Ohrläppchen, danach Zentimeter für Zentimeter hinunter zum Schlüsselbein. »Du ahnst nicht, wie sehr ich diesen Moment herbeigesehnt habe …«

Sarah seufzte kurz auf, suchte stockend nach Worten. »Ich glaube, ich war ziemlich ungerecht zu dir … wegen meiner Bilder.«

»Scht, es ist alles vergessen.« Er legte seinen Finger auf ihren Mund, fuhr mit den Lippen über ihre Stirn, ihre Wangen, das Kinn.

»Was ist mit den Lehrlingen? Sie werden doch sicher bald kommen. Und die ersten Kunden auch.« Zärtlich ließ sie ihre Hände durch seine langen, seidigen Haare gleiten, wickelte sich eine Locke um den Finger und zog sachte daran. Sie schnupperte an seiner Schläfe und sog tief den Duft von Tabak und Zedernholz ein.

»Hast du das vergessen, meine Liebe? Heute ist Sonntag. Niemand wird uns stören.«

Lächelnd berührte sie mit den Fingerspitzen die Leberflecke über seinem linken Mundwinkel, unter dem linken Auge, neben dem rechten Nasenflügel. Dann schloss sie die Augen, und ihr Mund fand die winzigen Male mit sicherem Instinkt wieder. Seit Langem schon hatte sie sich jede Stelle unlöschbar in ihr Gedächtnis eingeprägt. Sie rieb ihre Nase an seiner, küsste seine Halsbeuge und fühlte, wie unter der dünnen Haut sein Aderschlag schneller wurde.

»Was ist mit Daniel?«, flüsterte sie, ohne ihre Lippen zu lösen.

Nicolaes strich ihr eine Haarsträhne aus dem Gesicht, steckte sie ihr hinters Ohr. »Er hat gestern bei meinem Bruder übernachtet. Eins muss man ihm lassen: Anthonis ist ein vorbildlicher Onkel. Er wollte heute in aller Frühe eine Kutsche nach Rotterdam nehmen, zur Herbstkirmes. Die beiden werden erst am Nachmittag zurück sein.«

Sarah bog den Kopf zurück, verschränkte die Hände in seinem Nacken und betrachtete Nicolaes mit ungläubigem Staunen, so als sähe sie ihn zum ersten Mal. »Es ist noch nicht einmal vierundzwanzig Stunden her, dass ich in dem unheimlichen Haus war und diese furchtbaren Dinge erlebt habe. Und doch kommt es mir vor, als wäre es vor einer Ewigkeit gewesen. In einem anderen Leben.« Sie schmiegte den Kopf an seine Brust. »Durch diese Begegnung habe ich auf einmal so viel begriffen … über mich und mein bisheriges Leben … Ach, ich möchte dir noch so viel erzählen, Nicolaes. Und alles über dich wissen.«

»Wir haben Zeit, Sarah. Viel Zeit …«

Mit dem Finger zeichnete sie den Bogen seiner dicht gewachsenen Augenbrauen nach. Sie sah die langen dunklen Wimpern direkt vor ihrem Auge, küsste seine Lider. »Ich muss jetzt gehen. Hoffentlich sind meine Kleider in der Zwischenzeit getrocknet.«

Sie schob die dunkelblauen Bettvorhänge zur Seite, spürte die dicken Teppiche unter den nackten Fußsohlen und ging ans Fenster. Der Himmel überspannte die Stadt in einem trüben Nieselgrau. »Es ist Herbst geworden«, sagte sie versonnen.

»Eine gute Nachricht. Das bedeutet, dass die Tage kürzer und die Nächte länger werden … Dreh dich einmal zur Seite und nimm die Hände hinter den Kopf … Du bist wunderschön, Sarah. Am liebsten würde ich dich genau so malen. Schade, dass ich nicht mit dem Pinsel umgehen kann.«

Sarah ließ die Arme sinken und lachte. Sie ging hinüber

zu den beiden Stühlen vor dem Kamin, über die ihre Kleider ausgebreitet lagen, und prüfte, ob sie trocken waren. Dann streifte sie sich ihr Hemd über den Kopf, zog Strümpfe und die übrigen Kleidungsstücke an und schlüpfte in ihre Schuhe. Sie trat neben das Bett. Nicolaes zog sie an den Zipfeln ihres Schultertuchs zu sich herunter und küsste sie. Nur unwillig lösten ihre Lippen sich voneinander. »Bleib liegen, Liebster. Ich kenne ja den Weg«, flüsterte sie in sein Ohr und zog ihm behutsam die Decke bis zum Kinn.

»Ich bin heute Abend leider mit den anderen Apothekern bei unserem Gildevorstand zum Essen eingeladen«, seufzte Nicolaes mit einem halb traurigen, halb belustigten Lächeln. Er griff nach ihrer Hand. »Wann kommst du wieder, Sarah?«

»Wenn du möchtest – morgen.«

40

Es hatte aufgehört zu regnen. Die Menschen strömten aus der Kirche, wo sie über Stunden der flammenden Predigt des Pastors gelauscht hatten. Sonntag für Sonntag sah dieser neuerlichen Anlass, seine Schäfchen zu einem aufrechten Lebenswandel anzuhalten. Vor dem Portal spaltete sich die Menschenmasse in zwei Gruppen. Auf der einen Seite die Frauen und Mägde, die nach Hause strebten, um das Sonntagsmahl für die Familie vorzubereiten, auf der anderen Seite die Männer und Kinder, die in die umliegenden Wirtshäuser ausschwärmten.

Sarah schritt über das nass glänzende Kopfsteinpflaster, sah hinauf zu den fast kahlen Baumkronen, durch die das matte Himmelsgrau schimmerte, roch den klammen Duft des feuchten Herbsttages, hörte die lärmenden Rufe der Menschen. Ihr war, als wäre ihr ein Schleier von Herz und Seele genommen. Mit jeder Faser ihres Körpers spürte sie, dass sie lebte, fühlte Sehnsucht, Erfüllung und Glück.

Lächelnd sah sie einem halbwüchsigen Mädchen hinterher, das seinen Rock bis über das Knie hob und um jede Pfütze einen weiten Bogen machte. Ihr kleinerer Bruder dagegen nahm vor jeder Lache Anlauf und sprang mitten hinein, juchzte, wenn das schmutzige Wasser ihm bis zu den Hüften spritzte. Der Vater achtete nicht auf seine Kinder. Er war mit drei weiteren Männern in ein Handgemenge verwickelt, weil einer von ihnen behauptet hatte, die anderen hätten ihn beim Kartenspiel betrogen.

»Da vorne ist ja Sarah«, hörte sie eine Kinderstimme über den Marktplatz schallen. Sie blickte sich um und entdeckte Catharina Vermeer mit ihren beiden ältesten Töchtern. Die Mädchen liefen auf sie zu und erzählten atemlos und alle gleichzeitig von ihrer Katze, die fünf Junge bekommen hatte, und dass sie beobachtet hatten, wie die Katzenmutter ihren Wurf im Maul auf den Dachboden getragen hatte, wo es ruhiger war.

Inzwischen war auch Catharina bei ihnen angekommen. »Kinder, wenn ihr weiter so viel und so laut redet, fallen Sarah noch die Ohren ab«, mahnte sie die Mädchen, doch Sarah wiegelte beschwichtigend ab. »Lass nur, Catharina, ich hatte, früher auch einmal eine Katze. Ich erinnere mich noch gut, wie aufgeregt ich war, wenn es bei uns zu Hause Nachwuchs gab.«

»Ich will mit zu Sarah gehen. Ich war schon so lange nicht mehr bei ihr. Bitte, Mutter, darf ich? Du möchtest doch auch, dass ich dich besuche, nicht wahr, Sarah?«

»Aber gerne, Maria. Wir machen es uns bei mir gemütlich. Ich habe auch noch etwas Dattelkuchen zu Hause. Allerdings müssen wir Cornelia fragen, ob sie auch mitkommen möchte.«

Doch Cornelia schüttelte den Kopf. »Ich habe heute keine Lust. Ich möchte lieber zu Hause mit den Kätzchen spielen.«

»Ist es dir auch wirklich recht, Sarah?«, fragte Catharina vorsorglich. »Maria ist ein braves Mädchen, aber manchmal etwas anspruchsvoll. Du wirst vermutlich kaum zum Malen kommen.«

»Der Sonntag ist mein arbeitsfreier Tag, da freue ich mich über nette Gesellschaft. Ich bringe Maria am Nachmittag zurück.« Sie raffte ihren Rock. »Lauf los, zeig mir, wer von uns beiden schneller ist.«

Trientje Anslo stand in der Tür. Ihre Haube war verrutscht, das Gesicht ein einziger Vorwurf. »Wo seid Ihr bloß gewesen, Sarah Meulemeester? Ich habe mir Sorgen gemacht! Gestern Abend wollte ich mir ein paar Zwiebeln borgen, aber Ihr wart nicht da. Die ganze Nacht seid Ihr nicht nach Hause gekommen!«

Da entdeckte sie Maria, die hinter Sarahs Rock um die Ecke blinzelte, und schaute milder. »Ach so, das hättet Ihr mir aber auch vorher sagen können, dass Ihr die Nacht bei den Vermeers verbringen wollt.«

Sarah wandte den Kopf, damit die Vermieterin ihr Lächeln nicht sehen konnte. In Gedanken schickte sie eine Unzahl inniger Küsse in die Kromstraat zu Nicolaes van Leeuwenhoek.

»Habt Ihr schon gehört?«, begann Trientje eine ihrer zahllosen Klatschgeschichten. »In einem Haus bei der großen Mühle, in der Nähe vom Schiedam-Tor, hat sich jemand im Delirium zu Tode gestürzt. Die Schwiegermutter von der Cousine des Korbflechters von gegenüber hat es mir erzählt. Er hat sich den Schädel an einem Feuerbock aufgeschlagen. Der ganze Boden war voller Blut … Er soll früher einmal eine bedeutende Stellung innegehabt haben. Amtsrichter oder so etwas. Einem Nachtwächter war aufgefallen, dass die Haustür offen stand, und da hat er nachgeschaut. Ich sage es ja immer, Männer und Alkohol … Übrigens, Sarah, wenn Ihr abends mal ein Stündchen Zeit habt – ich habe frischen Holunderbeerlikör aufgesetzt.«

»Ich komme bestimmt, Trientje. Aber jetzt muss ich mich um meine Patentochter kümmern.«

Maria lief die Treppe hinauf und wartete ungeduldig darauf, dass Sarah die Tür aufsperrte. Sie würde die Werkstatt demnächst wieder offen stehen lassen so wie früher, beschloss Sarah und entzündete ein paar Torfziegel im Kamin. Maria holte Geschirr, Bier und den Dattelkuchen aus der Kammer. Sie wartete, bis das Feuer im Kamin brannte, und stellte sich vor den Spiegel. »Komm her, Sarah. Siehst du, wie ich gewachsen bin? Mein Kopf reicht fast schon bis an deine Schulter. Bald bin ich genauso groß wie du.«

Sarah lachte und zog einen zweiten Stuhl heran.

»Hm, lecker, der Kuchen, schön süß …«, nuschelte Maria mit vollem Mund. »Mir gefällt es bei dir. Was ist denn das für ein Bild neben deinem Bett, Sarah? Das mit der Frau und den Flügeln, die so nachdenklich ausschaut?«

»Du meinst die ›Melancolia‹? Das ist ein Kupferstich, den mir einmal deine Eltern geschenkt haben. Er stammt von einem deutschen Maler, der schon seit über hundert Jahren tot ist: Albrecht Dürer.«

»Was heißt eigentlich ›Melancolia‹?«, fragte Maria und schob sich ein viel zu großes Stück Kuchen in den Mund.

»Das ist Lateinisch. Melancholie bedeutet ›Trübsinn‹ oder ›Schwermut‹. Möchtest du dir das Bild einmal näher anschauen?«

Maria nickte kauend und lachte, als Sarah ihr das Blatt entgegenhielt. »Uih, das Schaf sieht aber merkwürdig aus … Und die Fledermaus – die ist ja richtig zum Fürchten. Als wenn sie jemanden beißen wollte. Was soll denn dieser Strich hinter dem Wort ›Melancolia‹?«

»Lass mal sehen. Hm, eine römische Eins … das bedeutet vermutlich, dass Dürer noch ein zweites Blatt von dem geflügelten Genius gemalt hat. Vielleicht auch noch ein drittes.«

Maria spülte die Kuchenreste mit einigen Schlucken Bier hinunter und kniff die Augen zusammen. »Nein«, sagte sie entschieden und hob den Zeigefinger in die Höhe. »Wenn ›Melancolia‹ Lateinisch ist, dann ist der Strich dahinter auch Lateinisch. Wir lernen in der Schule gerade den Imperativ. ›I‹ kommt von ›ire‹, also gehen, und dann muss es heißen: ›Melancholie, geh weg.‹«

Verblüfft schaute Sarah ihre Patentochter an. Dann nahm sie Maria in den Arm. »Du bist wirklich ein kluges Mädchen. Darauf wäre ich nie gekommen. Pass nur weiterhin in der Schule so gut auf.«

Maria nickte stolz und wurde plötzlich ernst. »Sag mal, Sarah, warum hast du eigentlich keine Kinder?«

Sarah schmiegte ihre Wange an das weizenfarbene Haar des Kindes, schaute über dessen Schulter aus dem Fenster hinaus auf den kahlen Wipfel der Platane. »Ich hatte einmal eine Tochter: Anneke. Sie wäre jetzt genauso alt wie du. Sie ist im Himmel.«

Maria schlang stürmisch ihre Arme um Sarahs Hals. »Nicht traurig sein. Dafür hast du ja mich. Vielleicht bekommst du noch einmal eine neue Tochter. Ich passe auch auf das Kind auf, ich bin ja schon fast erwachsen. Und wenn du mich nachher nach Hause bringst, musst du dir unbedingt noch die Kätzchen anschauen.«

41

Noch im Halbschlaf hörte Sarah, wie die Turmuhr der Oude Kerk die achte Stunde ankündigte, und streckte seufzend ihre Arme und Beine unter der Bettdecke aus. Sie hatte in der Nacht geträumt – von der Nacht davor und von unzähligen weiteren sinnbetörenden Nächten. Nun schwang sie sich aus dem Bett, öffnete die Fensterläden und sah in einen freundlichen Herbsthimmel. Eilig wusch sie sich und kleidete sich an. Sie verspürte keinen Hunger, nur die Sehnsucht nach Nicolaes. Nach der Wärme und Kraft seines Körpers und einem Versinken in einer endlos währenden Umarmung.

Hinter der Straßenbiegung zur Papenstraat kam ihr ein hoch gewachsener Mann in einem elfenbeinfarbenen Umhang mit aufgestickten Sternen und einem purpurroten Hut entgegen. Ein Büschel Pfauenfedern ragte über die Krempe hinaus und wippte im Takt seiner Schritte.

»Emmanuel, man kann dich immer schon von Weitem an deinen ausgefallenen Kopfbedeckungen erkennen. Deine Hutmacherin muss dich vergöttern.«

»Was hast du da gesagt, *gentilissima mia*? Ich vernahm so etwas wie ein Kompliment aus deinem wunderschön geformten Mund … Sollten deine funkelnden Jadeaugen heute ausnahmsweise einmal nicht an meiner äußeren Hülle vorbeigeschaut haben?«

»Wo denkst du hin, Emmanuel. Mein Sehvermögen ist ausgezeichnet. Ich würde mir diesen Hut gerne einmal für mein neues Bild ausleihen – sofern du ihn für ein paar Stunden entbehren kannst.«

De Codde fasste sich verdutzt an die Hutkrempe, trat einen Schritt zurück und dann noch einen. Sarah bemerkte gerade noch, wie ein Händler mit einem Handkarren eilig um die Ecke bog, dann lag Emmanuel schon rücklings auf der Karre in einem Haufen von Kohlköpfen, Arme und Beine weit von sich gestreckt. Bei diesem Anblick spürte Sarah ein leichtes Vibrieren in Höhe des Zwerchfells. Sie versuchte noch, die Luft anzuhalten, doch es gelang ihr nicht. Ihr Lachen, ein unbändiges, schallendes Lachen erfüllte die Straße.

»*Madonna mia*«, murmelte de Codde verwirrt und versuchte, sich aus seiner misslichen Lage zu befreien. Sarah reichte ihm die Hand und half ihm auf die Beine. Er wandte den Kopf und warf dem Händler ein entschuldigendes Lächeln zu.

»Für dieses göttliche Lachen würde ich mich sogar in die nächste Gracht stürzen, *divina* Sarah. Wann wirst du endlich auch mein Inneres wahrnehmen, das sich schmerzlich nach dir verzehrt?«

»Du solltest das Grachtenwasser besser meiden, Emmanuel. Dein Hut könnte Schaden nehmen. Und was das Verzehren angeht – ich werde mich für das Ausleihen deiner umwerfenden Kopfbedeckung mit einer Dörrpflaumenpastete revanchieren. Die essen wir irgendwann gemeinsam. Jetzt entschuldige mich bitte, ich muss weiter. Wenn du wohl meine Hand loslassen würdest …«

Emmanuel de Codde nickte stumm und starrte Sarah mit offenem Mund hinterher.

Als sie den Marktplatz passiert hatte, beschleunigte Sarah ihren Schritt. Sie fühlte sich leicht und frei wie in einem Zustand geistiger und körperlicher Schwerelosigkeit. Kurz vor der Straßenbiegung in die Kromstraat sah sie den älteren der beiden Apothekergesellen auf sich zukommen. Er hielt etwas in der Hand, die er ihr diensteifrig entgegenstreckte.

»Guten Morgen, Mevrouw Meulemeester. Mein Herr lässt Euch vielmals grüßen. Er bat mich, Euch diese Nachricht nach Hause zu bringen. Nun seid Ihr bereits selbst gekommen.«

Ungläubig schaute Sarah auf ihren Namen, der in einer kantigen, schwungvollen Handschrift dort geschrieben stand. Sie fühlte Schwindel, ihre Fingerkuppen ertasteten das wächserne Siegel auf der Rückseite. Nein, dies war kein Traum.

»Mijnheer ist schon in aller Frühe nach Leiden aufgebrochen. Es ist wegen seines Sohnes. Daniel hat eine schlimme Nacht zugebracht. Mijnheer war in großer Sorge«, hörte Sarah den Lehrling von weit her sagen. Ihre Lippen formten Worte, die durch das Rauschen des Blutes nicht bis an ihr Ohr drangen.

»Hat dein Herr gesagt … wann er zurückkommt?«

»Nein, Mevrouw. Vermutlich erst, wenn es seinem Sohn wieder besser geht.«

Es dauerte eine Weile, bis sie begriffen hatte. Kreidebleich steckte sie den Brief in ihr Mieder und wandte sich um, ging wie traumverloren den Weg zurück, auf dem sie eben noch gleichsam geschwebt war. Ein Windstoß wirbelte ihren Rock hoch. Fröstelnd rieb sie sich über Schultern und

Oberarme, erschauderte unter der Berührung ihrer Hände. Hinter dem Halssteeg drang ein kräftiges, hohes Bellen in ihre Verzweiflung. Sie blickte flüchtig nach unten und sah, wie ein kleiner Hund versuchte, ein paar Kartoffelschalen hinter einer Regentonne hervorzuziehen.

Achtlos ging sie weiter bis zum Haus von Trientje Anslo. Wieder hörte sie ein forderndes Bellen, und diesmal drehte sie sich um. Der Hund von vorhin war ihr bis hierher gefolgt. Er setzte sich auf die Hinterbeine, hielt den Kopf schief und stellte seine Fledermausohren auf. Das Tier war noch jung, es hatte ein kurzes glattes Fell, dessen Farbe an Zimtkekse erinnerte. Sarah beugte sich zu ihm hinunter und kraulte sein Kinn. Der Hund sprang fiepend an ihr hoch, umklammerte mit seinen Vorderpfoten ihren Arm und leckte ihre Hand.

Sie schloss die Haustür auf, und er folgte ihr in die Diele. Neugierig beschnupperte er alle Ecken. Als er seinen Rundgang beendet hatte, blickte er Sarah erwartungsvoll an, die Rute schwang heftig hin und her. Dann versuchte er, die Treppe hinaufzuklettern, doch die Stufen waren zu hoch. Er rutschte an dem blank getretenen Holz ab und landete auf dem Hinterteil. Sarah nahm ihn auf den Arm und drückte ihn an die Brust, streichelte seinen Rücken.

»Na, mein Kleiner … Hast du denn schon einen Namen? Wie würde dir Cookje gefallen?«

Der Hund blickte sie aus sanften bernsteinfarbenen Augen an und vergrub die Schnauze unter ihrem Umhang. Sie trug ihn nach oben in die Werkstatt und setzte ihn behutsam auf dem Boden ab. Sofort erkundete er mit seiner Nase auch dieses unbekannte Revier und kletterte anschließend wie selbstverständlich in Vosjes Korb, der immer noch an seinem alten Platz neben dem Kamin stand. Dort rollte er sich zusammen, nur die weiße Schwanzspitze zuckte schwach.

Ohne ihr Umhangtuch abzulegen, setzte Sarah sich auf den alten abgewetzten Lederstuhl. Ihre Hände zitterten, als sie den Brief aus dem Mieder zog und ihr ein Duft von Zedernholz und Tabak in die Nase stieg. Ihr Herz raste. Sie zögerte, schluckte, öffnete schließlich das Siegel und fing an zu lesen. Die Buchstaben verschwammen vor ihren Augen. Sie begann noch einmal von vorn. Dann lächelte sie.

Historische Personen

Pieter Janszoon van Asch: Maler in Delft
Catharina Bolnes: Ehefrau Vermeers
Reynier Bolnes: Vater der Catharina Bolnes und Schwiegervater Vermeers
Willem Bolnes: Bruder der Catharina Bolnes und Schwager Vermeers
Maria, Elisabeth, Cornelia, Aleydis, Beatrix, Johannes: deren Kinder
Leonaert Bramer: Maler in Delft
Hendrick van Buyten: Bäcker in Delft, Auftraggeber Vermeers
William Byrd: englischer Komponist und Organist
Jacob Dissius: Druckereibesitzer in Delft, Auftraggeber Vermeers
Tanneke Everpoel: Magd im Haus Vermeers
Carel Fabritius: Maler in Delft, ging bei Rembrandt van Rijn in die Lehre. Fabritius kam durch die Folgen des Stadtbrandes vom 12. Oktober 1654 im Alter von zweiunddreißig Jahren ums Leben.
Willem Kalf: Stillleben-Maler in Amsterdam
Hendrick de Keyser: Bildhauer und Architekt
Anthonis van Leeuwenhoek: Tuchhändler, Naturforscher, Mikroskopbauer, Erfinder
Judith Leyster: wurde 1633 als erste Frau in die Haarlemer Malergilde aufgenommen.

Ludwig XIV: König von Frankreich

Cornelis de Man: Maler in Delft

Karel van Mander: Maler und Schriftsteller, verfasste 1604 »Het Schilder-Boek«, eine kunsttheoretische Abhandlung mit Künstlerbiografien.

Rembrandt van Rijn: Maler in Amsterdam

Johannes Ruckers: Cembalo-Bauer, leitete mit seinem Bruder Andreas das von seinem Vater Hans gegründete Familienunternehmen in Antwerpen.

Simon Arienszoon Samuel: Steinmetz in Delft, ein Nachbar Vermeers am Oude Langendijk

Cornelis Soetens: Sekretär beim Rat der Vereinigten Niederlande

Maria Thins: Mutter der Catharina Bolnes

Willem I. von Oranien: Führer im Unabhängigkeitskrieg der Niederlande gegen Spanien

Louise de la Vallière: Geliebte des französischen Königs Ludwig XIV.

Johannes Vermeer: Maler, Kunsthändler und Gastwirt in Delft

Im Text erwähnte Gemälde

Pieter Brueghel d. Ä. (um 1525/30–1569): Landschaft mit dem Sturz des Ikarus, um 1558, Öl auf Holz, Brüssel, Musées Royeaux des Beaux-Arts

Albrecht Dürer (1471–1528): Melancolia I, 1514, Kupferstich

Carel Fabritius (1622–1654): Ansicht des Oude Langendijk in Delft, Öl auf Leinwand, National Gallery, London. Das Gemälde befand sich im Nachlass Vermeers

Johannes Vermeer (1632–1675): Lautenspielerin am Fenster, um 1664, Öl auf Leinwand, New York, The Metropolitan Museum of Art

Johannes Vermeer (1632–1675): Briefleserin in Blau, Öl auf Leinwand, um 1664, Rijksmuseum Amsterdam

Zum Weiterlesen – eine Auswahl

Bailey, Anthony: Vermeer, Siedler Verlag Berlin 2002.
Bauer, Hermann: Holländische Malerei des 17. Jahrhunderts, Heyne Verlag München 1979.
Chevalier, Tracy: Das Mädchen mit dem Perlenohrring, List Verlag München 2000.
Huizinga, Johan: Holländische Kultur im siebzehnten Jahrhundert, Suhrkamp Verlag Frankfurt/Main 1977.
Montias, John Michael: Vermeer and his Milieu. A Web of Social History, Princeton University Press New Jersey 1989.
Nicolaus, Knut: DuMonts Handbuch der Gemäldekunde, DuMont Literatur und Kunstverlag Köln 2003.
Poortvliet, Rien: Auf den Spuren meiner Väter, Paul Parey Hamburg und Berlin 1988.
Schama, Simon: Überfluss und schöner Schein, Kindler Verlag München 1988.
Schneider, Norbert: Vermeer 1632–1675. Verhüllung der Gefühle, Taschen Verlag Köln 1996.
Vergnügliches Leben – Verborgene Lust. Holländische Gesellschaftsszenen von Frans Hals bis Jan Steen, Ausstellungskatalog Hamburger Kunsthalle, hg. von Pieter Bisboer und Martina Sitt, Hamburg 2004.
Zumthor, Paul: Das Alltagsleben in Hollipand zur Zeit Rembrandts, Reclam-Verlag Leipzig 1992.

Tilman Röhrig

Riemenschneider

Historischer Roman. 624 Seiten.
Piper Taschenbuch

Würzburg, 1492. Feierlich werden die Skulpturen von Adam und Eva vor dem Eingang der Marienkapelle enthüllt. Doch diesmal ist der Bildschnitzer Tilman Riemenschneider zu weit gegangen: Eine Bäuerin hat ihm Modell gestanden – nackt. Ein Skandal! Die Gemüter erhitzen sich. Dabei ahnt noch niemand, welch viel gewaltigeres Beben die Stadt in den nächsten Jahren erwartet, dass Reformation und Bauernkriege die bestehende Ordnung in ihren Grundfesten erschüttern werden. Bald muss auch Meister Riemenschneider um sein Leben kämpfen …

»Röhrig zeichnet nicht nur ein eindrucksvolles Bild des Künstlers Tilman Riemenschneider, sondern auch ein großartiges Panorama einer aufregenden Epoche deutscher Geschichte.«
Kölnische Rundschau

05/2366/01/L

Robert Löhr

Der Schachautomat

Roman um den brillantesten
Betrug des 18. Jahrhunderts.
416 Seiten. Piper Taschenbuch

Als Hofrat Wolfgang von Kempelen 1770 am Habsburgischen Hof seinen Schach spielenden Automaten präsentiert, gilt der Maschinenmensch als großartigste Errungenschaft des Jahrhunderts. Doch tatsächlich verbirgt sich im Innern der Maschine ein Zwerg – und dieses menschliche Gehirn erweist sich als tödlich und sterblich zugleich. Von den Bleikammern Venedigs zum kaiserlichen Hof in Wien, von den Palästen des Preßburger Adels in die Gassen des Judenviertels – ein spannender historischer Roman um ein legendäres Täuschungsmanöver.

»Ein Überraschungserfolg, wie es ihn in dieser Form lange nicht gegeben hat.«
Der Spiegel

05/2155/02/R

Martina Kempff

Die Marketenderin

Historischer Roman.
Mit einem Nachwort zur Taschenbuchneuausgabe. 432 Seiten.
Piper Taschenbuch

Februar 1812: Die willensstarke Marketenderin Juliane Assenheimer beschließt, mit den württembergischen Truppen zu ziehen, die Napoleons Armee im Rußlandfeldzug verstärken. Neben der harten Realität des Krieges macht ihr vor allem ihre Liebe zu Leutnant Gerter zu schaffen, die aufgrund des großen Standesunterschiedes unerfüllbar zu sein scheint. Mit viel Energie und Mut kämpft sich Juliane bis nach Moskau durch, wo sich die Lage dramatisch zuspitzt … Ein spannender Roman über eine mutige Frau, die sich gegen Gewalt und Unrecht auflehnt.

»Starke Frauenfiguren vor historischer Kulisse – Autorin Martina Kempff ist mittlerweile Spezialistin für diese Kombination.«
Norddeutscher Rundfunk

05/2262/02/L

Frédéric Lenoir, Violette Cabesos

Der Fluch des Mont-Saint-Michel

Historischer Thriller. Aus dem Französischen von Elsbeth Ranke. 592 Seiten. Piper Taschenbuch

Ein Sakrileg, begangen aus Hochmütigkeit, löst auf dem Mont-Saint-Michel im 11. Jahrhundert eine Serie von blutigen Morden aus. Wer ist der Täter, der den heiligen Ort am französischen Atlantik zum Erzittern bringt? Und welches schreckliche Geheimnis verbirgt sich hinter den Gott geweihten Mauern? Tausend Jahre später führen seltsame Träume die junge Archäologin Jeanne zum Mont-Saint-Michel. Sie versucht, das Rätsel des Felsens zu lösen, und bringt damit sich und ihre Kollegen in tödliche Gefahr.

»Der geniale Mix aus Thriller und Ordensgeschichte war in Frankreich ein Topseller – zu Recht!«
Woman

05/2365/01/R